KB260270

EVIL UNDER THE SUN

백주의 악마

애거서 크리스티/하영진 옮김

동서문화사

옮긴이 하영진 (河永辰)
서울대 영문과 졸업. University of Alaska대학원 수료, 성균관대, 한양대,
동아대, 동국대학교 교수 역임. 옮긴책에 《밤의 열기 속에서》 등 다수.

DONGSUH MYSTERY BOOKS 149
백주의 악마
애거서 크리스티 지음/하영진 옮김
초판 발행/1977년 12월 1일
중판 발행/2004년 5월 1일
발행인 고정일/발행처 동서문화사
창업 1956. 12. 12. 등록 16-345 (윤)
서울강남구신사동 540-22 ☎ 546-0331〜6 (FAX) 545-0331
www.epascal.co.kr

＊

이 책의 출판권은 동서문화사 (동판)가 소유합니다.
의장권 제호권 편집권은 저작권 법에 의해 보호를 받는 출판물이므로
무단전재와 무단복제를 금합니다.

편찬·필름·제작 일체 「동판」 자본으로 이루어짐에 따라
출판권 소유권자 「동판」에서 제조출판판매 세무일체를 전담합니다.
사업자등록번호 211-90-02201
ISBN 89-497-0245-2 04800
ISBN 89-497-0081-6 (세트)

백주의 악마

차례

백주의 악마

말벌집

존에게
지난해 시리아에서의
추억을 회상하며

등장인물

오델 C. 가드너 ⎫
가드너 부인 　 ⎬ 미국인 여행자 부부

패트릭 레드펀 ⎫
크리스틴 레드펀 ⎬ 젊은 부부

케네스 마셜　대위

알레나 스튜어트 마셜　마셜 대위의 두 번째 부인. 전직 여배우

린다 마셜　마셜 대위의 딸

로자먼드 단리　이름난 디자이너

에밀리 브루스터　'스포츠맨 타입'의 노처녀

스티븐 레인　목사

배리　소령

호러스 블래트　철물상 주인

글래디스 졸리　로저 호텔의 하녀

니즈든　경찰의사

콜게이트　경감

웨스턴　총경. 데본 주 경찰서장

에르퀼 포아로　사립탐정

제1장

1

　로저 앵메링 선장이 1782년 레더콤 만에 있는 작은 섬에 저택을 지었을 무렵 사람들은 그를 퍽 특이한 사람으로 여겼다. 좋은 집안에서 태어났으니 시냇물도 흐르고 목장도 있는 널따란 목초지에 산뜻하고 맵시 있는 저택을 마련한다면 조금도 이상할 게 없겠지만, 로저 앵메링 선장은 오로지 바다만 사랑했다. 그렇기 때문에 만조 때가 되면 육지로부터 차단되어 버리는 이곳에, 휘몰아치는 바람을 그대로 받으며 갈매기가 떼 지어 있는 이 바위 꼭대기를 골라 저택을 지은 것이다. 물론 그 저택은 매우 튼튼하게 지어졌다.

　로저 앵메링 선장은 끝내 결혼하지 않았다. 누가 뭐라고 해도 그에게는 생애를 통해 바다가 오직 유일한 연인이며 영원한 벗이었기 때문이다. 그러므로 그가 죽은 뒤 이 섬과 저택은 먼 친척의 손에 넘어갔는데, 그들이나 그 자손들은 모두 이 유산을 그다지 대단한 것으로 여기지 않았다. 아무튼 그들은 자신들의 소유지를 조금씩 팔아버려서 결국은 모두들 점차 가난해지고 말았다.

그런데 1922년에 이른바 '휴가를 바다에서'라는 피서 선풍이 일면서 남서부의 데본 주며 콘월 주의 바닷가도 이제는 한여름에 너무 덥다고 하여 경원시되는 일은 없게 되었다.

아서 앵메링은 선조인 로저 선장으로부터 이어받은 그 18세기 양식의 어이없이 큰 저택이 좋은 값을 받을 수 없다는 걸 알았으나, 토지에 대해서는 상당한 금액을 손에 넣을 수가 있었다.

튼튼하게 지어진 집은 여러 가지로 손질이 잘되었고 깨끗해졌다. 육지와 섬 사이에는 콘크리트로 포장된 길이 만들어졌다. 섬을 한 바퀴 도는 산책길이 새로 만들어지고, 군데군데에 전망대며 휴게소가 마련되었다. 테니스 코트가 두 곳에나 만들어졌고, 몇 단(段)의 테라스를 더듬어 비탈길을 내려가면 그곳 작은 후미에 뜀틀이며 수영장 설비도 갖추어졌다. 이리하여 레더콤 만의 스머글러즈 섬의 졸리 로저 호텔이 화려하게 탄생한 것이다. 6월에서 9월까지 부활절의 짧은 기간도 그렇지만, 졸리 로저 호텔은 대개 초만원을 이루었다. 1934년에는 증개축을 하여서 칵테일 바며 대형 식당, 그리고 몇 개의 욕실이 더 마련되었다. 물론 그 값도 껑충 뛰어올랐다.

"레더콤 만에 갔었나? 섬에 건너가면 상당히 좋은 호텔이 있더군" 하고 소문이 퍼져갔다.

"소란스러운 여행자들이나 관광 버스는 가까이 대지 못하니 조용히 즐길 수 있는 곳이지. 요리도 비교적 훌륭하고 말이야. 꼭 한 번 가보게나."

그리하여 사람들은 그곳을 찾아 나섰다.

2

졸리 로저 호텔에는 중요인물——적어도 자신의 눈으로 보면——이 한 사람 머물고 있었다.

말쑥한 흰 마직 양복에 파나마모자를 깊숙이 눌러쓰고 콧수염 양끝을 깨끗이 다듬은 에르큘 포아로가 신형 덱체어에 한껏 몸을 뒤로 젖힌 채 배를 쑥 내밀고 앉아 손님들이 해수욕을 즐기는 바닷가를 내려다보고 있었다. 그곳은 호텔에서 테라스를 따라 내려갈 수 있었다. 모래밭에는 튜브와 고무보트와 캔버스보트, 고무공 같은 물놀이 장난감들이 흩어져 있었다. 앞으로 길게 튀어나온 점프대와 기슭의 각각 다른 거리에 놓인 세 개의 뗏목식 튜브가 눈에 띄었다.

바닷가에는 물속에 있는 사람, 모래밭에 누워서 일광욕을 즐기는 사람, 정성스럽게 피부에 오일을 바르는 사람 등 가지각색이었다.

그 바로 위 테라스에는 수영을 하지 않는 사람들이 앉아서 날씨에 대한 것이며 눈에 비치는 광경이며 아침 신문에 실린 뉴스머 그 밖의 뭐는지 마음 내키는 대로 화제를 꺼내 서로 이야기하고 있었다.

포아로의 왼쪽에서 쉴 새 없이 재잘거리는 말소리가 들려왔다. 가드너 부인의 입술에서 새어 나오는 조용하고도 한결같은 목소리였는데, 거기에는 힘차게 움직이는 그녀의 뜨개질바늘이 부딪치는 소리도 섞여 있었다. 그 앞에는 그녀의 남편인 오델 C. 가드너가 모자를 코가 덥힐 정도로 내려 쓰고 해먹 모양의 의자 속에서 뒹굴며 이따금 맞장구를 강요당하여 한 두 마디씩 목소리를 내고 있었다.

포아로의 오른쪽에는 흰 머리가 듬성듬성 섞이고 햇볕에 그을린 얼굴이 상냥해 보이는 늠름한 스포츠맨 타입의 여성인 에밀리 브루스터가 굵은 목소리로 의견을 말하고 있었다. 그 모습은 끊임없이 캥캥 울어대는 강아지 포메라니안을 보고 짤막하게 굵은 목소리로 짖어대는 콜리와 비슷했다.

가드너 부인은 열심히 지껄이고 있었다.

"그래서 남편에게 말했답니다. 그야 구경하는 것도 좋아요. 하지만 어차피 구경할 바에는 한 군데라도 철저하게 살펴쓰고 싶어요. 하지만 나도 그 정도로 양보하고 '이제는 영국 안을 거의 구경했으니, 앞으로는 어디 바닷가 같은 조용한 곳으로 가서 한가하게 지내고 싶어요'라고 말했답니다. 그렇지요? 그렇게 말했지요, 여보? '한가하게' 지내고 싶다고 말예요. 피로를 풀고 편안히 쉬고 싶다고 했잖아요, 여보, 그렇지 않았어요?"

모자 밑에서 가드너가 중얼거렸다.

"그 말이 맞소."

그러자 부인은 다시 이야기를 계속해 나갔다.

"그래서 말이에요, 즉시 쿡스 여행사의 켈소 씨에게 이야기를 했답니다. 우리의 여행 일정을 결정해 주시고 하나에서 열까지 보살펴 주신 분이지요. 정말로 켈소 씨가 아니었다면 우린 어떻게 되었을지 몰라요! 아무튼 우리는 켈소 씨와 의논했답니다. 그랬더니 이리로 오는 것이 가장 좋다고 말씀하시지 뭐예요. 마치 그림처럼 아름답고 이 세상과는 전혀 다른 별천지이며, 더욱이 쾌적하게 지낼 수 있을 뿐 아니라 온갖 점에서 일류 중에서도 일류라고 하시는 거예요. 그런데 거기에 언제나처럼 남편이 끼어들어 '위생 설비는 어떻습니까?'하고 물었던 거예요. 사실을 말씀드리면 말예요, 포아로 씨. 우리 남편의 누님이 언제인가 게스트하우스에 머문 일이 있었답니다. 고원 한복판의 최고급 숙소라는 선전이었지요. 그런데 그게 어떤지 아시겠어요? 과연 당신이 믿으실지 모르겠군요. 재래식 변소가 있었던 거예요! 그러니까 우리 남편이 장소를 가리는 것도 당연하지요. 여보, 그랬었지요?"

"아암, 그 말이 맞소" 하고 가드너가 대답했다.

"켈소 씨는 그 자리에서 자신 있게 나섰답니다. 보증한다는 거예요. 위생면으로도 최신설비가 갖추어져 있고, 요리도 최고라는 거예요. 정말 그분의 말씀대로였어요. 게다가 내 마음에 꼭 든 것은 친밀한 분위기예요. 아시겠지요?

　호텔이 작으니까 여러분들과 서로 이야기할 수 있어 서로 알게 됐지요. 대개 영국 분들은 서로 사귀기 시작해서 2, 3년 되기 전에는 좀 서먹서먹한 느낌을 보이잖아요? 그게 결점이에요. 그 기간이 지나면 이처럼 좋은 분은 없을 거라고 생각되지만 말예요. 그리고 켈소 씨는 재미있는 사람들이 모인다고 하셨는데, 정말 그렇군요. 우선 그 중에서도 첫째가는 분이 당신이에요, 포아로 씨. 그리고 단리 양도, 포아로 씨, 당신 이름을 알게 되었을 때 나는 정말 너무나도 기뻐서 펄쩍 뛰었을 정도랍니다. 그랬었지요, 여보?"

"그 말이 맞소."

"아아!" 하고 에밀리 브루스터가 별안간 큰소리로 말참견을 했다. "그거 참, 유쾌하군요. 그렇지요, 포아로 씨?"

에르퀼 포아로는 그렇지 않다는 뜻으로 두 손을 쳐들었으나, 의례적인 몸짓으로밖에 받아들여지지 않았다.

가드너 부인의 이야기는 거침없이 계속되었다.

"글쎄, 포아로 씨. 당신 소문은 코넬리아 롭슨 양에게서 들었답니다. 우리는 5월에 바덴호프에 머무르고 있었거든요. 그곳에서 가족과 함께 살고 있는 코넬리아 양으로부터 들었어요. 그 이집트에서 있었던 사건, 리네트 리지웨이가 살해되었다는 그 사건 말예요. 당신은 아주 훌륭했다면서요? 그래서 나는 한 번만이라도 당신을 꼭 만나 뵙고 싶었답니다. 여보, 당신도 그랬지요?"

"그 말이 맞소."

"그리고 단리 양의 일만 해도 그래요. 나는 로자먼드의 살롱에서 여러 가지 물건을 사곤 하는데, 그 로자먼드가 단리 양이에요. 그분의 디자인은 정말로 세련되어 있어요. 기막히게 멋진 선이지요. 실은 어제 저녁에 내가 입고 있었던 것도 로자먼드의 작품이지요.

정말로 매력적인 분이에요, 그분은."

에밀리의 앞쪽에서 아까부터 번들거리는 눈으로 수영복 입은 사람들을 유심히 쏘아보고 있던 배리 소령이 중얼거리듯 말했다.

"한층 돋보이는군!"

가드너 부인의 뜨개질바늘이 소리내어 부딪쳤다.

"포아로 씨, 솔직하게 털어놓겠어요. 실은 여기서 당신을 뵈었을 때 조금 놀랐답니다. 그렇지만 만나 뵐 수 있게 되어 기뻤던 것만은 사실이에요. 그것은 우리 남편께서도 잘 알고 계시는 일입니다만, 그보다도 언뜻 내 머릿속에 떠오른 것은 어쩌면 당신은 사무적인 '일' 때문에 오신 게 아닐까 하는 생각이었지요. 아시겠어요? 왜냐하면 남편도 말해 주시리라고 생각합니다만, 나는 아주 마음이 약하답니다. 그렇기 때문에 뭔가 범죄사건에 관계라도 있게 되면 어떻게 할지 나는 무척……."

가드너가 헛기침을 하고 나서 말했다.

"그 말이 맞습니다, 포아로 씨. 집사람은 아주 소심한 성격이지요."

에르퀼 포아로가 두 손을 앞으로 내밀었다.

"부인, 부디 염려 마십시오. 내가 여기에 와 있는 것은 여러분과 똑같이 휴가를 마음껏 즐기기 위해서입니다. 사건 같은 것은 생각조차 하고 있지 않습니다."

에밀리가 또다시 굵직한 목소리로 소리쳤다.

"스머글러즈 섬에 시체 같은 것은 없어요."

"물론 없겠지요. 그러나 반드시 그렇다고는 말할 수 없습니다" 하고 에르퀼 포아로는 아래를 가리키며 말을 이었다. "보십시오, 저기에 뒹굴고 있는 사람들, 저것이 무엇으로 보입니까? 남자도 아니고 여자도 아닙니다. 어디 한 군데 사람다운 점이 없습니다. 저것은 아무엇도 아닌, 오로지 육체일 뿐이지요.”

배리 소령이 재미있다는 듯 말했다.

“그렇지만 개중에는 활기 있는 좋은 육체도 있군요. 조금 가늘기는 하지만 말이오.”

포아로가 말을 받았다.

“그러네요. 그런데 어디에 매력이 있습니까? 신비스러움? 아무래도 나는 나이가 들었고, 더구나 구식 사람이오. 젊었을 때에는 기껏해야 발목까지밖에 볼 수 없었지요. 어쩌다가 봉긋한 페티코트가 살짝 보이기만 해도 얼마나 매력을 느꼈던지! 탐스럽게 통통한 종아리, 무릎, 예쁜 양말대님……”

“저런! 몹쓸 사람이군.” 배리 소령이 굵은 목소리로 말했다.

“훨씬 현명해요, 요즘 옷차림이 말예요.” 에밀리가 말했다.

“그래요, 포아로 씨.” 가드너 부인이 맞장구치며 말을 이었다. “나도 그렇게 생각한답니다. 요즘 젊은 사람들이 남자나 여자나 훨씬 자연스럽고 건전해요. 함께 어울려 장난치고 놀지만…… 그래요.” 부인은 살짝 얼굴을 붉히며 점잔을 부렸다. “전혀 아무렇지도 않게 생각하거든요. 무슨 뜻인지 아시겠어요?”

“알고말고요. 정말 한심합니다!” 하고 에르퀼 포아로가 대답했다.

“한심하다고요?” 가드너 부인이 높은 쇳소리를 냈다.

“로맨스도 없고 미스터리도 없습니다! 요즘에는 모든 것이 ‘규칙대로’지요!” 포아로는 누워서 뒹굴고 있는 사람들 쪽을 향해 손짓했다. “저것들을 보고 있으니까 파리의 시체 공시소가 생각나는군요.”

“어머나, 포아로 씨!”

가드너 부인은 화가 난 모양이었다.

“시체 말이오. 좌판 위에 주욱 늘어놓은, 마치 푸줏간 진열장처럼!”

“포아로 씨, 말씀이 좀 지나치지 않나요?”

에르큘 포아로는 그 말을 받아들였다.

“네, 좀 그랬군요.”

“그렇지만 한 가지 나도 당신 생각과 같은 점이 있어요.” 가드너 부인은 열심히 뜨개질을 하며 다시 말을 이었다. “저렇게 햇볕이 쏟아지는 데 누워 있는 여자들은 이제 곧 팔이며 다리에 모두 털이 북실북실 날 거예요. 내 딸 아일린에게도 이렇게 말해 주었답니다, 포아로 씨. ‘아일린, 알겠니? 햇볕이 쏟아지는 곳에 알몸으로 누워 있으면 온몸에 털이 난단다. 팔에도 나고 다리에도 나고, 그리고 앞가슴에도 난단다. 그렇게 되면 어떻게 하겠니?’라고 말예요. 분명히 그렇게 말했어요. 그렇지요, 여보?”

“그 말이 맞소” 하고 가드너가 대답했다.

그리고 아무 말이 없었다. 아마도 아일린이 최악의 상태가 된 모습을 상상하고 있는 모양이었다. 가드너 부인이 뜨개질하던 것을 주섬주섬 챙겼다.

“어때요? 이제 그만……”

“가볼까?” 하고 가드너가 말을 받았다.

그는 해먹 위에서 가까스로 일어나 아내의 뜨개질감과 책을 집어 들더니 에밀리 브루스터에게도 권했다.

“함께 한잔하지 않겠습니까, 브루스터 양?”

“아뇨, 다음에 또……”

가드너 부부는 호텔로 돌아갔다.

“남편감으로는 미국 사람이 그만이야!” 에밀리가 감탄의 소리를 질렀다.

가드너 부부가 가고 난 자리에 스티븐 레인 목사가 와서 앉았다.

스티븐 레인은 50대의 후리후리한 키에 원기 왕성한 성직자였다. 햇볕에 그을린 얼굴과 진한 잿빛 플란넬 바지가 휴가에 지쳤음을 느끼게 하여 보기에 괴로웠다.

목사는 열성을 담아 말했다.

"정말 멋집니다, 이 부근은! 나는 레더콤 만에서 하포드로 나가 벼랑길을 내려갔다가 되돌아온 참이랍니다."

"이런 날씨는 걷기에 너무 덥지요" 하고 자신은 그다지 걸어본 일도 없는 배리 소령이 말했다.

"좋은 운동이에요." 이번에는 에밀리 브루스터가 말했다. "난 아직 보드를 타보시 않았지만, 복부 근육 운동에는 배를 젓는 것이 가장 좋다더군요."

에르퀼 포아로의 조금 서글픈 듯한 눈길이 불룩 나온 배 위에 떨어졌다.

그 눈길을 알아차리고 에밀리가 상냥하게 말했다.

"포아로 씨, 그런 것은 곧 없어진답니다. 날마다 보트 젓는 운동을 하시면."

"이거 정말 고맙습니다, 브루스터 양. 하지만 나는 배를 아주 싫어합니다."

"작은 보트인데도요?"

"네, 어떤 크기의 배라도 그렇습니다! 물결에 흔들리는 것이 그다지 기분 좋지 않아서 말입니다."

포아로는 눈을 감고 진저리를 쳤다.

"어머나, 하지만 오늘 같은 날은 바다가 조용해서 파도라고는 하나도 없어요."

이윽고 포아로가 자신에 넘치는 목소리로 대답했다.

"조용한 바다라는 것은 존재하지 않습니다. 바다는 반드시 늘 움직이고 있지요."

"나에게 말하라고 한다면," 하고 배리 소령이 말했다. "뱃멀미는 거의 대부분 신경에서 오는 것입니다."

"그래요?" 하고 목사가 빙긋이 웃으며 말했다. "그것은 배에 강한 사람이 하는 말이지요. 그렇지 않습니까, 배리 소령?"

"내가 뱃멀미를 한 것은 꼭 한 번뿐이었습니다. 그것도 영국 해협에서였지요. '생각하지 말라!' 이것이 내 신조입니다."

"뱃멀미라는 것은 정말이지 이상하더군요." 에밀리가 감개어린 목소리로 말했다.

"뱃멀미하는 사람과 조금도 하지 않는 사람이 있다니, 어쩐지 불공평해요. 게다가 여느 때의 건강상태와는 관계가 없으니 말이에요. 병들어 앓는 사람이 뜻밖에 아무렇지도 않거나……. 누구에겐가 들었는데, 등뼈와 관계가 있다더군요. 그리고 높은 곳을 무서워하는 사람이 있잖아요? 나도 높은 곳은 조금도 자신이 없는 편이지만, 레드펀 부인은 훨씬 더 심하답니다. 바로 얼마 전에도 벼랑을 따라 하포드로 가는 도중에 그분은 어지러워서 꼼짝도 못하고 나에게 매달리지 뭐예요. 아주 혼났었어요. 듣자하니 언젠가는 밀라노 대성당 밖의 계단을 절반쯤 내려오다가 꼼짝 못하고 서버렸다더군요. 올라갈 때에는 아무렇지도 않았는데 내려올 때에는 머리가 핑핑 돌더라는 거예요."

"그렇다면 픽시 만으로 가는 사다리는 내려가지 않는 편이 좋겠군요." 레인 목사가 말했다.

에밀리는 우울한 표정을 지었다.

"그곳은 나도 못 내려가요. 젊은 사람은 아무렇지도 않겠지만, 커원 씨네 아이들과 마스터맨 가족들은 뛰어올라갔다 내려왔다 하면서 놀고 있더군요.”

“레드펀 부인이 옵니다, 수영하다 말고” 하고 레인 목사가 말했다.

에밀리가 말했다.

“포아로 씨도 저분이라면 마음에 들어 하시겠군요. 그녀는 일광욕 같은 것은 하지 않으니까요.”

젊은 레드펀 부인은 고무 모자를 벗고 머리를 이리저리 움직여서 머리카락을 흔들어 펴고 있었다. 은빛 나는 금발에 피부 빛깔도 그 머리와 잘 어울리게 뽀얗고, 팔다리도 눈부시게 희었다.

“다른 사람들과 비교하면 너무 창백해요. 아직 조금도 타지 않았군요.”

배리 소녕이 큰소리로 웃기 시작했다.

길다란 수영 가운을 입은 크리스틴 레드펀은 바닷가에서 층계를 올라와 그들이 있는 쪽을 향해 걸어왔다. 살결이 하얗고 지나치리만큼 진지한 얼굴이었으며 결코 못생긴 편은 아니었다. 손도 발도 자그마하니 우아했다.

레드펀은 모두들을 보고 방긋이 웃으며 옆에 앉더니 가운을 여몄다.

“포아로 씨가 당신을 칭찬하셨어요. 이분은 일광욕하는 사람들을 싫어하신답니다. 푸줏간에 매달린 뼈다귀 붙은 고기와 마찬가지로 보인다지 않겠어요.” 브루스터 양이 설명했다.

크리스틴 레드펀은 얼굴에 슬픈 미소를 엷게 띠었다.

“나도 일광욕을 하고 싶어요! 하지만 피부가 까맣게 타기는커녕 온몸이 불에 덴 것처럼 부풀어 오르고, 팔에는 가득히 주근깨투성이가 되어서…….”

“가드너 씨 댁의 아일린처럼 온몸이 털북숭이가 되는 것보다는 낫지요.”

브루스터는 크리스틴의 이상한 표정을 살피듯 보았다.

“오늘 아침의 가드너 부인은 어찌나 활기가 넘치는지, 도무지 멈출 줄을 몰랐어요. 줄곧 ‘그렇지요, 여보?’ ‘그 말이 맞소’의 연속이었답니다.”

브루스터는 잠깐 입을 다물었다.

“하지만 포아로 씨, 당신도 조금은 맞장구를 쳐주었더라면 좋았을 것을…… 그렇게 하셔야 했어요. 여기에 오신 목적은 어떤 음울하고 참혹한 살인사건을 조사하기 위한 것이며, 살인광인 범인이 반드시 이 호텔에 묵고 있는 손님 가운데 있을 거라느니 하고 말이에요.”

에르퀼 포아로는 한숨을 쉬었다.

“그녀에게 그런 말을 하는 날에는 진짜로 믿어버리고 말 텐데요.”

배리 소령이 목구멍 속으로부터 의미가 담긴 듯한 웃음소리를 냈다.

“그렇겠지요, 그 여자라면.”

에밀리 브루스터가 말했다.

“천만에요. 설마 여기서 범죄가 일어나다니, 아무리 그녀라 해도 믿지 않을 거예요. 시체가 나올 만한 그런 장소가 아닌걸요.”

포아로는 의자 속에서 몸을 조금 움직이며 그녀의 말에 반대했다.

“어째서 그럴까요, 브루스터 양? 이 스머글러즈 섬에 말씀하시는 바와 같은 ‘시체’가 나오는 것이 어째서 이상한 일일까요?”

“글쎄요, 다만 그럴 것 같은 장소와 그럴 것 같지 않은 장소가 있으니까요. 여기는 아무리 보아도…….”

에밀리 브루스터는 말하려 하는 뜻을 도무지 잘 설명할 수 없음을 알고서 입을 다물었다.

"분명히 이곳은 낭만적입니다." 에르큘 포아로는 이해한다는 듯이 말했다. "평화롭기도 하지요. 밝은 태양, 짙푸른 바다. 그렇지만 말입니다, 브루스터 양. 잊어서는 안 됩니다. '햇빛 아래 곳곳에 나쁜 일이 있도다'라고나 할까요. 훤한 대낮에도 악마는 존재합니다."

목사가 의자 속에서 몸을 움직거렸다. 그가 몸을 앞으로 내밀자 날카롭게 파란 눈이 번쩍 빛났다.

에밀리는 어깨를 움츠렸다.

"네, 그야 물론…… 그것은 알고 있지만, 그래도 역시……."

"그래도 역시 이곳이 범죄의 현장으로는 어울리지 않는다는 말씀입니까? 브루스터 양, 당신이 한 가지 잊고 계신 일이 있습니다."

"인간성 말인가요?"

"이아, 그것노 그렇지요, 언제나 그렇습니다. 그러나 내가 말하려는 것은 그게 아닙니다. 내가 지적해 두고 싶은 일은 여기에 오는 사람은 누구나 다 휴가를 즐기러 온다는 사실입니다."

에밀리는 당혹한 얼굴을 들었다.

"잘 모르겠는데요."

에르큘 포아로는 빙그레 웃어 보이고 나서 집게손가락을 세워서 허공에다 대고 빙글빙글 돌렸다.

"이를테면 당신에게 적이 있었다고 합시다. 당신은 그 사람을 노리고 있다가 아파트든 회사든 또는 길에서든…… 아무 데라도 좋습니다. 그를 붙잡았다고 합시다. 그렇게 되면, 당신에게는 '이유'가 필요합니다. 어째서 그곳에 있었는가를 설명해야만 합니다. 그러나 이 바닷가에서는 아무도 설명할 필요가 없는 것입니다. 어째서 레더콤 만에 와 있지요? 물론 8월이니까. 8월에는 바다에 가지요, 휴가니까요. 아주 자연스럽습니다. 당신이 여기에 있는 것도, 레인 씨가 있는 것도, 배리 소령이 계시는 것도, 레드펀 씨 부부가 와 계시는 것도 아주 자연스럽습니다. 영국에서는 8월에 바닷가로 가는 것이 습관이니까요."

"그렇군요." 브루스터는 인정했다. "확실히 뛰어난 착상이라고 생각해요. 하지만 가드너 씨 부부는 어떨까요? 그들은 미국인이거든요."

포아로는 빙그레 미소를 지었다.

"그 부인도 한가하게 쉬고 싶다고 말씀하셨지요. 어찌되었든 영국을 '바로잡아주려고' 오신 분이니까 2주일쯤 바닷가에서 편안히 쉬어야겠지요. 일류 관광객으로서도 그것은 필요합니다. 사람을 관찰하며 즐기고 있는 겁니다."

레드펀 부인이 중얼거렸다.

"당신도 사람을 관찰하기 좋아하시나 보지요?"

"솔직히 말해서 그렇습니다. 좋아하지요."

그녀는 골똘히 생각에 잠기면서 말했다.

"살펴보고 계시는 거로군요…… 여러 가지로."

4

아무도 말이 없었다. 스티븐 레인이 헛기침을 하고 조금 부끄러운 듯이 말을 꺼냈다.

"포아로 씨, 나는 당신이 조금 전에 하신 말씀에 관심이 있는데 말입니다. 분명히 햇빛 아래의 곳곳에 나쁜 일이 있는 법이라고 말씀하셨지요? 어쩐지 성서의 '전도서'에 나오는 말과 똑같은 말같이 생각되는군요."

목사는 숨을 한 번 몰아쉬고 나서 성서를 인용하여 말했다.

"'본디 사람의 마음에는 나쁜 일이 가득 차 있으며, 그가 살아 있는 동안에는 마음에 나쁜 생각을 품느니라.'"

그의 얼굴은 광신적인 열정에 불타고 있었다.

"정말 잘 말씀해 주셨습니다. 요즘에는 아무도 악의 존재 따위를 믿지 않습니다. 기껏해야 선의 부정 정도로 생각하고 있을 뿐이지요. 나쁜 마음을 일으키는 것은 어리석은 인간이다, 성장하지 못한 사람들이다, 그러나 나무라서는 안 된다, 불쌍하게 생각해야 한다 …… 이렇게 생각하는 겁니다. 하지만 포아로 씨, 악은 '실재'하고 있습니다. 이건 엄연한 '사실'입니다! 나는 선과 마찬가지로 악의 존재도 믿습니다. 존재하고말고요! 늠름하게 이 지상에 버티고 있습니다!"

목사는 입을 다물었다. 숨이 가쁜 모양이었다. 그는 손수건으로 이마를 닦더니 갑자기 미안한 듯한 표정을 지었다.

"죄송합니다. 나도 모르게 그만 열중해 버려서……."

"말씀하시는 뜻은 잘 알겠습니다. 어느 점까지는 나도 동감합니다. 분명히 악은 이 지상에 버티고 있습니다. 똑똑히 알아볼 수 있습니다." 포아로가 냉정하게 대답했다.

배리 소령이 헛기침을 했다.

"그 이야기를 들으니 생각났는데, 인도의 탁발승 가운데에는……."

배리 소령은 졸리 로저 호텔에 온 지 꽤 여러 날이 지나서, 그가 이야기를 꺼내면 좋건 싫건 길어지고 만다는 것이 잘 알려져 있었다. 그렇기 때문에 모두들 재빨리 경계했다. 사이를 두지 않고 에밀리 브루스터와 레드펀 부인이 재잘대기 시작했다.

"레드펀 부인, 지금 이리로 헤엄쳐온 사람이 당신의 남편이시지요? 어때요, 저 크롤 솜씨, 멋있잖아요? 굉장히 수영을 잘하는군요."

그와 동시에 레드펀 부인도 말하기 시작했다.

"어머나, 보세요, 예쁜 배예요! 빨간 돛을 달고. 저건 블래트 씨의 요트지요?”

빨간 돛을 단 소형 요트가 지금 막 만의 끝을 가로지르고 있었다.

배리 소령이 신음 소리를 냈다.

“원, 당치도 않군! 빨간 돛이라니!”

그러나 그 덕분에 탁발승 이야기는 피할 수 있었다.

에르퀼 포아로는 지금 막 물가로 헤엄쳐온 청년을 감탄하는 눈으로 바라보고 있었다. 패트릭 레드펀, 사람으로서는 완성품이다. 적갈색으로 그을린 탄력 있는 몸, 넓은 어깨와 단단한 넓적다리, 그 밝고 쾌활한 모습은 주위 사람들에게도 전해져왔다. 순진하고 소박한 성격이어서 어떠한 여자든지 좋아하고, 또한 대부분의 남자들도 호감을 가지는 타입이었다.

그는 모래밭에 서자 몸을 흔들어 물기를 털어내며 아내를 향해 멋지게 손을 흔들었다.

“이리로 오세요, 패트릭!” 아내 쪽에서도 마구 손을 흔들면서 소리질렀다.

“곧 갈게.”

그는 놓아둔 타월을 가지러 바닷가를 걸었다.

그때였다. 호텔에서 바닷가를 향해 모두들의 옆을 지나가는 여자가 있었다.

일급 여배우가 무대에 등장할 때와도 같은 당당함과 위엄이 있었다.

게다가 자기 자신도 그것을 잘 알고서 걷는 걸음걸이였다. 겸연쩍어하지도 않고, 겁먹은 듯한 태도도 없었다. 자기가 나타남으로써 언제나 어떤 효과를 만들어내는지 잘 알고 있는 것 같은 느낌이었다.

늘씬하게 쭉 뻗은 후리후리한 자태, 등이 없는 시원스러워 보이는 하얀 수영복, 그 드러나 있는 피부는 조금의 틈도 없이 아름답게 적갈색으로 골고루 잘 그을어 있었다. 조각상을 연상케 하는 완벽한 아름다움이었다. 타는 듯한 적갈색의 윤기 있는 머리카락이 탐스럽게 목덜미에 곱슬거리며 얽혀 있었다. 얼굴에는 조금 거친 느낌이 감돌아 30년의 세월을 이야기해 주고 있었지만, 전체적인 인상은 그와 반대로 아주 젊어 생명력의 훌륭한 승리를 나타내고 있었다. 얼굴 표정은 중국 사람처럼 움직이지 않았다. 진한 푸른빛 눈은 위로 치켜 올라가 있었다. 머리에는 두꺼운 비취색 종이로 만든 멋진 중국식 모자를 쓰고 있었다.

이 여자가 나타나자 바닷가에 있는 다른 여자들은 하나도 남김없이 그 존재가 희미해져 버리는 것 같은 느낌이었다. 그녀에게는 어딘지 모르게 그만한 풍격이 갖추어져 있었던 것이다. 당연한 일이지만, 그 자리에 있는 보는 남자들의 눈길이 이 여자에게로 집중되었다.

에르퀼 포아로도 눈을 크게 떴다. 자못 감탄하는 것처럼 수염이 떨리고 있었다.

배리 소령은 자세를 바로하고 일어났다. 너무나도 흥분한 나머지 그 데굴거리는 눈이 부풀어 점점 더 앞으로 튀어나왔다. 포아로의 왼쪽에서는 스티븐 레인 목사가 소리내어 숨을 들이마시며 몸을 딱딱하게 굳혔다.

배리 소령이 쉬어터진 목소리로 중얼거리듯 말했다.

"알레나 스튜어트요. 그런 이름이었지, 마셜과 결혼하기 전에는. 그녀가 출연한 연극을 본 일이 있소. 여배우 생활을 그만두기 전에 말이오. 이거 훌륭한 눈요기가 되겠는걸."

크리스틴 레드펀이 싸늘한 목소리로 천천히 말했다.

"훌륭하군요…… 확실히. 하지만, 어쩐지 야수 같아요!"

에밀리 브루스터가 느닷없이 소리를 질렀다.

"지금 막 악에 대해서 이야기하셨지요, 포아로 씨? 내 생각으로는 저 여자야말로 악마의 화신 같군요! 철저한 악인이에요. 이렇게 말하는 것은, 사실 우연한 기회에 저 여자에 대해 알게 되었기 때문이에요."

배리 소령이 생각난 것처럼 말하기 시작했다.

"인도의 심라(히말라야 산기슭에 있는 인도 제일의 피서지)에서 만난 여자가 생각나는군요. 역시 붉은 머리였지요. 중위의 아내였는데, 싸움의 불씨를 뿌렸느니 어쩌니 하여 굉장한 소동이 났었습니다. 남자들은 모두 그녀에게 정신없이 열중했었지요! 물론 여자들은 모두 그녀의 눈을 후벼내기라도 할 듯이 무서운 기세였습니다! 그 여자 때문에 가정에 불화를 일으킨 부부도 한두 쌍이 아니었답니다."

소령은 그때를 생각하며 웃었다.

"남편이라는 사람은 점잖은 남자로 한결같이 아내를 받들어 모시기만 했지, 아무것도 알아차리지 못하더군요. 아니, 알아차리지 못한다는 듯한 표정을 짓고 있었지요."

스티븐 레인이 낮은 목소리로 심한 노여움을 담아 말을 꺼냈다.

"그런 무서운 여자야말로 실로…… 실로……."

그러나 그는 곧 입을 다물었다.

지금 알레나 스튜어트는 물가에 서 있었다. 아직 소년티를 벗어 버리지 못한 젊은 사나이 둘이 벌떡 일어나 부지런히 그 옆으로 다가갔다. 그녀는 두 사나이에게 미소를 던졌다.

그러나 그 눈길은 두 사람 앞의 바닷가를 걸어오는 패트릭 레드편에게로 옮겨졌다.

포아로는 마치 나침반 바늘의 움직임을 보고 있는 것같이 생각되었다. 패트릭 레드편의 바늘에 진동이 일어났던 것이다. 발의 방향이 갑자기 바뀌었다. 나침반의 바늘은 어떤 경우에나 자기의 법칙에 따라 북쪽을 가리키는 법이다.

패트릭의 발은 저절로 알레나 스튜어트를 향해 움직여갔다.

스튜어트는 미소를 던지고 있었다. 그리고 천천히 물결이 넘실거리는 물가를 걷기 시작했다. 패트릭도 나란히 걸었다. 스튜어트는 커다란 바위 옆으로 가서 누웠다. 패트릭은 그 옆에 있는 작은 돌 위에 걸터앉았다.

별안간 크리스틴이 자리에서 일어나 호텔로 뛰어들어가 버렸다.

5

크리스틴이 가버린 뒤 잠시 거북한 침묵이 계속되었다.

이윽고 에밀리 브루스터가 말했다.

"불쌍해요. 좋은 사람인데……결혼한 지 겨우 1, 2년밖에 되지 않았는데 말예요."

"아까 이야기한 그 여자는 말입니다!" 배리 소령이 다시 말을 꺼냈다. "인도 심라의 그 여자는 실제로 두 쌍의 부부 사이를 깨뜨려버렸지요. 안됐더군요."

"그런 타입의 여자가 있어요. 남의 가정을 파탄에 넣는 그런 여자 말예요……." 에밀리 브루스터는 잠시 뒤 덧붙여 말했다. "어리석어요, 패트릭 레드펀은!"

에르퀼 포아로는 아무 말도 하지 않았다. 뚫어지게 바닷가를 지켜보았으나 패트릭 레드펀과 알레나 스튜어트를 보고 있지는 않았다.

"자아, 보트를 타러 가볼까" 하고 에밀리 브루스터는 자리를 떠났다.

배리 소령은 구즈베리 열매같이 동그란 눈에 열띤 호기심을 그대로 드러내고 포아로를 돌아다보았다.

"어떻습니까, 포아로 씨? 무엇을 생각하고 있지요? 아까부터 입을 꾹 다물고 말이 없으시군요. 어떻습니까, 저 요부는? 상당히 섹시하지 않습니까?"

"어쩌면 그럴지도 모르지요."

"포아로 씨, 애써 감추려들어도 소용없습니다. 당신네들 프랑스 사람에 대해선 잘 알고 있으니까요."

"나는 프랑스 사람이 아닙니다!" 포아로는 냉랭하게 말했다.

"그렇다 하더라도 미녀를 보는 눈이 없다는 말을 하지는 않겠지요. 어떻게 생각하시오, 저 여자를?"

"젊지는 않군요."

"아무려면 어떻소. 여자의 나이는 용모로 정해지는 법이지요. 얼굴이 꽤 아름답지 않습니까?"

에르퀼 포아로는 고개를 끄덕이며 말했다.

"그렇군요, 아름답기는 합니다. 그러나 궁극적으로 문제가 되는 것은 그녀의 아름다움이 아닐 겁니다. 이 바닷가에 있는 사람들 중 단 한 사람만 빼놓고 모두 다 저 여자를 보고 있는 것은 아름답기 때문이 아닙니다."

"섹스 어필 말인가요" 하고 소령이 말했다. "바로 그거요, 성적 매력." 그는 갑자기 호기심이 솟아오르는지 "무엇을 보고 있는 거요, 그렇게 유심히?" 하고 물었다.

"예외인 사나이를 보고 있습니다. 저 여자가 앞을 지나가도 얼굴을 들지 않는 사나이를 말입니다."

배리 소령은 포아로의 눈길을 더듬어 그 사나이에게로 눈을 돌렸다. 햇볕에 그을린 몸에 인상이 좋은 얼굴 생김새의 금발머리 사나이가 모래 위에 앉아 파이프 담배를 피우면서 〈타임스〉를 읽고 있었다.

"아아, '저 사람' 말입니까! 그는 남편입니다, 마셜이지요." 배리 소령이 말했다.

"압니다." 포아로가 대답했다.

배리 소령은 소리 없이 웃었다. 그 자신은 독신이다. 그는 '남편'이 라는 것을 세 가지 관점으로밖에 생각하지 않는 습성이 있었다. 다시 말해서 그에게 있어서 남편이란 귀찮은 방해물, 불편한 존재, 그리고 비호하는 존재인 것이다.

"괜찮아 보이는 남자지요, 점잖고. 그런데 내 〈타임스〉는 왔을 까?"

소령은 일어나서 호텔 쪽 테라스로 올라갔다.

포아로의 눈길은 천천히 스티븐 레인의 얼굴로 옮겨갔다. 스티븐 레인은 알레나 마셜과 패트릭 레드펀을 유심히 지켜보고 있더니 얼른 포아로 쪽으로 눈길을 돌렸다.

"저 여자는 온몸이 악의 덩어리입니다. 부정하시겠습니까?"

"긍정하기도 어렵겠지요." 포아로는 천천히 말했다.

"그러십니까? 이 대기 속에, 우리의 이 주변에 틀림없이 있는 악 의 존재를 느끼지 못한다는 겁니까?"

에르큘 포아로는 천천히 고개를 끄덕였다.

제2장

1

로자먼드 단리가 가까이 다가와서 에르큘 포아로 옆에 앉았을 때, 포아로는 기쁨을 감추려고 하지 않았다.

포아로는 스스로도 인정하고 있는 일이지만, 이제까지 만났던 어떤 여자보다도 로자먼드 단리를 찬미하고 있었다.

그녀의 명성도, 우아한 자태도, 그 자랑스러운 듯한 빈틈없는 자세로 머리를 쳐드는 태도도 좋았다. 보기 좋게 물결치고 있는 윤기 흐르는 검은 머리도, 짓궂음이 담뿍 담긴 미소도 역시 그의 마음을 잡아 흔들었다.

그녀는 진한 감색 바탕에 흰색을 배합한 드레스를 입고 있었다. 값비싼 것으로, 화려하지도 않으나 우아한 기품을 풍기는 선으로 처리되어 있어 매우 간소하게 보였다. 그녀가 경영하는 로자먼드 살롱은 런던에서도 손꼽히는 일류 의상실이었다.

"아무래도 이곳이 마음에 들지 않아요. 왜 이런 곳으로 왔는지 모르겠어요." 로자먼드가 말했다.

"전에도 오셨었습니까?"

"네, 2년 전에. 부활절 휴가 때였었지요. 하지만 그때는 이렇게 사람이 많지 않았어요." 에르퀼 포아로는 로자먼드의 얼굴을 지켜보면서 다정하게 말했다.

"뭔가 걱정거리가 있으신 모양이군요, 그렇지요?"

로자먼드는 고개를 끄덕였다. 그녀는 한쪽 다리를 흔들며 그 발끝을 내려다보고 있더니 겨우 말을 꺼냈다.

"유령을 보았어요. 그 때문에……."

"유령이라고요, 단리 양?"

"네."

"무슨 유령이지요? 아니, 누구의 유령입니까?"

"나 자신의 유령이었어요."

포아로는 상냥하게 물었다.

"보기가 괴로웠습니까?"

"네, 무척. 생각지도 못했던 일이에요. 그 때문에 오래 전에 있었던 일이 생각나서……." 그녀는 입을 다물고 골똘히 생각하더니 다시 말을 이었다. "상상하실 수 있겠어요, 나의 어린 시절을? 아니, 무리한 일이겠지요! 당신은 외국분이시니까요."

"그토록 영국적이었습니까?"

"네, 놀라울 정도로. 영국의 농촌이었어요. 다 쓰러져가는 큼직한 집, 말과 그리고 개…… 빗속을 터덜터덜 걸어다니기도 하고, 난로에 장작을 넣기도 하고, 사과밭…… 돈은 없고, 낡아빠진 트위드 옷, 해마다 똑같은 이브닝드레스, 뜰은 황폐한 대로 내버려두고, 가을에는 시온의 꽃이 한창 얼크러져 피는……."

"어린 시절로 돌아가고 싶으신가요?" 하고 포아로가 다정하게 물었다.

로자먼드 단리는 고개를 저었다.

"아무도 돌아갈 수 없어요. 그것만은…… 아무래도, 하지만 나는 다시 해보고 싶었어요, 다른 인생을."

"정말입니까?"

로자먼드 단리는 웃었다.

"글쎄요, 나도 모르겠어요."

"내가 젊었을 때에…… 물론 오래된 일입니다만, 이런 게임이 있었 지요. '어떤 사람으로 다시 태어나고 싶은가?' 그 대답을, 젊은 여 자들은 푸른 가죽으로 장정하고 금테를 두른 앨범에 써넣는 것입니 다. 하지만 그 대답은 좀처럼 얼른 생각나지 않는답니다, 단리 양."

"네, 그럴 거라고 생각해요. 위험이 크니까요. 그야 물론 누구든지 무솔리니나 엘리자베스 여왕이 되고 싶다는 생각 같은 건 하지 않 을 테고. 친구에 대한 것이라면 너무나 훤히 알고 있으니까요. 그 러고 보니 생각나는데, 난 아주 멋진 부부를 만난 일이 있어요. 서 로 다정하게 위로해 주고, 결혼한 지 몇 해가 지나도 무척 사이가 좋더군요. 난 그 부인이 너무나 부러워서 될 수만 있다면 나 스스 로 그녀 대신 그 자리에 들어갔으면 하고 생각했을 정도였지요. 그 런데 누가 알았겠어요? 나중에 들은 이야기지만 그 부부는 단둘이 있을 때는 단 한 마디의 말도 하지 않았다지 뭐예요, 그것도 11년 동안이나!"

그녀는 웃었다.

"역시 부부의 일은 아무도 알 수 없는 모양이지요?"

조금 사이를 두었다가 포아로가 말을 꺼냈다.

"단리 양, 많은 사람이 당신을 부러워한다고 생각하는데요."

로자먼드 단리는 태연하게 말했다.

"네, 그야 당연하지요."

잠시 생각에 잠긴 그녀의 입술 선이 위로 동그랗게 곡선을 그리며 언제나의 그 짓궂은 미소가 조용히 떠올랐다.

"확실히 나는 성공한 여자의 전형이라고 생각해요. 예술가로서도 성공했고, 나 자신도 예술가로서의 만족을 느끼고 있어요. 나는 정말 드레스를 디자인하는 것을 좋아한답니다. 그리고 실업가로서도 성공한 여자라고 할 수 있지요. 경제적으로도 만족하고 있어요. 복이 많다고 생각해요. 몸매도 이만하면 나쁘지 않고, 얼굴도 그런대로 괜찮고, 지독하게 입이 거친 편도 아니지요."

말이 끊어지고 그녀의 얼굴에 미소가 번졌다. 이윽고 그녀는 다시 말을 이었다.

"하지만, 남편이 없어요! 그것이 나의 단점이예요. 그렇지요, 포아로 씨 ?"

포아로는 다정하게 대답했다.

"단리 양, 당신이 결혼하지 않는 것은 당신의 마음을 끌 수 있는 남자가 없었기 때문입니다. 당신의 독신생활은 필연적이 아니라 선택의 결과지요."

"그렇다 하더라도 남자 분들은 역시 마음속으로 여자는 결혼해서 아이를 낳지 않으면 진정한 여자가 아니라고 생각하는걸요."

포아로는 어깨를 으쓱했다.

"결혼해서 아이를 낳는다는 것은 평범한 여자가 하는 일입니다. 거기에 비해 당신같이 자신의 힘으로 지위와 명성을 얻은 여자는 백명…… 아니, 천 명에 한 사람 있을까 말까 할걸요."

로자먼드는 웃음 띤 얼굴을 지어보였다.

"하지만 역시 나는 아무것도 아닌 그저 보잘것없는 노처녀예요! 아무튼 오늘은 그런 느낌이 드는군요. 어떤 가난한 살림이라도, 아무리 말이 없고 난폭한 남편이라도 좋아요. 장난꾸러기 녀석들이 줄줄 뒤를 쫓아다녀도 좋아요. 오히려 그편이 행복하다고 생각해요. 그렇지 않을까요?"

포아로는 또 어깨를 으쓱했다.

"자신이 그렇게 생각하면 그렇겠지요."

로자먼드는 소리내어 웃었다. 갑자기 조용한 마음을 되찾은 모양이었다. 그녀는 담배를 한 대 뽑아 불을 붙였다.

"포아로 씨는 여자 다루는 법을 정말 잘 아시는군요. 나는 이제 아까와는 반대의 입장에 서서 직업여성을 변호하는 논리를 벌이고 싶어졌어요. 물론 나는 복을 많이 받고 있어요. 그건 잘 알고 있어요!"

"그럼, 뜰을 통틀어…… 아니, 바닷가를 통틀어인가요? 모든 여자들을 다 일컫는 것이로군요. 참으로 훌륭하십니다."

"네, 그래요."

포아로도 담배 케이스를 꺼내어 거드름을 부리듯 천천히 유별나게 짧은 사이즈의 담배를 꺼내어 불을 붙였다. 그는 모락모락 피어오르는 파란 담배 연기를 이상하다는 듯이 바라보며 중얼거리듯 입을 열었다.

"그럼 마셜 씨는…… 아니, 마셜 대위는 당신과 어린 시절부터의 다정했던 소꿉친구였군요?"

로자먼드는 자세를 바로 했다.

"어떻게 그것을 아셨지요? 아아, 켄에게서 들으셨군요?"

포아로는 고개를 저었다.

"아무에게서도 그런 말을 듣지 않았습니다. 나는 탐정입니다, 단리 양. 추리해 본 결과 쉽게 알 수 있었을 뿐입니다."

"잘 모르겠어요."

“그렇지만 생각해 보십시오.”

몸집이 작은 포아로의 두 손이 바쁘게 움직이기 시작했다.

“당신은 일주일 전에 여기로 오셨습니다. 명랑하고 쾌활하며 걱정거리 같은 것은 조금도 없는 분이었지요. 그런데 오늘은 갑자기 유령 이야기를 하기도 하고, 어린 시절의 일을 꺼내기도 하십니다. 대체 무슨 일이 있었을까요? 요 며칠 동안 이 호텔에 새로운 손님은 오지 않았습니다. 다만 어제 저녁에 마셜 대위가 아내와 딸을 데리고 왔지요. 그리고 오늘 당신에게 변화가 일어났습니다! 그렇다면 명백한 일이 아니겠습니까?”

“네, 맞아요. 케네스 마셜과 나는 어린 시절을 거의 함께 지냈어요. 그의 집과 우리 집은 바로 이웃에 있었답니다. 켄은 언제나 다정했어요. 그리고 나보다 네 살이나 위여서 나의 어리광을 잘 받아 주었지요. 벌써 오랫동안 만나지 못했어요. 그렇군요, 적어도 15년쯤은.”

포아로는 생각 깊게 말했다.

“퍽 오랫동안 못 만나셨군요.”

로자먼드는 고개를 끄덕였다.

조금 뒤 포아로가 다시 말했다.

“당신에게 호감을 갖고 있었겠지요?”

로자먼드는 열심히 말했다.

“켄은 좋은 사람이에요. 아주 좋은 분이지요. 무척 조용하고 조심성이 있었지요. 단 한 가지 결점이라면 보잘것없고 하찮은 여자와 결혼하는 버릇이 있는 것이지요.”

포아로는 동정하는 것 같은 말투로 “그렇군요……” 하고 말했다.

로자먼드 단리는 이야기를 계속했다.

“켄은 바보예요. 여자에 대해서만은 철저하게 바보예요…… 마틴델 사건을 기억하세요?"

포아로는 눈살을 찌푸렸다.

"마틴델? 아아, 마틴델 말입니까. 비소였던가요?"

"네, 17, 8년 전에 있었던 사건이에요. 남편을 살해한 혐의로 아내가 재판을 받았었지요."

"그런데 남편이 비소 상용자임이 밝혀져서 무죄 석방되었지요?"

"그래요. 그런데 그녀가 무죄로 풀려나자 켄이 그 여자와 결혼했답니다. 켄은 가끔 그런 바보 같은 짓을 한답니다."

에르퀼 포아로가 중얼거리듯 말했다.

"그러나 죄가 없다는 것을 알게 되어 한 것이라면?"

로자먼드 단리는 초조한 듯이 말했다.

"네, 아마도 죄가 없었겠지요. 하지만 그런 일을 누가 알 수 있겠어요! 더구나 세상에는 여자가 얼마든지 있잖아요. 그런데도 고르고 골라 하필이면 살인 혐의를 받았던 여자와 결혼하다니, 정말……."

포아로는 잠자코 있었다. 아마도 잠자코 있으면 로자먼드가 이야기를 더 계속하리라는 것을 알고 있는 모양이었다. 정말 그러했다.

"그때는 켄도 아주 젊었었지요. 아직 21살이었어요. 그 여자에게 넋을 잃고 열중하고 말았어요. 그런데 결혼한 지 1년이 지나서, 여자는 린다라는 딸아이를 낳고 죽었답니다. 그녀의 죽음에 큰 충격을 받았던 모양이에요. 켄은 그 뒤 한참 동안 열심히 놀러 다니더군요. 틀림없이 그녀를 잊기 위해서였을 거예요."

로자먼드는 잠시 입을 다물었다.

"그 뒤에 시작된 것이 알레나 스튜어트와의 관계였어요. 그 무렵 알레나는 레뷔에 출연하고 있었지요. 마침 코드린턴 집안의 이혼 소동이 있었던 때였어요. 알레나 스튜어트와의 관계가 문제되어 코드린턴 경의 부인이 남편과 이혼했던 거예요. 코드린턴 경은 완전히 그 여자에게 열중해 있었고 이혼 판결이 나는 대로 두 사람은 결혼할 거라는 소문이 자자했지요. 그런데 막상 일이 예정했던 대로 이루어지자 그들은 결혼하지 않았어요. 알레나가 깨끗이 버림받은 셈이지요. 그러자 그녀는 결혼 불이행이니 하여 코드린턴 경을 고소했던 모양이에요. 아무튼 그 무렵에는 굉장한 소동이었답니다. 그런데 또 무슨 일이 일어났는지 아세요? 이번에는 켄이 그 여자와 결혼한 거예요. 그는 바보예요, 철저하게 바보예요!"

에르큘 포아로는 조용히 말했다.

"남자란 때로 그런 바보 같은 짓을 하게 마련이지요. 어찌되었든 아름다운 미인이니까요."

"네, 그 점은 인정해요. 그런 다음 3년쯤 전에도 스캔들이 있었답니다. 로버트 애스킨 경이 유언으로 모든 재산을 그 여자에게 남긴 거예요. 다른 일이라면 또 모르지만…… 아무튼 그 일로 켄도 정신을 차려 눈을 뜨리라고 생각했었지요."

"그런데 그렇지 않았던가요?"

로자먼드 단리는 어깨를 으쓱해 보이고 나서 대답했다.

"아까도 말씀드린 바와 같이 난 오랫동안 그를 만나지 못했어요. 하지만 다른 사람의 이야기에 의하면, 켄은 그 일을 조금도 마음에 두지 않고 오히려 기뻐하더랍니다. 어째서 그랬을까요? 그 여자를 완전히 믿고 의심하지 않은 것일까요?"

"다른 이유가 있었는지도 알 수 없지요."

"그래요, 자존심 때문일 거예요! 고집을 부리고 있는 거예요! 하지만 정말은 어떻게 생각하고 있는지 모르겠어요. 아무도 알 수 없는 일이겠지만."

"알레나 마셜 부인은? 그녀 쪽은 어떻게 생각하고 있을까요?"

로자먼드는 포아로의 얼굴을 가만히 지켜보았다.

“그 여자 말인가요? 그 여자는 돈줄에 달라붙는 낙지예요. 게다가 남자를 유혹하는 탕녀예요! 조금이라도 그럴 듯한 남자가 백 미터 안에 접근해 오면 순식간에 잡아먹고 말아요. 알레나는 그런 여자예요.”

포아로는 그 말에 동의한다는 표시로 천천히 고개를 끄덕였다.

“그렇습니다, 말씀하시는 바와 같습니다. 그 여자가 노리는 것은…… 남자뿐입니다.”

“그녀는 지금 패트릭 레드펀 씨에게 눈독을 들이고 있어요. 핸섬하고, 얼마쯤 단순한 편이며, 부인을 사랑하고 있어 다른 여자는 거들떠보지도 않지요. 그러한 타입의 남자가 알레나에게는 더없이 좋은 먹이랍니다. 저 사랑스러운 부인이, 살빛이 희고 아름다운 그녀가 불쌍해요. 남자를 닥치는 대로 잡아먹는 그런 호랑이를 상대로 하여서는 전혀 승산이 없거든요.”

포아로는 가슴아파하는 얼굴로 말했다.

“그야 그렇겠지요.”

“크리스틴 레드펀 부인은 학교 선생으로 있었던 모양이에요. 물질보다도 정신을 앞세우는 사고방식을 갖고 있어요. 틀림없이 심한 충격을 받았을 거예요.”

포아로는 까다로운 얼굴로 고개를 저었다.

“불쌍해요.” 로자먼드는 일어서면서 지나가는 말처럼 덧붙였다. “누군가가 어떻게든 도와줘야지.”

2

린다 마셜은 침실 거울 앞에 서서 냉정하게 자신의 얼굴을 살펴보고 있었다. 어쩌면 이렇게도 언짢은 얼굴일까! 특히 지금은 뼈만 앙상하게 드러나고 주근깨투성이처럼 보였다. 부스스하게 퍼진 적갈색 머리카락이 너무나도 싫어서 견딜 수가 없었다. 마치 한 마리 못생긴 쥐가 아닌가 하는 생각이 들었다. 녹색이 어린 잿빛 눈도, 튀어나온 광대뼈도, 기다랗게 내민 턱도 모두 마음에 들지 않았다. 입매와 이마는 그다지 보기 싫지 않다고 생각되지만, 이런 게 대체 무슨 소용 있단 말인가? 코 옆에 솟아나오려고 하는 것은 여드름일까?

그녀는 여드름이 아니라고 생각되자 적이 마음이 놓였다. 린다는 생각을 계속했다.

'16살이라니, 싫어…… 아아, 싫어!'

어찌된 일인지 자신이 생각해도 알 수 없었다. 린다는 망아지처럼 보기 흉하게 생겼고 고슴도치처럼 가시가 돋쳐 있다. 자신이 보기 흉한 용모며, 어디에도 머무를 수 없는 한심한 처지가 자꾸만 마음에 걸렸다.

학교에 다니는 동안에는 그렇지 않았다. 그러나 이제는 졸업해 버리고, 앞으로 어떻게 될 것인지 전혀 알 수 없었다. 아버지는 막연하게 내년 겨울이 되면 파리로 보내주겠다고 말하지만, 파리에 가고 싶은 생각은 없었다. 그렇다고 해서 집에 있기도 싫었다. 어찌된 일인지 바로 조금 전까지만 해도 자신이 알레나를 이토록 싫어하고 있는 줄은 전혀 의식하지 못했었다.

린다의 어린 얼굴이 굳어지더니 잿빛 눈이 사나워졌다.

알레나…….

'그 여자는 짐승이 아닐까. '짐승'…….' 린다는 마음속으로 생각했다.

계모! 계모가 있으면 못 견딘다고 모두들 말하는데, 정말 그렇다! 알레나가 불친절하다는 것은 아니다. 린다에게로 눈을 돌려 날카롭게 쳐다보는 일 같은 건 결코 없으니까. 그러나 일단 이쪽을 보게 되면,

그 눈이며 말투가 어쩐지 사람을 경멸하는 것 같고 또한 이를 즐기고 있는 듯한 느낌이 들었다.

알레나의 세련된 움직임이며 우아하고 아름다운 자태는 아직 채 어른이 되어 있지 못한 이쪽의 볼품없는 모습을 한층 더 드러내보이게 할 뿐이었다. 그 여자가 곁에 있으면 자신의 미숙함과 못난 점에 자꾸만 마음이 쓰여 부끄러워지는 것이다.

하지만 그것만은 아니다. 그래, 그것만은 아니다.

린다는 또렷하지 못한 상태로 자신의 깊은 마음속을 더듬어보려고 했다. 그러나 그녀는 자신의 감정을 헤아리고 정리하는 일에 서툴렀다.

좋지 않은 것은 그 여자의 행동 방법이다. 사람에 대해서, 그리고 집에 대해서. '나쁜 여자야, 아주 나쁜 여자야' 하고 린다는 생각했다.

그러나 이대로 내버려둘 수는 없다. 그녀가 좋지 않은 여자라고 해서 다만 화가 난 나머지 상대하지 않고 생각하지 않는 것만으로는 끝나지 않는다.

나쁜 것은 그 여자의 행위이다. 아버지도, 아버지도 아주 달라져버렸다……

린다는 골똘히 생각했다. 학교에까지 마중와주셨던 아버지, 언젠가 크루즈 여행에도 데려가 주셨던 아버지, 집에서의 아버지…… 그런데 그 여자가……모두, 모두 어딘가에 몰아다가 억지로 처박아버리고 만 것 같다. 이제는 아무 것도 보이지 않는다.

린다는 생각했다.

'이제부터는 계속 이렇겠지. 내일도 또 그 다음날도…… 일년 내내. 아아, 도저히 참을 수가 없어.'

린다의 앞에 끝없이 펼쳐진 인생은 알레나라는 존재로 말미암아 시커멓게 멍들어버린 날들이 되었다. 어린아이 같은 린다에게는 아직도 비교 감각이 성숙해 있지 않았으므로 1년은 그녀에게 있어 영원하게 생각되었던 것이다.

알레나에 대한 증오의 마음이 검게 불타는 큰 불길이 되어 린다의 마음에 밀려왔다.

'죽여 버리고 싶어! 아아, 누가 그 여자를 죽여주지 않을까……'

린다는 거울에서 눈길을 돌려 창문 밖의 바닷가를 내려다보았다.

여기는 비교적 즐거운 곳이다. 아니, 즐겁게 지낼 만한 곳이다. 모래가 많은 백사장도 있고, 바위가 많은 바닷가도 있다. 활처럼 굽은 해안선이며 기묘한 산책길도 있다. 어딜 가나 구경할 만한 것으로 가득 차 있다. 무엇보다도 혼자서 하는 일 없이 어슬렁거리며 거닐 수도 있다. 농굴도 있다.

린다는 생각했다.

'알레나만 없어져버리면 정말 즐겁게 지낼 수 있겠는데……'

린다는 이곳에 도착한 날 밤의 일이 생각났다. 섬으로 건너간다기에 매우 가슴이 뛰었었다. 밀물 때여서 건너가는 길 위에까지 바닷물이 찼기 때문에 그들은 보트를 타고 갔다. 이 호텔은 좀 색달라서 무척 즐거워보였다. 그때였다. 테라스에 있던 키가 후리후리하게 큰 검은 머리의 여자가 벌떡 일어나며 말했다.

"어머나, 케네스!"

그러자 아버지는 굉장히 놀란 얼굴로 소리쳤다.

"로자먼드!"

린다는 로자먼드 단리를 어린아이 특유의 엄격하고 비판적인 눈으로 살펴보았다. 그리고 로자먼드는 좋은 사람이라고 판단했다. '뛰어난' 사람이라고 생각했다. 머리카락도 좋은 느낌을 주었다. 아주 잘 어울렸다. 대개의 사람은 머리 빛깔이 잘 어울리지 않는다. 그리고 옷도 좋은 느낌을 주었다. 그런데 어딘지 모르게 기묘하고 우스꽝스러운 표정이었다. 다른 사람의 일로서가 아니라 자신에 대해서 우스워하는 것 같았다.

로자먼드는 린다에게 상냥한 마음으로 대했다. 감정적이 되지도 않고, 이것저것 말하지도 않았다. 린다는 이것저것이라는 말 속에 불쾌한 모든 일을 다 포함시켰다. 그리고 로자먼드는 린다를 업신여기는 듯한 표정도 짓지 않았다. 린다는 진정한 한 사람의 인격체로서 생각해 주는 것 같았다. 린다는 자기 자신조차 진정한 인간으로 느낀 일이 없었기 때문에 자신을 이처럼 대해주는 사람에게 마음속으로 감사하게 생각했다.

아버지도 그녀를 만나 매우 기쁜 것 같았다.

이상하게도 아버지는 갑자기 다른 사람이 된 것 같았다. 저 모습은, 저 모습은……하고 린다는 고개를 갸우뚱했다. 그렇다, 다시 젊어진 것이다! 아버지가 웃었다, 묘하게 어린아이 같은 웃음소리. 이제 와서 생각해 보니 아버지의 웃음소리를 한 번도 들어본 적이 없었다.

린다는 이상한 생각이 들었다. 아주 다른 사람을 보는 것 같았다.

'아빠가 나만한 나이일 때는 대체 어떠했을까?'

아무리 생각해도 해답이 나오지 않았다. 린다는 단념했다.

'만일 아버지와 둘이서 여기에 왔다면…… 나하고 아버지 단둘이서만 여기에 왔다가 로자먼드 단리를 만난 것이라면 얼마나 즐거울까?'

아주 짧은 순간 전망이 환해졌다. 소년처럼 밝게 웃는 아버지, 로자먼드 단리, 그리고 그녀 자신. 이 섬에서 마음껏 놀며 장난치는 세 사람, 물놀이, 동굴…….

그리고 또다시 어둠이 그녀를 가두어버렸다.

알레나. 그 여자가 옆에 있으면 조금도 즐거워질 수가 없다. 어째서 그럴까? 아무튼 이제 다 틀려버렸다. 왜냐하면 도무지 유쾌해질 수가 없으니까. 곁에 밉살스러운 사람이 있는 한 그렇다. 더 이상 미워할 수 없을 정도로 미웠다. 알레나가 미웠다.

또다시 시커멓게 불타는 증오의 큰 불길이 맹렬하게 타올랐다.

린다의 얼굴이 창백해졌다. 입술이 조금 벌어졌다. 눈동자가 가늘게 오므라들었다. 그리고 굳어진 두 손의 손가락이 꼭 힘주어 쥐어졌다.

3

케네스 마셜은 아내의 방 앞에서 문을 두드렸다. 대답을 들은 다음에야 문을 열고 안으로 들어갔다.

알레나는 화장을 끝내고 마지막 손질을 하는 참이었다. 눈부신 회색 드레스를 입은 모습이 인어처럼 보였다. 거울 앞에 서서 속눈썹에 마스카라를 칠하고 있었다.

"아아, 켄, 당신이로군요."

"으음, 준비가 다 되었나 하고……."

"이제 곧 돼요."

케네스 마셜은 창가로 걸어가 바다를 바라보았다. 여느 때와 다름없이 그 얼굴에는 아무 감정도 나타나 있지 않았다. 희미한 미소를 머금은 채 여느 때와 똑같은 얼굴이었다.

그는 뒤돌아보며 말을 꺼냈다.

"알레나."

"왜요?"

"레드펀 씨를 전에 만난 일이 있었소?"

알레나는 거침없이 대답했다.

"네, 그래요. 어디서였더라…… 아아, 칵테일 파티에서였어요. 아주 좋은 청년이라고 생각했었지요."

"그런 것 같더군. 레드펀 씨가 아내를 데리고 이곳에 와 있다는 것을 알고 있었소?"

알레나는 눈을 커다랗게 떴다.

"천만에요, 나도 무척 놀랐는걸요!"

케네스 마셜은 조용하게 말했다.

"혹시 그 때문에 당신이 이 장소를 택한 것인가 하고 생각했었소. 당신이 무척 고집스럽게 이 섬에 오자고 했으니까 말이오."

알레나는 마스카라를 내려놓고 돌아앉았다. 활짝 요염한 미소를 띤 채.

"이곳에 대한 이야기는 다른 데서 들었어요. 라일랜드 씨던가요? '그처럼 멋진 곳은 없소. 아직도 더럽혀지지 않았지요'라고 말했어요. 왜요? 여기가 마음에 들지 않으세요?"

"글쎄……."

"어머나, 이이 좀 봐! 당신은 수영을 하고 모래밭에 누워서 뒹굴기도 하는 것을 굉장히 좋아하잖아요? 여기라면 아주 안성맞춤이라고 생각했는데……."

"당신 자신이 즐기기에는 그렇겠지."

그녀의 눈이 조금 커지며 불안하게 남편의 얼굴을 살펴보았다.

케네스는 말을 계속했다.

"아마도 당신 쪽에서 먼저 레드펀 씨에게 알렸을 테지, 이리로 올 예정이라고."

"여보, 당신은 나를 괴롭힐 생각이에요?"

"알레나, 나는 당신에 대해 얼마쯤은 알고 있소. 그 사람들은 아주 상냥하고 좋은 젊은 부부요. 그는 아내를 무척 사랑하고 있단 말이오. 그런데 어째서 그 관계를 엉망으로 만들려는 거요?”

“나를 괴롭히는 것은 옳지 못해요. 나는 아무 일도 하지 않았으니까요, 아무 일도. 나로서도 어떻게 할 수 없는 일이 아니겠어요? 만일…….”

케네스는 다음 말을 재촉했다.

“만일, 뭐지?”

알레나는 눈을 깜박거렸다.

“물론 여러 사람들이 나에게 열을 올린다는 것은 알고 있어요. 하지만 그것은 내가 어떻게 하기 때문이 아니에요. 상대가 자기 혼자 그렇게 되어버리는 거예요.”

“그렇다면 레드펀 씨가 당신에게 열을 올리고 있다는 것은 인정한다는 말이오?”

알레나는 낮은 목소리로 중얼거리듯 말했다.

“그 사람은 정말 바보예요.”

그녀는 한 걸음 남편에게로 다가섰다.

“하지만 켄, 당신도 잘 아시잖아요? 내가 정말로 좋아하는 사람은 당신뿐이에요.”

매혹적인 눈초리…… 이 눈에 저항할 수 있는 남자는 많지 않을 것이다.

케네스 마셜은 심각한 얼굴로 아내를 내려다보면서 차분한 목소리로 말했다.

“당신에 대한 일이라면 잘 알고 있다고 생각하오, 알레나…….”

4

호텔 남쪽을 지나 밖으로 나가면 바로 눈 아래에 낮은 계단식으로 된 테라스와 해수욕장이 펼쳐져 있고, 또 거기서부터 섬 남서쪽으로 벼랑 위를 돌아 오솔길이 나 있다. 그 길을 따라 조금 걸어 내려가면 돌층계를 몇 단 내려간 곳에 절벽을 깎아내어 만든 우묵한 구멍이 나란히 이어져 있는데, 호텔에서 발행하는 이 섬의 지도에는 햇볕이 잘 드는 바위가 선반처럼 되어 있다고 하여 '서니 레지'라는 이름을 붙여 놓았다. 이 절벽을 파내어 만든 휴게소에는 벤치며 의자가 놓여 있었다.

저녁식사가 끝난 뒤 얼마 되지 않아 이 휴게소에 레드펀과 그의 아내가 나타났다. 날씨가 상쾌하게 활짝 갠 달 밝은 밤이었다.

그들은 자리에 앉았으나 한동안 어느 쪽에서도 입을 열지 않았다.

간신히 패트릭 레드펀이 말을 꺼냈다.

"정말 좋은 밤이군, 크리스틴."

"네."

아내의 목소리에 어딘지 불안스러움을 느끼게 하는 것이 있었는지, 그는 얼굴을 돌렸다.

크리스틴 레드펀은 조용한 목소리로 물었다.

"그 여자가 이리로 온다는 것을 알고 계셨어요?"

그는 거칠게 아내를 돌아다보았다.

"무슨 뜻이지?"

"잘 아시잖아요?"

"크리스틴, 대체 어쨌다는 거야? 당신 어떻게 된……."

그녀는 그의 말을 가로막았다. 목소리가 바야흐로 격렬해져서 떨리기까지 했다.

"내가요? 어떻게 된 것은 바로 당신이에요!"

"나는 아무렇지도 않아."

"어머나, 패트릭. 무슨 말이에요! 이리로 오자고 하면서 얼마나 고집을 부렸어요! 나는 틴타젤에 가고 싶었어요, 신혼여행 때 갔던 그 틴타젤 말이에요. 그런데 당신은 무슨 일이 있어도 이리로 와야 한다고 버티었잖아요?”

“하지만 얼마나 좋아? 여기는 아주 멋진 곳이야.”

“그렇겠지요. 하지만 당신이 여기에 오고 싶었던 것은 ‘그 여자’가 오기 때문이었지요?”

“그 여자라니, 누구 말이오?”

“마셜 부인. 당신은…… 당신은 아주 넋을 잃고 열중해 버렸잖아요?”

“농담하지 마오, 바보 같은 소리. 질투를 하다니 당신답지 않아.” 얼버무리려는 데도 조금 자신이 없는지 그는 마구 허풍스럽게 말했다.

“우린 행복했는데…….”

“행복? 그야 물론 행복했었지! 아니, 바로 지금도 행복하잖아? 하지만 크리스틴, 내가 다른 여자와 이야기할 때마다 그렇게 잔소리로 불평을 늘어놓으면 이처럼 언제까지나 행복할 수는 없을 거야.”

“그런 말이 아니에요.”

“아니, 역시 결혼생활에는 아무래도…… 그렇지, 다른 사람과의 교제도 필요해지는 법이오. 그렇게 의심하는 태도는 곤란해. 내가 아름다운 여자하고 한 마디만 말을 해도 당신은 금방 내가 반한 거라고 지레짐작해 버리니…….”

그는 입을 다물고 어깨를 으쓱했다.

크리스틴 레드펀은 말대꾸를 했다.

“완전히 반했잖아요…….”

“바보 같은 소리 하지 말라니까, 크리스틴! 그녀와는 제대로 말도 하지 않았어!”

"거짓말!"

"제발 부탁이니 그 질투만은 그만둬. 눈앞에 미인이 나타나기만 하면 당신은 일일이……."

"그냥 미인이 아니에요! 그 여자는…… 예외예요! 나쁜 여자, 그래요, 나쁜 여자예요. 패트릭, 당신 그러다가 큰일 날 테니 두고 보세요. 그러니까 제발 부탁이에요. '관계를 끊어요!' 우리는 여기를 떠나도록 해요!"

패트릭 레드펀은 불끈 화가 치밀어 턱을 쑥 내밀었다. 그의 반항적인 말투가 어찌된 일인지 매우 젊디젊은 느낌을 주었다.

"바보 같은 소리도 쉬어가며 해! 그리고 더 이상 이 문제로 다투지 맙시다."

"싸움 같은 건 하고 싶지 않아요."

"그렇다면 이치를 아는 사람답게 행동해야지. 자, 호텔로 돌아갑시다."

그는 벌떡 일어섰다. 조금 사이를 두었다가 크리스틴도 일어섰다.

"그럼 좋아요."

그 바로 옆 휴게소의 의자에 앉아 있던 에르큘 포아로가 슬픈 듯이 고개를 설레설레 흔들고 있었다. 이런 부부 사이의 비밀 이야기가 들리면 성격이 깔끔한 사람은 그 자리를 떠날지도 모른다. 그러나 포아로는 그렇지 않았다. 그에게는 그러한 결벽성이 없었다. 포아로는 나중에 친구인 헤이스팅스에게 다음과 같이 설명했던 것이다.

"게다가 살인사건이었으니만큼 말일세."

헤이스팅스는 눈을 크게 떴다.

"하지만 그때는 아직 살인사건이 일어나지 않았잖은가?"

에르큘 포아로는 크게 한숨을 쉬었다.

"하지만 여보게, 이미 그 조짐이 뚜렷했다네."

"그렇다면 어째서 미리 막지 않았는가?"

그러자 포아로는 또 한숨을 쉬고, 예전에 이집트에서 한 말을 다시 한 번 되풀이하는 것이었다. '일단 누군가가 살인을 결의하면 막기는 어렵다네' 하는 말을. 그는 이 사건에 대해 자기를 나무라거나 하지는 않았다. 그의 말에 의하면 이것은 피할 수 없는 일이었던 것이다.

제3장

1

로자먼드 단리와 케네스 마셜은 걸 후미를 굽어보는 벼랑 위의 축축하고 짧은 풀 위에 앉아 있었다. 이곳은 섬의 동쪽으로, 조용함을 찾는 사람들이 이따금 오전 중에 와서 수영을 하곤 했다.

로자먼드가 말했다.

"인적이 드문 곳에 온다는 것은 참 좋군요."

마셜은 들리지 않을 만큼 작은 목소리로 중얼거렸다.

"흐음, 그렇군……."

그는 풀밭에 배를 깔고 엎드리며 엷은 풀 냄새를 맡았다.

"좋은 냄새로군. 시플리의 언덕에 갔던 일을 기억하오?"

"물론이지요."

"참 좋았지, 그 무렵에는."

"네."

"별로 달라지지 않았는데, 로자먼드."

"달라졌어요, 아주 많이."

"그야 뭐 크게 성공했고 돈도 벌었고…… 여러 가지 일이 있었겠지
만, 역시 로자먼드는 옛날의 로자먼드 그대로요."
"그렇다면 얼마나 좋을까요." 그녀는 중얼거리듯 말했다.
"무슨 뜻이오?"
"아니에요, 아무것도. 하지만 케네스, 어렸을 때의 순진함이며 이
상이 언제까지나 계속되지 않는다는 것은 참으로 안타까운 일이에
요."
"로자먼드는 그토록 순진한 아이였다고는 생각지 않는데. 곧잘 화
를 내기도 하고 떼를 쓰기도 했지. 언젠가는 발끈 화가 나서 내 목
을 조른 일도 있었지."
로자먼드는 웃음을 터뜨렸다.
"생쥐를 잡은 개 토비와 함께 갔을 때의 일이었지요?"
두 사람은 옛날의 갖가지 모험을 생각해 내며 잠시 시간을 보냈다.
그런 다음 침묵이 찾아왔다.
로자먼드는 핸드백을 만지작거리더니 간신히 말을 꺼냈다.
"케네스!"
"으음?"
그의 대답은 똑똑히 들리지 않았다. 풀에 얼굴을 파묻은 채 엎드려
있었기 때문이다.
"혹시 내가 아주 건방지다고 생각될 만한 말을 하면, 케네스는 더
이상 나한테 말도 하지 않겠지요?"
케네스는 몸을 뒤척여 돌아눕더니 일어났다. 진지한 얼굴이었다.
"로자먼드가 하는 말을 건방지다고 생각할 리가 있겠나? 왜냐하면
로자먼드는 한집안 식구 같은걸."
이 끝의 말을 로자먼드는 고개를 끄덕여 받아들이며, 애써 기쁨을
감추었다.

"케네스, 부인과 헤어질 생각은 없어요?"

그의 표정이 갑자기 바뀌었다. 험악해지고, 즐거워보이던 표정이 사라졌다. 그는 주머니에서 파이프를 꺼내어 담배를 담기 시작했다.

"당신을 화나게 했다면 사과하겠어요."

"화 같은 건 내지 않아." 케네스는 조용히 대답했다.

"그렇다면 왜 헤어지지 않아요?"

"로자먼드는 몰라."

"그 여자가…… 그렇게도, 그렇게도 좋아요?"

"문제는 그것만이 아니오, 로자먼드. 왜냐하면 나는 그녀와 결혼했으니까."

"알고 있어요. 하지만 그 여자, 평판이 별로 좋지 않잖아요."

케네스는 잠시 생각에 잠기면서 신중히 담배를 담고 있었다.

"그래? 그렇겠지."

"이혼할 수 있겠지요, 켄?"

"로자먼드, 로자먼드는 그런 말을 할 입장이 아니오. 가끔 그녀에게 정신을 뺏기는 남자가 있다고 해서 그녀까지 이성을 잃는 일은 없으니까."

로자먼드는 대답하기를 단념한 듯했다.

"그녀 쪽에서 이혼을 제기하도록 만들 수도 있잖아요? 그러는 것이 좋다면 말이에요."

"그럴 생각이 들면 그렇게 하지."

"부디 그렇게 하세요, 켄. 이것은 진심으로 하는 이야기예요. 따님의 일도 있으니까 말이에요."

"린다?"

"네, 린다말이에요."

"린다하고 무슨 관계가 있다는 거요?"

“알레나는 린다에게 차갑게 대하더군요. 정말이에요. 린다도 여러 가지 면에서 느끼고 있을 거예요.”

케네스 마셜은 성냥불을 파이프에 갖다댔다. 두어 모금 피우고 나서 말을 꺼냈다.

“흐음, 그 점은 확실히 그런 것 같소. 알레나와 린다의 사이는 원만하지 않은 모양이오. 그것이 좀 마음에 걸리기는 하지만…….”

“나는 린다가 좋아요, 무척. 그 아이는 정말 좋은 데가 있어요.”

“엄마를 닮았어. 루스를 닮아서 무슨 일에든 엄격하고 바르지.”

“그렇다면 더욱 알레나와 인연을 끊어야 한다고 생각지 않으세요? 진정으로 나는 그렇게 생각해요.”

“그녀 쪽에서 이혼을 제기하두록 만들란 말이오?”

“그래요, 세상에 흔히 있는 일이 아닌가요?”

갑자기 케네스 마셜이 흥분하여 말했다.

“그렇지! 그렇기 때문에 싫은 거요!”

“싫다고요?” 로자먼드는 깜짝 놀라 말했다.

“그래, 나는 요즘의 그런 생활 태도가 싫단 말이오! 무엇이든 받아들였다가 그것이 마음에 들지 않으면 당장 내던져버리거든. 그 재빠른 행동, 그게 무슨 꼴이지? 신의 성실이라는 것이 어디에 있소? 아내를 맞아 보살펴주겠다고 약속했으면 끝까지 해내야 할 책임이 있소. 그게 도리지! 자기가 받아들였으니까 말이오. 일단 결혼했다가 싹 헤어진다는 것은 질색이오. 알레나는 내 아내요!”

로자먼드는 몸을 앞으로 내밀고 낮은 목소리로 물었다.

“그런 심정인가요, ‘죽음이 우리를 갈라놓을 때까지’라고 맹세한 그대로?”

케네스 마셜은 고개를 끄덕였다.

“그렇소.”

“알겠어요” 하고 로자먼드가 말했다.

2

호러스 블래트는 레더콤 만에서 자동차로 돌아오는 길에 구불구불한 좁은 길을 내려오다가 꼬부라지는 지점에서 하마터면 크리스틴 레드펀을 칠 뻔했다.

그녀가 울타리에 달라붙는 것과 동시에 블래트는 브레이크를 밟아 아슬아슬하게 차를 세웠다.

“아아! 이거 참, 정말 큰일날 뻔했습니다.” 블래트는 밝은 목소리로 말했다.

몸집이 우람한 이 사나이의 얼굴은 불그레하고 적갈색 머리카락은 번쩍번쩍 빛나는 정수리의 대머리 부분을 둘러싸고 있었다.

블래트는 어디에 있든 그곳의 중심적인 존재가 되려고 하는 야심가였다. 그의 생각에 의하면 졸리 로저 호텔은, 좀 과장해서 말한다면 활기를 불어 넣어줄 필요가 있었다. 그러나 그가 얼굴을 보이기만 하면 사람들은 어느 틈에 어디론지 모습을 감추어버리는 것이었다. 그로서는 그 이유를 알 수가 없었다.

“하마터면 부인을 딸기잼으로 만들어버릴 뻔했습니다.” 블래트는 쾌활하게 다시 말을 이었다.

“네, 정말이에요.” 크리스틴 레드펀이 대답했다.

“타시지요.”

“고맙습니다. 하지만 난 걸어가겠어요.”

“원, 딱하군요. 차는 무엇 때문에 있습니까?”

하는 수 없이 크리스틴 레드펀은 차에 올라탔다.

블래트는 급정거했기 때문에 멎어버린 엔진을 다시 걸었다.

“무엇 때문에 이런 곳을 혼자 터덜터덜 걸으십니까? 젊고 아름다운 부인으로서는 하실 일이 아닙니다."

크리스틴은 당황하며 말했다.

"어머나, 난 혼자 있기를 좋아한답니다."

블래트가 팔꿈치로 그녀를 쿡 찔렀다. 그 바람에 차가 울타리에 부딪칠 뻔했다.

"젊은 여자들은 모두 그렇게 말하지만, 그건 입으로만 하는 말이지요. 저 호텔, 졸리 로저에는 활기를 불어넣어야 합니다. 뭐가 즐겁고 유쾌한 졸리(jolly)란 말이오? 죽은 사람 곁에서 밤샘하는 것 같지 않습니까? 물론 많은 사람들이 머물고 있기는 하지요. 아이들도 와글와글, 늙은이도 우글우글, 멍청이 같은 인도 영감, 운동선수 같은 목사, 재잘재잘 시끄러운 미국인 부부, 콧수염을 기른 외국인…… 그 수염은 정말 사람 웃기더군요! 그 양반, 틀림없이 미용사나 그런 직업일 거요."

크리스틴은 고개를 저었다.

"아니에요, 그분은 탐정이에요."

블래트는 하마터면 또다시 차를 울타리에 들이받을 뻔했다.

"탐정? 그렇다면 '변장'했단 말이오?"

크리스틴은 살짝 미소를 떠었다.

"아니오, 그것이 그 사람의 본디 얼굴이에요. 에르큘 포아로라는 이름의 탐정이지요. 들으신 일이 있겠지요?"

"까다로운 이름이군요. 그렇게 말하니, 들은 기억이 납니다. 벌써 오래 전에 죽은 줄 알았는데…… 정말이오, 죽어버리는 게 좋았을 거요. 그렇지만 이런 데까지 출장을 오다니, 대체 무슨 사건이지요?"

"사건이 아니에요, 휴가를 온 거예요."

"그야 그럴지도 모르지만……." 블래트는 납득이 가지 않는 모양이었다. "그 사람은 성질이 좀 나쁜 게 아니오?"

"글쎄요……." 크리스틴 레드펀은 어떻게 대답해야 할지 망설였다.
"괴짜라면 좀 괴짜지요."

"내가 말하고 싶은 것은 대체 스코틀랜드야드는 뭘 하고 있느냐는
것이오. 나는 철저하게 영국인 편이니까 말이오."

언덕길을 다 내려오자 블래트는 승리의 경적을 소리높이 울리며 차
를 졸리 로저 호텔의 차고에 넣었다.

바닷물의 밀물 썰물 관계로 주차장은 섬의 건너편 육지 쪽 언덕에
만들어져 있었다.

3

레더콤 만을 찾아오는 여행자들의 수요를 만족시키기 위해 생긴 작
은 상점 안에서 린다 마셜의 모습이 보였다. 가게의 한쪽은 책장으로
되어 있어서 2펜스에 빌려주는 책이 진열되어 있었다. 가장 새로운
책이라 해도 10여 년 전의 것이고, 개중에는 20년 전…… 아니, 그
보다 더 오래된 낡은 책도 있었다.

린다는 이것저것 망설이며 책장에서 한 권 또 한 권 뽑아내 책장을
넘겨보고 있었다. 《네 개의 깃털》이며 《뒤바뀐 인생》 같은 소설은 도
저히 읽을 수 없겠다고 결단을 내렸다. 갈색 송아지 가죽으로 장정된
작고 두툼한 책을 뽑아 읽어 보았다.

시간이 흘렀다.

크리스틴 레드펀의 목소리가 들리자 린다는 깜짝 놀라며 책을 다시
꽂았다.

"무얼 읽어요, 린다?"

린다는 당황하며 대답했다.

"네, 뭐 좀 읽을거리가 없을까 하고 찾고 있었을 뿐이에요."

그리고 그녀는 아무렇게나 《윌리엄 애슈의 결혼》이라는 책을 뽑더니 2펜스의 동전을 찾으면서 카운터를 향해 걸어갔다.

"블래트 씨가 차로 데려다주었어. 하마터면 그 차에 치일 뻔했지. 그 사람과 둘이서 저 길을 걷는다는 것은 생각만 해도 지긋지긋하기에 무얼 사야겠다고 하고 내려버렸어." 크리스틴이 말했다.

"불쾌한 사람이에요" 하고 린다는 말했다. "돈이 있다는 이야기뿐이에요. 게다가 듣기 거북한 지저분한 농담이나 하고."

"불쌍한 사람이지. 어쩐지 딱하게 생각돼." 크리스틴은 말했다.

린다는 그 말에는 동의하지 않았다. 블래트에게 동정하는 것 같은 표정은 조금도 보이지 않았다. 린다는 어린 만큼 너그러움 따위는 없었다.

두 사람은 가게를 나와 섬으로 건너가는 콘크리트 통로로 향했다.

린다의 머리에는 갖가지 생각들이 달리고 있었다. 크리스틴 레드펀은 좋은 사람이다. 이 섬에서는 크리스틴과 로자먼드, 이 두 사람만이 사귈 수 있는 사람이라고 린다는 생각했다. 우선 두 사람 다 별로 말이 없다. 지금 이렇게 함께 걷고 있어도 크리스틴은 한 마디도 하지 않았다. '뛰어난' 사람이라고 생각되었다. 말할 만한 가치도 없는 말을 언제나 지껄인다는 것은 바보스럽지 않은가?

복잡한 문제를 골똘히 생각하다가 린다는 자기 자신을 잊어버리고 느닷없이 소리 내어 말했다.

"혹시 이런 기분 느껴 본 적이 있어요? 모든 것이 불쾌해서, 아주 넌더리가 날 만큼 싫어서, 쾅 하고 '터져 버릴'것만 같은……."

말은 우스갯소리 같았지만, 불안감으로 긴장된 린다의 얼굴이 굳어져 있었다. 크리스틴 레드펀은 처음에는 잘 이해되지 않아 다만 멍하니 린다의 얼굴을 지켜보고 있었으나 확실히 이 말은 웃어넘길 수 없다고 느꼈다.

그녀는 격렬하게 숨을 삼키며 말했다.

"아아…… 그래, 있었어. 그런 일이 있었어……."

4

"아아, 바로 당신입니까, 그 유명한 탐정이라는 분이?" 블래트가 말했다.

두 사람이 얼굴을 마주 대한 곳은 블래트가 마음에 들어 하는 칵테일 바였다.

에르퀼 포아로는 언제나와 마찬가지로 겸손해하는 빛도 없이 그것을 긍정했다.

블래트는 말을 계속했다.

"그래, 이곳에는 어떻게…… 일 때문에 오셨습니까?"

"아니오, 그냥 쉬러 왔습니다. 휴가를 받았지요."

블래트는 한쪽 눈을 찡긋 감아 보이면서 말했다.

"어찌되었든 그런 식으로밖에 대답할 수 없겠지요?"

"그렇지 않습니다." 포아로는 아무렇지도 않게 대답했다.

"어떻습니까, 포아로 씨. 솔직히 말해 나에 대해서 걱정할 필요는 없습니다. 아무에게도 말하지 않겠습니다. 입 하나는 무겁습니다, 오랜 세월 동안 수련을 쌓았으니까요. 그렇게 하지 않았다면 이만큼 될 수도 없었겠지요. 그러나 대개의 사람들은 귀에 들어온 말을 미주알고주알 다 지껄이고 맙니다. 그렇게 되면 당신의 직업으로는 좀 해나가기 힘들겠지요. 물론 나는 잘 알고 있습니다. '에르퀼 포아로 씨가 휴가로 왔다, 그것뿐이다' 라고 끝까지 말하지 않을 수 없다는 것을 말이오."

포아로가 물었다.

"그렇지 않을 거라고 생각되는 이유가 무엇이지요?"

블래트는 또 한쪽 눈을 감아보였다.

"나는 세상물정을 잘 아는 사람이니까요. 사람을 척 보면 알지요. 당신 같은 사람은 도빌이라든가 르토케라든가 북 프랑스의 바닷가, 아니면 지중해의 주앙 레 팡 부근으로 가는 것이 어울립니다. 그야말로 그런 데가 당신의…… 뭐라고 하더라? 아아, 그렇지, 마음의 고향이지요."

포아로는 한숨을 쉬며 창 밖으로 눈길을 보냈다. 가랑비가 내리는 섬은 온통 축축한 안개로 덮여 있었다.

"옳은 말씀입니다. 적어도 그런 곳에서는 비 오는 날에도 기분을 풀 수 있으니까요."

"그렇소, 카지노! 도박이 있지요!" 하고 블래트는 신이 나서 말했다. "아무튼 난 말입니다, 지금까지의 인생을 그저 악착같이 일만 하고 살아왔기 때문에 휴가나 놀이 따위에 마음 쓸 겨를이 없었습니다. 성공해야겠다고 애써 버티어내어 겨우 이룩한 셈이니까요. 이제부터라면 좋아하는 일을 할 수 있지요. 돈만 있으면 누구라도 다 마찬가지일 겁니다. 그래서 요 2, 3년 동안은 조금 세상을 보고 다녔지요."

"흐음, 그래서요?" 포아로가 중얼거리듯이 말했다.

"무엇 때문에 이런 데 왔을까 하고 나 자신이 생각해도 이상합니다." 블래트가 대답했다.

"나도 이상합니다" 하고 포아로는 동의했다.

"네? 뭐가 말입니까?"

포아로의 손이 웅변을 토하듯 움직이기 시작했다.

"나도 세상을 조금 볼 줄 아는 사람인데, 당신이야말로 정말 도빌이나 비얼리츠를 선택해야 할 사람이라고 생각되는군요."

"그런데 두 사람 다 이리로 와버린 셈이군요."

블래트는 거친 목소리로 의미심장하게 웃었다.

"내가 생각해도 잘 모르겠습니다. 어째서 여기에 와버렸는지……."
그는 생각에 잠겼다.

"그렇지, 뭔가 로맨틱한 여운이 있었소. 스머글러즈(밀수업자라는 의미) 섬의 졸리 로저 호텔이라니 말이오. 이름만 들어도 흥분되지 않습니까? 어린 시절이 생각나서 말입니다. 해적이니 밀수니……."
블래트는 조금 부끄러운 듯한 소리를 냈다.

"어렸을 때 나는 곧잘 배를 탔었지요. 이쪽으로는 오지 않았지만, 동해안에 잘 갔답니다. 그 무렵의 취미가 아직까지도 다 없어지지 않았다는 것은 재미있는 일입니다. 지금은 최신 설비를 갖춘 대형 모터보트도 살 수 있는 형편이지만, 아무래도 그럴 마음이 들지 않는군요. 저 작은 돛단배, 오히려 저것을 타고 꼼지락꼼지락하는 편이 좋습니다. 레드펀 씨도 배를 좋아하더군요. 한두 번 태우고 앞바다로 나간 일이 있지요. 그런데 요즘은 도무지 만날 수가 없습니다. 그 사나이는 언제나 적갈색 머리의 마셜 부인 꽁무니나 쫓아다니고 있는 모양입니다."

숨을 한 번 쉰 다음 그는 소리를 낮추어 이야기를 계속했다.

"이 호텔에 머무는 손님들은 대부분 얼빠진 사람들뿐입니다! 활기 있는 사람은 마셜 부인뿐이지요. 아무래도 남편은 부인을 돌볼 수 없다는 느낌이 들지 않겠습니까? 그 여자는 무대에 서는 동안에도 여러 가지 소문이 자자하더니만, 물러난 뒤에도 여전하군요! 남자들이 모두 넋을 잃고 말거든요. 이제 말이오, 포아로 씨. 이제 두고 보십시오. 틀림없이 굉장한 소동이 일어날 겁니다."

"어떤 소동 말입니까?" 포아로가 물었다.

"그건 경우에 따라서 다르겠지요. 우선 마셜 씨인데, 그 사람은 묘하게 성질이 급한 사나이지요. 아니, 나는 알고 있습니다. 소문을 들은 일이 있거든요. 얼른 보기에 저렇게 얌전해 보이는 사람을 나는 몇몇 알고 있는데, 모두들 이만저만한 괴짜가 아니지요. 레드펀 씨는 조심하는 편이 좋을 겁니다.”

중요한 화제의 주인공이 바에 들어왔으므로 호러스 블래트는 입을 다물었다. 그러나 곧 침착하지 못한 큰소리로 이야기를 계속했다.

“지금도 말했듯이, 요트로 해안을 한 바퀴 도는 것은 아주 유쾌한 일이지요. 여어, 레드펀 씨. 이리 와서 함께 자리하는 것이 좋지 않겠습니까? 뭐가 좋을까요? 드라이 마티니! 좋지요. 포아로 씨, 당신은?”

포아로는 고개를 가로저었다.

패트릭 레드펀은 이야기에 끼어들었다.

“요트 말입니까? 그렇게 재미있는 것은 또 없지요. 시간만 허락한다면 좀더 많이 하고 싶어요. 나는 어렸을 때도 곧잘 보트로 이 부근 해안을 저어 다녔답니다.”

“그렇다면 이 부근 지리에 밝으시겠군요?” 포아로가 말했다.

“네, 물론이지요! 여기에 호텔이 서기 전의 일도 알고 있습니다. 레더콤 만에는 어부의 오두막이 대여섯 채 있었고, 이 섬에는 사람이 살지 않는 헐어빠진 저택이 한 채 있었을 뿐이지요.”

“집이 있었습니까?”

“네, 문을 닫아버린 채 오래 비어 있었습니다. 당장에라도 쓰러질 것 같은 낡은 집이었지요. 별의별 이야기가 다 있었답니다. 그 집에서부터 픽시 동굴까지 비밀 통로가 있다느니, 어쩌느니 하고 말입니다. 그래서 우리는 언제나 찾아다녔었지요.”

호러스 블래트가 잔을 엎질렀다. 그는 욕설을 퍼부으며 옷을 닦고 나서 물었다.

“픽시 동굴이라고요?”

“아아, 모르셨습니까? 픽시 후미에 있는 동굴 말입니다. 입구가 쉽사리 눈에 띄지 않지요. 주위에 바위가 잔뜩 쌓여 있으니까요. 아주 좁고 기다란 틈입니다. 비스듬히 누워야 겨우 지나갈 수 있답니다. 그렇지만 안은 꽤 넓은 굴로 되어 있어요. 아이들이라면 굉장한 스릴을 느낄 수 있는 장소이지요.

어떤 늙은 어부가 그것을 나에게 가르쳐주었지요. 하지만 요즘은 어부들도 잘 알지 못할 겁니다. 바로 얼마 전에도 어째서 픽시 후미라고 하는지 물어보았지만 대답하지 못하더군요."

"나도 모르겠는데요. 픽시란 뭡니까?" 에르큘 포아로가 물었다.

"아아, 그것은 이 부근 데본 주의 독특한 것입니다. 시프스터의 들판에도 픽시 동굴이 있지요. 거기에 가면 픽시에게 주는 선물로서 핀을 한 개 두고 오게 되어 있답니다. 픽시란 황야의 요정 같은 것이지요."

"과연 재미있는 이야기로군요!" 에르큘 포아로가 말했다.

패트릭 레드펀은 이야기를 계속했다.

"다트무어에 가면 아직도 여러 가지 픽시 전설이 남아 있습니다. 픽시가 산다는 바위산도 있고, 그 지방에 사는 농부가 술에 취해 밤늦게 집으로 돌아올 때 픽시 때문에 길을 잃고 헤맸다고 투덜거리는 일도 간혹 있습니다."

"자기가 잔뜩 술에 취해놓고 말이지요?" 호러스 블래트가 말참견을 했다.

패트릭 레드펀은 빙긋이 웃으며 말했다.

"상식적으로 해석하면 그렇지요!"

블래트는 시계를 보았다.

"자, 그럼, 식사하러 갈까요. 솔직히 말해서 내가 좋아하는 것은 해적이오, 픽시가 아니라."

블래트의 뒷모습을 향해 패트릭은 웃으면서 말했다.

"아아, 당신도 한 번 픽시에게 속아봐야만 알 거요."

포아로가 생각 깊게 말했다.

"산전수전 다 겪은 장사꾼인데도 블래트 씨는 꽤 로맨틱한 꿈을 가지고 있는 모양입니다그려."

"크리스틴은 그것이 어중간한 교육을 받았기 때문일 거라고 말하더군요. 왜냐하면 그가 읽은 책이란 대부분 스릴러 소설이나 서부물뿐이라니까요."

"머릿속은 아직 소년 같다는 말입니까?" 포아로가 물었다.

"그렇게 생각하시지 않습니까?"

"나는 여러 번 만나보지 못해서요."

"나도 그렇습니다. 한 번인가 두 번쯤 요트를 얻어 탔을 뿐이지요. 하지만 실제도 그는 누구와 함께 바다에 가는 것을 좋아하지 않는답니다. 혼자 있기를 더 좋아하지요."

"그거 이상한데요. 육지에서 하는 행동과 다르다는 게 기묘하군요."

레드펀은 소리 내어 웃었다.

"정말 그렇습니다. 우리는 모두 그를 피하려고 아주 애를 먹을 정도니까요. 어찌되었든 이 섬을 영국의 마게이트와 프랑스의 르토케라는 2대 피서지의 혼혈아로 만들고 싶어하니 곤란합니다."

포아로는 한참 동안 아무 말도 하지 않았다. 상대의 웃는 얼굴을 물끄러미 바라보고 있더니 느닷없이 말했다.

"레드펀 씨, 당신은 인생이 즐겁겠지요?"

패트릭은 깜짝 놀라는 표정으로 포아로를 마주 보았다.

"그렇습니다. 즐거야지요."

"그렇지요, 즐기는 것이 제일입니다." 포아로는 맞장구를 쳤다.

"그 점에서는 축하한다고 말해야겠군요."

"고맙습니다."

패트릭 레드펀은 조금 웃었다.

"그렇기 때문에 나이가 많은, 당신보다 굉장히 나이가 위인 사람으로서 당신에게 충고해 두고 싶소."

"네 ?"

"경찰에 있는 내 친구 중에 머리가 매우 좋은 한 사나이가 퍽 오래 전에 이런 말을 했었지요. '에르큘, 만일 자네가 조용한 생활을 하기 바란다면 여자에게 가까이 가지 말게'라고 말이오."

"내게는 그 충고가 좀 늦은 것 같군요. 아시는 바와 같이 이미 결혼했으니까요."

"알고 있습니다. 부인은 대단히 매력적이고 재능 있는 분이지요. 아마도 당신을 무척 사랑하고 있는 것 같습니다."

"나도 아주 사랑합니다." 패트릭 레드펀은 엄숙한 목소리로 말했다.

"그래요 ? 그 말을 들으니 마음이 놓입니다."

패트릭의 눈썹이 갑자기 험악해졌다.

"포아로 씨, 당신은 대체 무슨 말씀을 하고 싶으신 겁니까 ?"

"여자에 대해서라면, " 하고 포아로는 의자에 등을 기대고 눈을 감으며 말을 이었다. "나도 조금은 알고 있는데, 때로는 참기 어려울 만큼 인생을 복잡하게 만드는 수가 있지요. 그런데 영국 사람이 하는 일은 도무지 이해할 수가 없소, 레드펀 씨. 당신이 무슨 일이 있어도 꼭 여기에 와야했다면, 어째서 부인을 데리고 오셨지요 ?"

패트릭 레드펀은 버럭 화를 냈다.

"무슨 말씀을 하시는 건지 난 도무지 알 수가 없군요."

에르큘 포아로는 차분하게 말했다.

"잘 아실 텐데요. 나는 흥분해 있는 사람과 입씨름할 만큼 바보가 아닙니다. 경고의 말을 했을 뿐이오.”

“당신은 남의 말 하기 좋아하는 사람들의 말을 곧이들으신 겁니다. 가드너라는 할멈이나 브루스터라는 노처녀 같은 여자들은 하루 종일 남의 험담이나 늘어놓으려 들지요. 어쩌다가 아름다운 여자라도 나타나면, 그들은 맹렬한 기세로 물어뜯는 겁니다.”

에르큘 포아로는 일어나서 낮은 목소리로 중얼거리듯 말했다.

“당신은 그렇게도 젊었소?”

고개를 저으면서 포아로는 바를 나갔다. 패트릭 레드펀은 그의 뒤를 노려보았다.

5

바에서 나온 에르큘 포아로는 휴게실에서 걸음을 멈추었다. 문이 모두 열려 있었다. 희미한 밤기운이 살금살금 흘러들어왔다.

비는 이미 멎고, 안개도 개어 있었다. 다시 아름다운 밤하늘이 펼쳐져 있었다.

에르큘 포아로는 절벽의 바위 구멍 속 휴게실 의자에 앉아 있는 크리스틴 레드펀을 발견하자 걸음을 멈추고 말을 걸었다.

“그 의자는 축축하게 젖어 있습니다. 그런 데에 앉으시면 안 됩니다. 너무 차가워서 감기 들지도 모르니까요.”

“괜찮아요. 게다가 이제는 어떻게 되든 상관없어요.”

“안됩니다, 부인. 그런 말을 하면 못써요. 당신은 어린아이도 아니고, 교양 있는 분이잖습니까? 좀더 이성적이어야 합니다.”

“감기 같은 건 걸리지 않을 테니까 염려 마세요.” 크리스틴이 싸늘하게 대답했다.

“오늘은 하루 종일 질척거렸지요. 바람도 불고, 비도 왔습니다. 어디든 가는 데마다 앞이 보이지 않을 정도로 짙은 안개가 끼었습니

다. 자, 그런데 어떻습니까, 지금은? 안개도 걷히고, 하늘은 맑게
개어 별이 빛나지요? 부인, 인생이란 그런 것입니다.”

크리스틴은 낮은 목소리로 힘을 주어 말했다.

“내가 지금 너무너무 싫어서 견딜 수 없는 게 뭔지 아세요?”

“무엇입니까?”

“동정이에요.” 그녀는 마치 매질하는 것처럼 잘라 말했다. “내가
모른다고 생각하세요? 보이지 않는다고 생각하세요? 뒤에서는 모
두들 수군거리고 있어요. 가엾은 크리스틴…… 딱하기도 하지, 저
여자, 저 아이는 하고 말이에요. 나는 어린아이도 아니고 키도 큰 편
이에요. 그런데도 이 아이, 저 아이 하는 것은 나이가 어리기 때문이
아니라 나에 대한 동정심에서 그런 거예요. 나는 더 이상 참을 수가
없어요!”

에르퀼 포아로는 주의 깊게 의자 위에 손수건을 펴고 앉더니 곰곰
이 생각하며 말했다.

“그 이야기에도 일리가 있군요.”

“그 여자는…….” 크리스틴이 말하려다가 입을 다물고 말았다.

“내가 한 마디 해도 괜찮겠습니까?” 포아로가 무겁게 입을 열었
다. “이것은 저 반짝이는 별처럼 틀림없는 사실입니다. 알레나 마셜
같은 여자는 세상에서 아무 가치도 없습니다.”

“그럴 리가…….”

“아니, 아닙니다. 정말입니다. 그런 사람들의 세계는 눈 깜짝할 사
이, 다시 말해서 단 한때뿐이지요. 그리고 가치라는 것은, 정말로
가치 있는 여자란 선량한 마음과 뛰어난 두뇌를 지닌 사람이지요.”

크리스틴은 경멸하듯 말했다.

“남자들이 그런 선량한 마음이나 뛰어난 두뇌를 찾는가요, 뭐?”

“그렇지요, 중요한 것은 바로 그 점입니다.” 포아로는 엄숙하게 말

했다.

"나는 동의할 수 없어요."

크리스틴은 짧게 소리 내어 웃었다.

"남편께서는 당신을 사랑하고 있습니다. 나도 알고 있지요."

"아실 리가 없어요."

"아닙니다, 알고말고요. 당신을 바라보는 눈길로 알 수 있습니다."

갑자기 크리스틴이 울음을 터뜨리며 앞으로 쓰러졌다. 그녀는 포아로의 믿음직한 어깨에 기대어 보기에도 가슴 아플 만큼 격렬하게 울었다.

"아아, 이제는 다 틀렸어요. 난…… 이제……틀렸어요!"

포아로는 다정하게 등을 두드리며 그녀를 위로했다.

"참아요, 참는 것이 가장 중요합니다."

크리스틴은 자세를 고쳐 앉아 손수건을 눈에 대더니 더듬거리면서 말했다.

"괜찮아요. 이제는 괜찮아요. 제발 나를 내버려둬 주세요. 제발, 혼자 있게 해주세요."

포아로는 얌전히 그녀를 남겨두고 호텔을 향해 구불구불한 오솔길을 올라갔다.

포아로가 호텔에 거의 다다랐을 때 문득 소곤거리는 소리가 들렸다.

그는 오솔길에서 조금 옆으로 비켜섰다. 우거진 관목 속에 조금 벌어진 틈이 있었다.

알레나 마셜과 패트릭 레드펀이 바짝 붙어 앉아 있었다. 남자의 목소리가 들려왔다. 감정이 실린 격렬한 말투였다.

"나는 당신이 좋습니다. 너무너무 좋아서 견딜 수가 없습니다. 그래서 이렇게 미쳐버리고 말았습니다. 알레나, 나를 조금은…… 사랑합니까?"

알레나 마셜의 얼굴이 보였다. 매우 만족한 고양이 같은 얼굴이었다. 사람의 얼굴이 아니라 동물의 얼굴같이 보였다. 그녀는 작은 목소리로 대답했다.

"모르겠어요, 패트릭. 나도 당신에게 정신을 잃고 있어요. 당신도 아시잖아요."

이때만은 에르큘 포아로로 엿듣기를 그만두고 오솔길로 되돌아와 호텔로 내려갔다.

그때 갑자기 그에게 가까이 다가서는 사람의 그림자가 있었다. 마셜 대위였다.

"매우 멋진 밤이군요. 낮에는 날씨가 굉장했습니다만" 하고 대위는 하늘을 올려다보았다. "이런 상태라면 내일은 아마 활짝 갤 것 같군요."

제4장

1

8월 25일 아침은 새벽부터 구름 한 점 없이 맑게 갠 좋은 날씨였다. 아무리 철저한 늦잠꾸러기라 할지라도 자신도 모르게 일찍 일어나고 싶어질 것 같은 아침이었다.

그날 아침에는 졸리 로저 호텔에서도 일찍 일어난 사람이 많았다.

8시가 되었다. 화장대 의자에 앉아 있던 린다는 두툼한 쇠가죽으로 장정한 책을 반쯤 펴서 엎어놓고 거울 속의 자기 얼굴을 들여다보았다.

입술을 꼭 다물고 눈동자를 한 곳에 모았다. 그리고 작은 목소리로 중얼거렸다.

"좋아, 할 테야!"

린다는 잠옷을 벗어던지고 수영복으로 갈아입은 다음 그 위에 수영 가운을 걸쳤다. 그러고는 샌들을 신고 끈을 맸다.

그녀는 방에서 나와 복도를 걸어갔다. 복도 끝에 있는 문을 통해 발코니로 나가면, 거기서부터 바깥 계단을 거쳐 호텔 아래의 평평한 바위로 직접 내려갈 수 있었다. 또 그 바위에는 작은 쇠사다리가 설치되어 있어 바다에까지도 내려갈 수 있었다. 그러므로 호텔에 머무는 손님이 일부러 모래밭 해수욕장까지 가지 않더라도 가까이에서 수영할 수 있는 장소라고 하여 아침식사 전의 간단한 수영에 곧잘 이용되고 있는 곳이었다.

린다는 발코니에서 바깥 계단을 내려가려고 할 때 아래에서 올라오는 마셜 대위를 만났다.

"오늘은 일찍 일어났구나, 린다. 수영하러 가려고?"

린다는 고개를 끄덕였다.

두 사람은 엇갈려 지나갔다.

그러나 린다는 바위가 있는 곳으로 내려가지 않고 호텔 아래를 왼쪽으로 빙 돌아 섬과 육지를 잇는 통로로 내려가는 오솔길로 나섰다.

마침 밀물이었기 때문에 육지로 건너가는 길은 바닷물 속에 잠겨 있었다. 이런 때에는 호텔에서 묵은 손님을 육지로 실어 나르기 위한 보트가 작은 잔교에 매어져 있었다. 마침 담당 직원이 없었으므로 린다는 보트에 올라타자 밧줄을 풀고 혼자서 건너편 기슭으로 노를 젓기 시작했다.

건너편 언덕에 닿자 린다는 보트를 기슭에 매어두고, 비탈을 올라가서 호텔 차고를 지나 가게로 들어갔다.

가게 여자는 막 문을 연 참이어서 바닥을 쓸고 있었다. 그녀는 린다의 모습을 보자 놀라운 모양이었다.

"어머나, 아주 일찍 일어나셨군요."

린다는 가운 주머니에 손을 넣더니 돈지갑을 꺼냈다. 그녀는 마음먹은 물건을 사기 시작했다.

2

린다가 돌아오자 방 앞에 크리스틴 레드펀이 서 있었다.

“어머나, 벌써 나갔었어?” 크리스틴이 큰소리로 물었다. “아직 일어나지 않았을 거라고 생각했는데.”

“수영을 좀 하고 왔어요.” 린다가 대답했다.

그녀의 손에 들려 있는 꾸러미를 보고 크리스틴은 놀라는 듯했다.

“오늘은 우편물이 일찍 왔나보군!”

린다는 얼굴을 붉혔다. 언제나 그렇지만, 어쩔 줄 몰라 쩔쩔맬 때에는 손끝이 말을 듣지 않아서 꾸러미가 손에서 미끄러져 떨어지게 마련이었다. 끈이 끊어져 안에 든 물건이 쏟아져 나왔다. 크리스틴이 큰소리로 말했다.

“뭘 하려고 양초 따위를 사왔지?”

그러나 크리스틴은 대답을 기다리지 않고 린다를 도와 바다에 떨어진 물건들을 주워 모으면서 이야기를 계속했기 때문에 린다는 안도의 숨을 내쉬었다.

“오늘 아침에 린다를 데리러 온 거야. 나하고 함께 걸 후미에 가보지 않겠어? 스케치를 하고 싶어서 말이야.”

린다는 얼른 승낙했다.

요 며칠 사이에 크리스틴 레드펀이 스케치하는 데 함께 간 일이 여러 번 있었다. 크리스틴의 그림 솜씨는 매우 평범한 것이었지만, 요즘 남편이 알레나 마셜에게 거의 달라붙어 있다시피 했으므로 스케치에 열중하는 일이 그나마 자존심을 유지하는 구실이 되어 있었던 것이다.

요즘은 린다 마셜도 날로 불쾌감이 더해가서 마음이 편안하지 못한 참이었으므로, 스케치에 열중하여 말이 적은 크리스틴과 함께 있는 것이 좋았다. 혼자 있는 것과 마찬가지로 마음이 편했고, 그러면서도 한편으로는 누군가의 곁에 있고 싶다는 심정이었기 때문이다.

린다와, 그녀보다 나이가 위인 크리스틴 사이에는 미묘하게 공감되

는 부분이 있었다. 아마도 그것은 두 사람 다 동일 인물을 싫어한다
는 사실 때문이리라.

"난 12시에 테니스를 하기로 되어 있어. 그러니까 좀 일찌감치 떠
나기로 해요. 10시 반, 괜찮겠어?" 크리스틴이 말했다.

"괜찮아요. 준비하겠어요. 휴게실에서 만나기로 해요."

3

로자먼드 단리는 늦은 아침식사를 마치고 한가롭게 식당에서 나오
다가 굉장한 기세로 계단을 뛰어내려오는 린다와 부딪치고 말았다.

"어머나, 미안해요, 로자먼드!"

"상쾌한 아침이에요, 린다. 어제의 오늘이라고는 도저히 생각할 수
없군."

"정말이에요. 난 레드펀 부인과 걸 후미에 가기로 했어요. 10시 반
에 만나기로 약속했기 때문에 늦어진 줄 생각하고 그만……"

"아직 멀었는걸. 지금 25분 조금 지났으니까."

"아아, 다행이에요!"

조금 숨가빠하는 린다를 로자먼드는 이상스럽게 지켜보고 있었다.

"린다, 열이 있는 것 아냐?"

어린 린다의 눈은 반짝반짝 빛나고, 두 볼은 선명한 붉은 빛깔로
물들어 있었다.

로자먼드는 생긋 웃으며 말했다.

"아니에요! 열 같은 건 없어요."

"오늘은 날씨가 너무도 좋기 때문에 아침식사를 하려고 일어난 거
야. 다른 때 같으면 잠자리 속에서 아침을 먹었는데, 오늘은 용기
를 내어 내려와 베이컨과 에그를 해치웠지."

"그렇군요, 어제에 비하면 천국이에요. 걸 후미는 아침나절이 멋있

어요. 난 오일을 듬뿍 바르고서 충분히 태우고 오겠어요."

"그래, 거기는 아침 무렵이 좋더군. 이쪽 모래밭보다 훨씬 조용하
고."

린다는 조금 부끄러운 듯이 말했다.

"함께 가지 않으시겠어요?"

그러나 로자먼드는 고개를 저었다.

"오늘 아침엔 안 되겠는데, 할 일이 있어서."

그때 크리스틴 레드펀이 계단을 내려왔다.

크리스틴은 풍성한 스타일의 비치웨어를 입고 있었다. 소매도 길
고, 바지 품도 넉넉했다. 녹색 바탕에 노란 줄무늬가 있는 천으로 만
든 것이었다. 그것을 보고 로자먼드는 노라색과 녹색은 크리스틴의
조금 빈혈이 있는 듯한 창백한 얼굴에 별로 어울리지 않는다는 것을
가르쳐주고 싶어서 좀이 쑤셨다. 로자먼드는 옷차림에 대한 감각이
없는 사람을 보면 언제나 마음이 조마조마해지는 것이었다.

'나더러 이 여자의 드레스를 디자인하라고 하면 틀림없이 남편이
깜짝 놀라 눈을 크게 뜰 만한 것을 만들어 보이겠어. 그 알레나라는
여자는 바보지만, 옷을 입는 요령만은 잘 알고 있거든. 이 여자는 마
치 불쌍하게도 시든 양배추 같잖아?' 하고 로자먼드는 마음속으로
생각했다.

그리고 그녀는 소리 내어 말했다.

"재미있게 놀고 와요. 나는 책을 갖고 서니 레지로 나가겠어요."

4

에르큘 포아로는 여느 때와 마찬가지로 자기 방에서 커피와 롤빵으
로 아침식사를 했다.

그러나 이날 아침은 너무나도 상쾌했으므로 그는 다른 때보다 일찍

호텔을 나왔다. 해수욕장의 모래밭에 내려선 것은 10시, 언제나 모습을 보이는 시간보다 거의 30분이나 일렀다. 바닷가에는 단 한 사람밖에 없었다.

그 사람은 알레나 마셜이었다.

하얀 수영복에 중국식 모자를 쓰고 있었다. 그녀는 지금 하얀 나무로 만든 부판을 물에 띄우려고 애쓰고 있었다. 포아로는 신사된 도리로 그녀를 도와주었는데, 덕분에 하얀 양가죽 구두를 완전히 물에 적시고 말았다.

알레나는 그녀 특유의 슬쩍 쳐다보는 눈을 돌려 고맙다는 인사를 했다. 그리고 막상 바다로 밀어내려고 할 때가 되어서야 말을 걸었다.

"포아로 씨!"

포아로는 물가에까지 얼른 뛰어갔다.

"뭡니까, 부인 ?"

"부탁이 있는데, 괜찮을까요 ?"

"뭐든지 말씀하십시오."

그녀는 방긋 미소를 보내면서 중얼거렸다.

"내가 있는 곳을 아무에게도 말씀하지 마세요."

그녀의 눈길은 매력적이었다.

"모두들 뒤쫓아 올 테니까요. 난 이따금 혼자 조용히 있고 싶어요."

그리고 그녀는 기운차게 노를 젓기 시작했다.

포아로는 모래밭을 걸으면서 입 속으로 중얼거렸다.

"바보 같은 소리! 도저히 믿어지지 않는군."

예명으로 말하면 알레나 스튜어트, 그 여자가 이제까지의 생애 가운데 과연 조용히 혼자 있고 싶다고 생각한 적이 있었을까 ?

세상물정에 밝은 에르퀼 포아로는 속지 않았다. 알레나 마셜은 분명히 누군가와 몰래 만나기로 한 것이다. 포아로는 그 상대가 누구인지 알고 있었다.

아니, 그때 포아로는 알고 있다고 생각했었다. 그러나 그 생각이 잘못이었다는 게 곧 밝혀졌다.

그녀의 부판이 방파제 앞 끝을 돌아 보이지 않게 되었을 때 호텔에서 패트릭 레드펀과 그 바로 뒤에서 케네스 마셜이 성큼성큼 바닷가로 내려오고 있었다.

마셜은 포아로를 보자 가볍게 고개 숙여 인사했다.

"일찍 일어나셨습니다, 포아로 씨. 혹시 제 아내를 못 보셨습니까?"

"부인이 오늘 일찍 일어나셨나 보군요."

포아로의 대답은 외교관처럼 교묘했다.

"네, 방에 없는데요." 마셜은 하늘을 올려다보며 말을 이었다. "좋은 날씨로군요. 지금 곧 물에 들어가기로 합시다. 오늘은 타이프칠 일이 잔뜩 밀려 있어서요."

패트릭 레드펀은 그보다 조심스럽기는 했으나, 바닷가를 샅샅이 둘러보고 있었다. 그는 포아로의 옆에 앉아서 애인이 도착하기를 기다리는 모양이었다.

포아로는 말을 걸었다.

"레드펀 부인도 역시 일찍 일어나셨습니까?"

"크리스틴 말인가요? 스케치하러 나갔습니다. 요즘은 그림에 열을 올리기 시작했거든요." 패트릭 레드펀은 마음이 딴 곳에 있는 듯한 태도로 초조하게 대답했다.

시간이 지남에 따라 더 이상 알레나가 나타나기를 기다릴 수 없는 듯 초조감을 노골적으로 드러내기 시작했다. 발소리가 날 때마다 누가 호텔에서 나오는지 확인하려고 차분하지 못한 몸짓으로 뒤를 돌아다보았다.

그러나 줄곧 실망만이 되풀이되었다.

처음에는 가드너 부부가 뜨개질감과 책을 들고 나왔다.

그 다음에는 에밀리 브루스터가 나왔다.

가드너 부인은 여느 때와 다름없이 활동적이어서 의자에 앉자 맹렬한 기세로 뜨개질바늘을 놀리며 지껄여대기 시작했다.

"저 말이에요, 포아로 씨. 어쩐지 오늘 아침에는 바닷가에 사람이 적은 것 같군요. 모두들 어디 갔을까요?"

포아로는 어린아이를 데리고 와 있는 마스터맨 집안과 커원 집안 사람들이 오늘은 하루 종일 뱃놀이를 하러 멀리 나가 있다고 대답했다.

"아아, 그래서 이렇게 다르군요. 그 집 식구들이 있으면 웃음소리며 고함치는 소리가 끊일 새 없으니까요. 오늘 아침엔 마셜 대위밖에 없군요."

마셜이 마침 수영을 끝내고 타월을 흔들면서 바닷가에서 이리로 가까이 다가왔다.

"아아, 기분 좋다! 유감스럽지만 할 일이 잔뜩 밀렸답니다. 곧 시작해야겠습니다."

"어머나, 정말 안됐군요, 마셜 씨! 이런 날씨에…… 아무튼 어제는 굉장한 하루였어요. 난 주인양반에게 말했답니다. 만일 언제까지나 이런 날씨가 계속된다면 집으로 돌아가야겠다고 말예요. 어쨌든 우울하잖아요, 섬이 온통 안개로 자욱하니 말예요. 어쩐지 을씨년스럽고. 나는 어렸을 때부터 기분에 좌우되는 편이어서, 가끔은 마음껏 큰소리를 지르며 고함치고 싶은 생각이 들기도 한답니다. 정말이지 부모님께서 얼마나 괴로우셨겠어요. 하지만 어머니가 매우 무던하신 분이었기 때문에 아버지께 이렇게 말씀해 주시는 거였어요. '여보, 이 아이가 울고 싶어하는 거라면 실컷 울도록 내버려두어야만 해요. 울고 소리치는 것이 이 아이의 표현 방법이니까요'라고 말예요. 물론 아버지는 어머니 의견에 반대하시지는 않았어요. 진심으로 어머니를 사랑하셨고 무엇이든지 어머니가 말씀하시는 대로 하셨답니다. 아주 멋진 부부였어요. 그 점에는 우리 남편도 아마 동감이리라고 생각해요. 여보, 우리 부모님은 훌륭한 부부였다고 생각하시지 않아요?"

"그렇지, 그 말이 맞소." 가드너가 대답했다.

"그런데 마셜 씨, 따님은 오늘 어디 갔지요?"

"린다 말씀입니까? 글쎄요, 어디 갔는지 잘 모르겠는데요. 아마 섬 안을 어딘지 산책하며 다니고 있겠지요."

"저어, 마셜 씨. 따님은 어쩐지 여위고 약해 보이는데, 충분한 영양분을 취하게 하고 다정하게 대해주어야 할 거예요."

"린다는 괜찮습니다."

케네스 마셜은 무뚝뚝하게 대답하고 호텔로 돌아갔다.

패트릭 레드펀은 바다에 들어가려고 하지 않았다. 그 부근에 앉아서 드러내놓고 호텔 쪽을 올려다보고 있었다. 그렇게 보아서 그런지, 불쾌한 표정을 짓기 시작한 것 같았다.

에밀리 브루스터가 쾌활하고 명랑한 표정으로 나왔다.

그 자리에서 있었던 대화는 전날 아침과 그다지 다른 점이 없었다. 캥캥거리며 울부짖는 것 같은 가드너 부인, 이따금 굵은 목소리로 짧게 짖어대는 것 같은 에밀리 브루스터.

그 에밀리 브루스터가 마침내 말했다.

"바닷가에 사람이 별로 없는 것 같군요. 오늘은 모두 멀리 나갔나 보지요?"

"나는 오늘 아침에도 주인께 말했지만, 우리는 꼭 다트무어에 가보고 싶어요. 여기서 그다지 멀지 않고, 픽시의 전설이 무척 로맨틱한 느낌이 드니까요. 그리고 저 유명한 감옥, 프린스타운이라고 했던가요? 거기에도 가보고 싶어요. 지금 곧 준비해서 내일이라도 떠나기로 해요, 네? 여보, 괜찮겠지요?"

"좋겠지." 가드너가 대답했다.

에르퀼 포아로가 에밀리 브루스터에게 말을 걸었다.

"수영을 하시겠습니까, 브루스터 양?"

"아침식사를 하기 전에 벌써 한 차례 했답니다. 그런데 하마터면 병 때문에 머리가 깨질 뻔했어요. 누군지 호텔 창문으로 내던진 사람이 있었어요."

"어머나, 위험해라." 가드너 부인이 말했다. "내가 친하게 지내던 분 가운데 거리를 걸어가다가 위에서 떨어진 치약 튜브에 맞아 뇌진탕을 일으킨 사람이 있었답니다. 35층 창문에서 내던진 것이라지 뭐예요. 정말 위험한 일이지요. 그래서 그분은 엄청난 손해 배상을 받았답니다."

그녀는 털실뭉치를 가려내기 시작했다.

"어머나, 여보. 그 보라색 털실을 가지고 오지 않은 모양이에요. 우리 방 책상 두 번째 서랍에 있어요. 세 번째일지도 모르겠군요."

"그래?"

가드너는 얌전히 일어나 털실을 가지러 갔다.

가드너 부인은 다시 말을 계속했다.

"이따금 나는 생각하는데, 현대의 우리는 좀 지나치지 않은가 해요. 여러 가지 큰 발견과 새로운 발명으로, 전파니 뭐니 하는 것들이 대기 속에 우글우글 얽혀 있잖아요? 그 결과 우리는 정신적 불안에 빠져 있어요. 그렇기 때문에 이제는 슬슬 인류에 대해 경고해야 할 때가 왔다고 생각해요. 포아로 씨, 당신은 피라밋의 예언에 대해서 관심이 있으신가요?"

"없습니다." 포아로가 대답했다.

"그것은 굉장히 재미있는 이야기랍니다. 아무튼 모스크바에서 정남쪽으로 정확하게 1천 마일 내려온 곳…… 뭐라고 했더라? 니네베였던가?…… 이름은 어떻든, 원을 하나 들어올려도 놀라운 사실이 밝혀지는 거예요. 아무래도 특별한 지혜가 작용하고 있다고 밖에는 생각되지 않아요. 고대 이집트 사람이 그만한 일을 자기들만의 힘으로 해냈다고는 도저히 생각할 수 없어요. 수와 그 반복되는 방법을 이론적으로 해명해 가면 자연히 알 수 있어요. 어느 누구도 그 옳음을 의심할 수는 없게 된답니다."

가드너 부인은 자랑스럽게 입을 열었으나, 포아로와 에밀리 브루스터는 그 논의에 끼어들어 이야기할 생각이 조금도 없었다.

포아로는 못마땅한 표정으로 양가죽 구두를 내려다보고 있었다.

에밀리 브루스터가 말을 걸었다.

"포아로 씨, 구두를 신은 채 바다에 들어가셨었나요?"

"정말 내가 생각해도 경솔하기 짝이 없었습니다." 포아로는 작은 목소리로 대답했다.

에밀리 브루스터가 목소리를 낮추었다.

"그 요부는 오늘 아침 어디에 있을까요? 늦는 것 같군요."

가드너 부인은 뜨개질하던 손에서 눈을 들고 패트릭 레드펀을 찬찬히 살피면서 중얼거리듯 말했다.

"저 사람은 당장에라도 소나기가 쏟아질 것 같은 얼굴이군요. 정말딱한 일이에요. 마셜 대위는 대체 어떻게 생각하는지 모르겠어요. 얌전하고 조용한, 순수한 영국인답게 조심성 있는 사람이니까 마음속으로는 무슨 생각을 하고 있는지 도무지 알 수가 없군요."

패트릭 레드펀은 일어나 바닷가를 왔다갔다하기 시작했다.

"마치 호랑이 같군." 가드너 부인이 중얼거렸다.

세 사람의 눈은 그가 걷는 모습을 지켜보고 있었다. 패트릭은 자기를 흘끔흘끔 보고 있는 것을 의식하자 더욱 침착성을 잃은 듯 점점 더 기분이 나빠졌다. 당장에라도 폭발할 것 같은 눈치였다.

주위의 고요 속에서, 희미하게 교회의 종소리가 육지로부터 들려왔다.

에밀리 브루스터가 중얼거렸다.

"또 동풍이 부는가 보군요. 교회의 종소리가 들리는 것은 좋은 일이에요."

아무도 말을 하지 않았다. 이윽고 가드너가 눈부신 보라색 털실 뭉치를 손에 들고 돌아왔다.

"어머나, 무척 오래 걸리셨군요."

"미안하오. 하지만 당신 책상 속에는 없었소. 양복장 선반에 있더군."

"어머나, 정말 이상하군요. 틀림없이 책상 서랍에 넣어두었을 텐데 …… 아무튼 나는 아직 한 번도 재판소에 증인으로 불려나간 일이 없어 다행이에요. 어느 것 하나 정확히 기억하는 게 없으니, 너무너무 걱정스러워 수명이 줄어들 것만 같답니다."

가드너가 말했다.

"집사람은 매우 양심적인 여자여서 말입니다."

5

그로부터 5분쯤 지난 다음 패트릭 레드펀이 말했다.

"브루스터 양, 오늘은 배를 안 타십니까? 함께 타도 되겠지요?"

에밀리 브루스터는 기운차게 대답했다.

"대환영이에요."

"섬을 한 바퀴 돌기로 하지요." 레드펀이 제안했다.

에밀리 브루스터는 시계를 보았다.

"그럴 시간이 있을지 모르겠어요. 아아, 그렇군요, 아직 11시 반도 안 되었어요. 그럼, 지금 곧 갑시다!"

두 사람은 어깨를 나란히 하고 바닷가로 내려갔다.

패트릭 레드펀이 먼저 노를 젓기로 했다. 그가 힘차게 노를 젓기 시작하자, 보트는 춤을 추듯 앞으로 나갔다.

에밀리 브루스터는 기뻐하며 말했다.

"그 기세로 끝까지 계속하세요."

패트릭은 그 눈을 보고 웃어주었다. 이미 밝은 기분을 되찾고 있었다.

"돌아올 때는 틀림없이 손바닥이 물집투성이가 될 거예요."

그는 머리를 뒤로 흔들어 늘어진 검은 머리카락을 추켜올렸다.

"아아, 날씨가 참 좋군요! 본격적인 여름날이라면 영국보다 더 좋은 곳은 없습니다."

"영국은 어느 나라에도 지지 않아요. 살기에는 온 세계에서 영국이 가장 좋지요."

에밀리 브루스터가 굵은 목소리로 커다랗게 말했다.

"나도 같은 생각입니다."

보트는 곶의 끝을 서쪽으로 돌아 절벽 밑으로 나갔다. 패트릭이 얼굴을 들었다.

"누가 서니 레지에 있을까요, 이런 아침에. 아아, 양산이 있군. 누굴까요?"

"틀림없이 로자먼드 단리일 거예요. 동양식 양산을 갖고 있는 사람은 그녀뿐이니까 틀림없어요."

그들은 해안선을 따라 나갔다. 왼쪽은 대서양이었다.

"반대로 돌기를 잘했군요. 이쪽으로 가면 조류에 거슬러나가게 되거든요."

에밀리 브루스터가 말했다.

"아니, 물은 거의 흐르지 않습니다. 나는 이 부근에서 여러 번 수영을 했기 때문에 잘 알지요. 아무튼 저쪽으로는 돌 수 없습니다. 건너가는 길이 바다 위에 나와 있으니까요."

"물론 바닷물 형편에 따라서 다르겠지요. 하지만 모두 픽시 후미에서 수영하는 것은 위험하다고들 하더군요. 앞바다에 나가면 안 된다고 말예요."

패트릭은 기운차게 계속 노를 젓고 있었다. 그러면서 바위 위로 눈을 돌려 주의 깊게 살피는 것이었다.

에밀리 브루스터는 문득 생각나는 것이 있었다.

'이 사람은 그 여자를 찾고 있군, 알레나 마셜을. 그래서 나하고 오고 싶어한 거야. 오늘 아침에는 그녀가 전혀 얼굴을 보이지 않았으니까. 이 사람은 지금 그녀가 어디에 있는지 몰라 정신이 없는 모양이야. 아마도 일부러 숨은 게 틀림없어. 참으로 그 여자다운 짓이군. 상대를 초조하게 하려는 속셈이겠지.'

그들의 보트는 크게 쑥 튀어나온 바위 끝을 돌아서 픽시 후미라고 이름 지어진 후미의 남쪽 끝으로 나왔다. 아주 작은 후미로, 물가에는 묘하게 생긴 바위들이 여기저기 있어 그림 같은 풍경이었다. 후미는 북서쪽으로 트였고, 기슭은 그대로 절벽에 맞닿아 있었다. 소풍 나와서 쉴 장소로는 더없이 좋은 자리였다. 다만 아침 무렵에는 햇빛이 들지 않기 때문에 그다지 인기가 없어 이곳을 찾아오는 사람은 좀처럼 없었다.

그러나 지금은 기슭에 한 사람의 모습이 보였다.

노를 젓던 패트릭 레드펀의 손이 잠시 멎었다가 다시 움직이기 시작했다. 그는 짐짓 아무렇지도 않은 듯한 태도를 꾸미면서 말했다.

"저건 누구지요?"

"마셜 부인 같군요." 에밀리 브루스터가 무뚝뚝하게 말했다.

"그런 모양이네요." 패트릭은 그제야 비로소 깨달은 듯한 목소리로 말했다.

패트릭은 방향을 바꾸고 기슭을 향해 노를 젓기 시작했다.

에밀리 브루스터가 불평을 말했다.

"저기로 올라가는 것은 아니겠지요?"

"시간은 넉넉합니다." 패트릭은 재빨리 대답했다.

에밀리 브루스터는 가만히 그의 눈을 들여다보았다. 그 눈동자 속에서 고집스럽게 졸라대는 강아지 같은 소박한 애원의 빛을 알아차리고 그녀는 입을 다물고 말았다. 브루스터는 생각했다.

'가엾게도 이 사람은 알레나에게 심각하게 빠져 있군. 하지만 지금은 어쩔 도리가 없어. 머지않아 시간이 지나면 다시 돌아서겠지.'

보트는 힘차게 기슭으로 다가가고 있었다.

알레나 마셜은 작은 돌이 깔린 바닷가에 엎드려서 두 손을 크게 벌리고 있었다. 부판이 바로 곁에 끌어올려져 있었다.

에밀리 브루스터는 어딘지 모르게 이상한 느낌을 받았다. 매우 낯익은 모습을 보고 있는데도 어딘지 한 군데가 좀 다른 느낌이 들었다.

그녀가 그것을 똑똑히 알게 된 것은 1, 2분 지난 뒤였다.

알레나 마셜은 일광욕을 하고 있는 자세였다. 알레나는 이런 모습으로 몇 번이나 바닷가 모래밭에 엎드려 있곤 했었다. 갈색 몸을 눕히고서 녹색 보드 지로 만든 모자로 머리와 목덜미를 가리고…….

그런데 어떻게 된 일인가? 지금 이곳 픽시 후미의 바닷가에는 햇볕이 들지 않았다. 아니, 앞으로 두세 시간 동안은 햇볕이 들지 않을 것이다. 깎아지른 듯한 절벽이 햇볕을 가로막고 있기 때문이다. 에밀리 브루스터의 마음에 어렴풋한 불안감이 스몄다.

보트가 기슭의 자갈 속으로 처박혔다. 패트릭 레드펀이 소리쳤다.

"여어, 알레나!"

그때 에밀리 브루스터는 막연하게 품었던 불안한 마음이 이상한 전율로 바뀌는 것을 느꼈다. 누워 있는 사람이 꼼짝도 하지 않을 뿐만 아니라 대답조차 없었던 것이다. 별안간 패트릭 레드펀의 표정이 달라졌다. 그는 보트에서 뛰어내렸다. 에밀리도 곧 뒤따라 내렸다. 두 사람은 보트를 기슭에 끌어올려놓고, 절벽 아래에서 꼼짝도 하지 않고 반응도 보이지 않는 사람을 향해 뛰기 시작했다.

패트릭 레드펀이 먼저 다다랐고, 그 뒤를 따라 에밀리 브루스터가 달려갔다.

꿈속에서 보는 광경처럼 에밀리는 갈색 팔다리와, 등이 없는 흰 수영복을 뚫어지게 바라보았다. 녹색 모자 밑으로 흘러내린 적갈색 고수머리, 그리고 기묘하게 부자연스러운 각도로 벌리고 있는 두 팔…… 그 순간 그 몸은 누워 있는 게 아니라 내던져져 있는 것이 아닐까 하는 생각이 들었다.

패트릭의 목소리가 들렸다. 그것은 목소리라기보다 두려움 때문에 차마 목소리가 되지 못한 울림 같은 것이었다. 그는 움직이지 않는 육체 옆에 무릎을 꿇고 앉아 그녀의 손을 만져보고, 그 팔을 만져보았다……

이윽고 낮게 떨리는 속삭임이 들렸다.

"'큰일났어요, 죽었습니다…….'"

그런 다음 그는 모자를 조금 들어올려 그녀의 목덜미를 들여다보았다.

"목이 졸려…… 살해됐어요."

6

시간이 정지되었다는 표현은 바로 이런 때를 말하는 것이리라.

현실에서 동떨어진 야릇한 느낌으로 에밀리 브루스터는 자신의 목소리를 들었다.

"아무것도 만지면 안돼요…… 경찰이 올 때까지."

레드펀의 대답은 장치된 기계와도 같았다.

"아아…… 물론, 물론이지요."

그런 다음 그는 괴로움 속에서 굵은 속삭임 소리로 말했다.

"누굴까요? '어디에 있는 어느 녀석일까요?' 알레나에게 이런 짓을 하다니, 설마 알레나가…… 그녀가 살해되다니…… 이런 어이없는 일이……."

에밀리 브루스터는 뭐라고 대답해야 좋을지 몰라 다만 고개를 젓고 있었다.

패트릭의 깊이 빨아들이는 숨소리가 들렸다. 그리고 낮게 짓눌린 성난 목소리가 울려왔다.

"개새끼! 악당! 나오기만 해봐라, 그냥 두지 않을 테다!"

에밀리 브루스터는 몸이 와들와들 떨렸다. 바위 뒤 어디엔가 흉악한 살인범이 숨어 있는 것같이 생각되었던 것이다. 그러나 그녀 자신의 목소리가 들려왔다.

"누군지 모르지만, 범인은 이 부근에 있을 리가 없어요. 우선 경찰을 부르는 일이 급해요. 다만……." 에밀리는 망설이다가 다시 말을 이었다. "두 사람 중 하나는 여기에 남아 있는 편이 좋겠어요."

패트릭 레드펀이 제안했다.

"내가 남겠습니다."

에밀리 브루스터는 안도의 숨을 쉬었다. 그녀는 결코 무서움을 느낄 여자는 아니었지만, 그래도 이 바닷가에 혼자 남게 되지 않은 것을 마음속으로 감사했다. 어쩌면 바로 곁에 살인범이 있을지도 모르는 형편이니 당연한 일이었다.

"좋아요, 되도록 서두르겠어요. 보트로 가겠어요. 난 저 쇠사다리는 못 올라가요. 레더콤 만에 가면 경찰관이 있겠지요."

패트릭 레드펀은 기계적으로 대답했다.

"네…… 뭐든지 좋으니 마음대로 하십시오."

에밀리 브루스터는 있는 힘을 다해 보트를 저어 기슭을 떠났다. 패트릭이 죽은 알레나 곁에 웅크리고 앉아 두 손으로 얼굴을 가리고 있는 것이 보였다. 너무나도 풀이 죽어 있었으므로 그만 자기도 모르게 동정해 주고 싶어졌다. 마치 주인의 시체를 곁에서 지켜보는 개와 같다는 생각이 들었다. 그럼에도 불구하고 그녀의 상식은 이렇게 속삭이고 있었다.

"오히려 이것으로 잘된 거야. 저 사람에게도, 부인 크리스틴에게도, 마셜 대위와 그의 딸 린다에게도…… 하지만 가엾게도 패트릭은 결코 그렇게 생각하지 않겠지."

에밀리 브루스터는 언제 어떠한 일에라도 대응할 수 있는 능력을 지닌 여자였다.

제5장

1

콜게이트 경감은 벼랑 가에 서서 경찰의사가 알레나의 시체 검증을 끝내기를 기다렸다. 패트릭 레드펀과 에밀리 브루스터가 한 걸음 옆으로 다가와 기다리고 있었다.

웅크리고 있던 니즈든 의사가 재빨리 일어섰다.

"교살입니다. 상당히 억센 튼튼한 손가락이군요. 반항하지는 않은 모양입니다. 별안간 습격을 당한 것 같습니다. 흐음…… 엉망이군, 정말."

에밀리 브루스터는 죽은 얼굴을 슬쩍 보았을 뿐 허둥지둥 눈길을 돌려버렸다. 보랏빛으로 일그러진 몹시 흉한 모습이었다.

"사망 시각은?" 콜게이트 경감이 물었다.

니즈든 의사는 조급하게 대답했다.

"좀더 자세히 조사해 본 뒤가 아니면 분명한 말을 할 수 없습니다. 여러 가지 요인을 고려해야 하니까요. 으음, 지금은 1시 15분전이라고 할 수 있겠군요. 당신이 발견한 것은 몇 시쯤이었습니까?"

질문을 받은 패트릭 레드펀이 머뭇거리며 대답했다.

"12시가 채 못 되었을 겁니다. 정확하게 기억나지는 않습니다만……."

"정각 12시 15분전이었어요." 에밀리 브루스터가 말했다. "우리가 죽어 있는 것을 깨달은 때는."

"흐음, 당신들은 보트로 왔다고 했지요? 쓰러져 있는 것을 발견한 것은 언제였습니까?"

에밀리 브루스터는 신중하게 생각했다.

"곶을 돌아온 것은 그보다 4, 5분 전이었다고 생각해요."

그리고 그녀는 레드펀을 돌아다보았다.

"그쯤 되었지요?"

"그렇습니다, 대강 그럴 겁니다!" 레드펀은 멍하니 대답했다.

니즈든이 작은 목소리로 경감에게 물었다.

"이 사나이가 남편이오? 아아, 착각했군요. 혹시나 해서…… 상당히 충격을 받은 것 같기에……."

이윽고 의사는 사무적인 목소리로 되돌아갔다.

"그렇다면 12시 20분 전이라고 해둡시다. 살해된 것은 그로부터 그다지 오래 전이 아닌 것 같습니다. 11시부터 그 사이, 아무리 빨라도 11시 45분 이전은 아닙니다."

경감은 소리 내어 수첩을 덮었다.

"수고하셨습니다. 많은 도움이 되었습니다. 범위가 매우 좁혀졌습니다. 결국 1시간 이내로 한정된다고 볼 수 있겠군요."

경감은 에밀리 브루스터를 쳐다보았다.

"자, 그러면 이제까지 조사한 것까지는 좋습니다. 에밀리 브루스터 양, 또 이분은 패트릭 레드펀 씨, 두 분 다 졸리 로저 호텔에 머무는 손님으로서, 당신은 피해자를 같은 호텔의 손님인 마셜 대위의 아내라고 확인해 주셨지요 ?”

에밀리 브루스터는 고개를 끄덕였다.

“그럼, 나머지는 호텔로 장소를 옮긴 다음에 계속합시다.”

콜게이트 경감은 경찰관을 가까이 불렀다.

“호크스, 자네는 여기 남아서 아무도 후미에 접근하지 못하도록 감시하게. 나중에 필립을 보내줄 테니까.”

2

“이거 참 뜻밖이군! 이런 데서 자네를 만나다니!” 웨스턴 총경이 말했다.

에르퀼 포아로는 데본 주 경찰서장의 인사에 상냥하게 대답했다.

“센트루 사건 이후 처음이군. 정말 오래간만일세.”

웨스턴 총경이 말했다.

“아직도 잘 기억하고 있네. 그렇게 놀란 적은 없었지. 지금까지도 알 수 없는 것은, 그 장례식 건으로 자네가 어떻게 우리를 제쳐놓고 앞질렀는가 하는 점일세. 철두철미하게, 그야말로 충격적이었지. 기습 작전이었어!”

“그러나 웨스턴, 보기 좋게 목적을 달성하지 않았나 ?”

“글쎄, 그건 그렇지만. 아마 우리가 정공법으로 공격했다 해도 결과는 마찬가지가 되었을 걸세.”

“그럴지도 모르지.” 포아로는 사교적인 말투로 대답했다.

총경이 말했다.

“그런데 이번에 또다시 살인사건의 소용돌이에 얼굴을 내민 셈이로구먼. 대강 짐작이 가나 ?”

포아로는 천천히 대답했다.

“아직 뭐라고 말할 수 없네. 그렇지만 아주 흥미 있는 점이 있지.”

“도와주겠나?”

“도와주어도 되겠나?”

“그야 대환영이지. 스코틀랜드야드로 가져갈 사건인지 어떤지는 아직 결정할 수 없지만, 지금의 느낌으로는 범인이 상당히 좁은 사정거리 안에 있는 것 같네. 물론 여기에 와 있는 사람들은 모두 이 고장 사람들이 아니니까, 인물이며 동기를 조사하려면 아무래도 런던으로 갈 필요가 있을 것 같지만.”

“그렇겠지.” 포아로는 대답했다.

“우선 첫째로, 살해된 여자를 생전에 맨 마지막으로 본 사람이 누군지, 그것을 찾아내는 게 가장 중요한 문제일세. 하녀는 9시에 아침 식사를 방으로 가져갔네. 밑의 접수계 여자는 10시에 로비를 지나 밖으로 나가는 그녀의 모습을 보았다고 하더군.” 웨스턴이 말했다.

“웨스턴, 자네가 찾고 있는 인물은 아무래도 나인 것 같네.” 포아로가 말했다.

“그럼, 자네는 그녀를 오늘 아침에 만났나? 몇 시쯤이었나?”

“10시 5분 조금 지나서였네. 아래의 모래밭에서 부판 띄우는 것을 도와주었지.”

“그래서 여자는 그것을 타고 갔단 말인가?”

“으음.”

“혼자서?”

“그렇다네.”

“어느 쪽 방향으로 갔는지 보고 있었나?”

“오른쪽 곶을 돌아가더군.”

“픽시 후미 쪽이로군.”

“그렇네.”

“그래, 그게 몇 시쯤이었나?”

"실제로 기슭을 떠난 것은 10시 15분이 조금 지나서였을 걸세."

웨스턴은 생각에 잠겼다.

"그것으로 대충 이야기가 맞아 들어가는군. 그 여자가 노를 저어 픽시 후미까지 가는 데 얼마나 걸리겠나?"

"그거 곤란하군. 난 전문가도 아니고, 보트나 부판을 타본 일도 없으니 말일세. 글쎄…… 30분쯤 걸릴까?"

"그 정도겠지. 특별히 서두른 것도 아닐 테니까. 아무튼 11시 15분 전에 도착했다면, 그것으로 꼭 들어맞네."

"사망 시각에 대해 의사는 뭐라고 하던가?"

"아직 분명히 말하려고 하지 않네. 신중한 사람이니까. 11시 45분 이전은 아닌 모양일세. 다시 말해서 범행 시간은 그 이후가 된다는 말이지."

포아로는 고개를 끄덕이면서 말했다.

"또 한 가지 말해 두어야 할 것이 있네. 알레나 마셜은 떠나기 전에 내가 보았다는 말을 아무에게도 하지 말아달라고 부탁했었네."

웨스턴이 눈을 크게 떴다.

"흐음, 거기에는 무언가 까닭이 있을 것 같군. 어떤가?"

"그렇지, 나도 그렇게 생각했었네." 포아로가 중얼거렸다.

웨스턴이 콧수염 끝을 잡아당겼다.

"여보게, 포아로. 자네는 세상일을 잘 아는 사람일세. 알레나 마셜은 대체 어떤 여자인가?"

포아로의 입술에 엷은 웃음이 떠올랐다.

"아직 듣지 못했나?"

웨스턴 총경은 짓궂게 말했다.

"여자들이 지껄이는 이야기라면 들었네만, 어차피 말 많은 사람들이 아닌가? 어디까지 믿을 수 있다고 생각하나? 그러나 저 레드펀이라는 남자와 정말로 정사가 있었을까?"

"분명히 '있었다'고 해야겠지."

"레드펀이 여기까지 쫓아왔단 말인가?"

"그렇게 생각해도 좋을 걸세."

"그럼, 여자의 남편 되는 사람은? 눈치채고 있었나? 어떻게 생각하고 있었을까?"

포아로는 천천히 말했다.

"마셜 대위가 어떻게 생각하는지, 무엇을 생각하는지…… 그것은 간단히 알 수 없네. 감정을 밖으로 나타내지 않는 사나이니까."

"그러나 역시 감정은 있을 게 아닌가?" 웨스턴 총경은 엄격하게 말했다.

에르큘 포아로는 고개를 끄덕이며 말했다.

"그야 그럴 테지. 그도 사람이니까."

3

캐슬 부인을 만나고 있는 주경찰서장 웨스턴 총경은 마치 타고난 천성이기라도 한 것처럼 아주 빈틈없고 말솜씨가 능숙했다.

캐슬 부인은 졸리 로저 호텔의 소유자이자 경영자였다. 40살쯤 되었으며, 불룩한 앞가슴에 칙칙한 붉은 머리, 그리고 불쾌할 정도로 점잖은 말투로 이야기하는 여자였다.

"이런 일이 우리 호텔에서 일어나다니, 어찌된 일일까요! 이렇게 조용한 장소는 또 없을 거라고 생각했었는데 말이에요! 우리 호텔에 오시는 손님은 모두 조용하고 좋은 분들이어서 소동 같은 건 전혀 일으키지 않았답니다. 당신도 아실 거예요, 센트루 부근의 큰 관광호텔과는 아주 다릅니다."

"네, 그렇겠지요." 웨스턴은 말했다. "그렇지만 말입니다, 부인.

사고란 아무리 관리가 철저하게 잘되어 있어도, 어느 가정에서나 일어나게 마련이지요."

"이 점은 경감님께서도 보증해 주시리라고 생각합니다만," 캐슬 부인은 까다로운 얼굴로 앉아 있는 콜게이트 경감 쪽으로 호소하는 것 같은 눈길을 보냈다. "나는 영업에 관련된 법률에는 특히 신경을 쓰고 있지요. 털끝만큼도 위반한 일이 없습니다!"

"그렇겠지요, 물론 그러실 겁니다." 웨스턴이 맞장구치며 말했다. "아무도 당신을 나무라지는 않습니다."

"그래도 이러한 시설에는 아무튼 그것이 문제가 되는 법이지요."

캐슬 부인은 거대한 앞가슴을 들먹였다.

"신기한 것처럼 몰려드는 저 시끌시끌한 구경꾼들을 생각하면…… 물론 호텔 손님 이외의 사람들은 이 섬에 들어오지 못하도록 하고 있습니다만, 그런데도 그 사람들은 반드시 몰려와 기슭 부근에서 손가락질을 한답니다."

캐슬 부인은 몸서리를 쳤다.

콜게이트 경감은 마침 이때라고 생각하고 그 이야기를 계기로 하여 말했다.

"지금 이야기하신 바로…… 그 섬으로 들어오는 것에 대해서 말입니다. 외부 사람들이 들어오는 것을 어떻게 막으십니까?"

"그 문제에는 '특히' 마음을 쓰고 있지요."

"그렇지만 어떤 방법으로 쫓아버립니까? 즉 어떻게 막습니까? 여름 시즌에는 휴가를 즐기는 피서객들이 가는 곳마다 파리 떼처럼 몰려 있는데 말입니다."

캐슬 부인은 조금 어깨를 으쓱했다.

"관광버스가 나빠요. 레더콤 만 부두에 한꺼번에 18대나 멈춰 있던 적도 있답니다, 18대나요!"

"과연 굉장하군요! 그 사람들을 어떻게 멀리 쫓습니까?"

"표지판을 내걸어두었지요. 그리고 밀물이 되면 섬이 고립된답니다."

"그렇지요. 그러나 문제는 물이 빠졌을 때입니다."

캐슬 부인의 설명에 의하면 육지에서 건너오는 길의 섬 쪽 끝에 문이 있어 '졸리 로저 호텔 전용 도로. 관계자 외에는 출입을 금함'이라고 씌어 있고, 돌층계 양쪽에는 바다로부터 바위가 하늘 높이 솟아 있기 때문에 아무도 기어오를 수 없다는 것이었다.

"그러나 보트를 타고 온다면 어떻게 하십니까? 섬 둘레를 돌아서 어딘가 기슭으로 올라온다면 말입니다. 그것만은 막을 도리가 없겠지요? 섬기슭에는 누구나 보트에서 오를 권리가 있으니까요. 밀물과 썰물 중간선까지라면 막을 수 없을 것입니다."

그러나 그런 일은 결코 없다고 캐슬 부인은 말했다. 레더콤 만의 부두에서 보트를 빌릴 수는 있지만 그곳에서 섬까지는 상당한 거리이며, 더욱이 항구 바로 밖은 조류가 거세기 때문이라는 것이었다.

실제로 또 걸 후미와 픽시 후미에는 쇠사다리 옆 게시판에 호텔전용도로는 관계자 이외에는 이용할 수 없다는 경고문이 붙어 있었다. 게다가 조지와 윌리엄이 육지로부터 가장 가까운 주된 해수욕장에서 쉴 새 없이 감시를 하고 있다고 캐슬 부인은 덧붙였다.

"조지와 윌리엄이란 누구지요?"

"조지는 해수욕장을 맡은 직원이에요. 손님들의 옷이며 튜브 따위를 시중들어 드리고 있답니다. 윌리엄은 정원사로 산책길을 손질하기도 하고, 테니스 코트에 선을 긋기도 하지요."

웨스턴 총경이 조급한 듯이 말했다.

"네, 그것으로 잘 알았습니다. 그러나 아무래도 외부에서 전혀 침입할 수 없다고 말할 수는 없겠군요. 더구나 침입자는 위험을 무릅쓸 것입니다, 들킨다는 위험을 말입니다. 그럼, 조지와 윌리엄을 만나보기로 하지요."

"난 그날로 돌아가는 피서객은 정말 싫습니다. 시끄럽기만 하고, 게다가 온통 지저분하게 해놓으니까 말예요. 건너가는 길 위나 바위 사이에 오렌지 껍질이며 빈 담뱃갑 따위를 하나 가득 어질러놓지요! 하지만 그래도 그 사람들 속에 살인자 같은 어이없는……아아, 생각만 해도 끔찍해요! 마셜 대위의 부인 같으신 분이 살해되다니 말이에요. 더구나 아아, 무서워, 목이 졸려서……."

캐슬 부인은 마지막 말을 좀처럼 입 밖에 내지 못하고 더듬더듬 간신히 말했다.

콜게이트 경감이 위로하는 것처럼 말했다.

"네, 정말 터무니없는 일입니다."

"아아, 그리고 신문에! '우리' 호텔이 그런 일로 신문에 오르내리다니!"

콜게이트 경감은 씁쓰레한 웃음을 띠었다.

"그것도 어떤 의미로는 선전이 됩니다."

그러자 캐슬 부인은 가슴을 크게 폈다. 앞가슴이 부풀어 오르고, 코르셋이 소리를 냈다. 그녀는 차가운 목소리로 말했다.

"난 그런 종류의 선전은 바라지 않아요, 경감님!"

웨스턴 총경이 사이에 끼어들었다.

"그런데 말입니다, 부인, 아까 부탁드렸던 숙박자 리스트를 지금 갖고 계십니까?"

"네."

웨스턴 총경은 호텔 숙박부를 들여다보고 나서 이 사무실에 모인 사람 중 네 번째 인물인 에르큘 포아로에게로 눈길을 돌렸다.

"자, 이제 자네가 나설 차례일세. 정보를 제공해 줄 수 있겠지?"

그리고 나서 총경은 숙박부의 이름을 읽어나갔다.

“종업원은?”

캐슬 부인이 다른 장부를 꺼냈다.

“객실 하녀가 네 명 있습니다. 그리고 지배인과 그 밑에서 일하는 종업원이 셋, 바텐더 헨리, 구두를 닦는 것은 윌리엄이 하는 일입니다. 그리고 요리사와 그 밑에서 일하는 사람이 둘 있습니다.”

“종업원들은 어떤 사람들이지요?”

“글쎄요, 지배인 앨버트는 플리머드의 빈센트 호텔에서 옮겨온 사람으로, 그곳에서 몇 년 동안 근무한 모양이에요. 나머지 세 명은 우리 호텔에 온 지 3년, 한 사람은 4년이 되는군요. 아주 좋은 젊은이들이지요. 모두 훌륭해요. 헨리는 개업할 때부터 주욱 함께 있었어요. 말하자면 우리의 간판과도 같은 인물이지요.”

웨스턴은 고개를 끄덕이고 콜게이트 경감에게 말했다.

“문제는 없을 것 같지만 아무튼 조사해 두게. 캐슬 부인, 참으로 고맙습니다.”

“용건은 그것뿐인가요?”

“지금으로서는……”

캐슬 부인은 마룻바닥을 소리 나게 울리면서 방을 나갔다.

“그럼, 우선 마셜 대위부터 시작하기로 하지.” 웨스턴 총경은 말했다.

4

케네스 마셜은 차분하게 물음에 대답하고 있었다. 조금 굳어진 표정이었지만 태도는 아주 냉정했다. 방의 창문으로 들어오는 햇빛으로 보니 상당한 미남이라는 것을 알 수 있었다. 가지런한 눈과 코, 흔들리지 않는 파란 눈동자, 굳게 다문 입매, 그리고 목소리는 굵고 낮아서 듣기가 좋았다.

웨스턴 총경이 말했다.

"참으로 충격이 크시겠습니다, 마셜 씨. 심정은 충분히 이해합니다. 그러나 우리로서는 될 수 있는 한 조금이라도 빨리 정보를 얻고 싶습니다."

마셜은 고개를 끄덕이며 말했다.

"압니다, 부디 무엇이든 물어주십시오."

"알레나 마셜 부인은 두 번째 아내이지요?"

"네."

"결혼한 지 얼마나 되셨습니까?"

"4년 조금 지났습니다."

"결혼하시기 전의 부인 이름은?"

"헬렌 스튜어트, 예명은 알레나 스튜어트입니다."

"여배우였던가요?"

"레뷔며 뮤지컬에 출연했었습니다."

"결혼 때문에 은퇴하셨나요?"

"아닙니다, 그 동안에도 무대 출연을 계속했습니다. 실제로 그만둔 것은 1년 반쯤 전의 일이었습니다."

"그만두신 데 대해 무슨 특별한 이유라도 있었습니까?"

케네스 마셜은 잠시 생각에 잠겼다.

"아닙니다. 다만 이제는 싫증이 났기 때문이라는 것이었습니다."

"그렇다면, 당신이 원했기 때문은 아니었군요?"

마셜은 눈썹을 치켜 올렸다.

"네."

"그럼, 결혼 뒤에도 부인께서 무대 출연을 계속하는 데 대해 불만은 없었겠군요?"

마셜은 아주 조금 미소를 지었다.

"될 수 있으면 그만두었으면 좋겠다고 생각했지요. 그것은 확실합니다. 하지만 그 일로 말다툼 같은 건 하지 않았습니다."
"결국 두 분 사이에서 불화의 씨가 되지는 않았다는 말씀이군요?"
"물론입니다. 아내는 언제나 자유롭게 하고 싶은 대로 했었으니까요."
"그럼, 결혼생활은 행복했습니까?"
케네스 마셜이 싸늘하게 대답했다.
"물론이지요."
웨스턴 총경은 잠시 입을 다물었다가 다시 질문을 시작했다.
"마셜 씨, 부인을 살해한 범인에 대해 무언가 마음에 짚이는 일이 없으십니까?"
그의 대답에는 아무런 망설임도 없었다.
"전혀 없습니다."
"부인에게 적이 있었습니까?"
"아마 그럴 거라고 생각합니다."
"네?"
마셜은 재빨리 설명을 덧붙였다.
"아아, 오해하지는 마십시오. 아내는 여배우였고, 또 아주 아름다웠습니다. 어느 점으로 보든지 질투나 선망의 대상이 되었을 겁니다. 배역 관계로 트러블도 있었겠지요. 다른 여자들의 경쟁심을 부추겼던 셈입니다. 아무튼 상당한, 뭐라고 할까요…… 넓은 방면으로 시기와 증오와 원한, 그 밖에 갖가지 비난의 대상이 되어 있었습니다. 그러나 그렇다고 해서 계획적으로 아내를 살해할 사람은 없을 겁니다."
그때 처음으로 에르퀼 포아로가 입을 열었다.
"마셜 씨, 그렇다면 즉 부인의 적은 대체로…… 아니, 모두가 '여자'였겠군요?"

케네스 마셜은 포아로를 쳐다보았다.

"네, 그렇지요."

웨스턴 총경이 말을 계속했다.

"부인께 원한을 품을 만한 사나이는 모르십니까?"

"모릅니다."

"이 호텔에 있는 사람 가운데 전부터 부인을 알고 있었던 사람은 없습니까?"

"레드펀 씨와는 전에 만난 일이 있었을 것으로 생각합니다, 어느 칵테일 파티에서. 그 밖의 일은 모릅니다."

웨스턴은 잠자코 있었다. 이 이야기를 진전시켜 나갈 깃인가 어떤가 망설이는 모양이있나. 이윽고 그는 단념한 듯이 말했다.

"그럼, 오늘 아침의 일로 돌아갑시다. 맨 마지막으로 부인을 보신 건 언제입니까?"

마셜은 잠깐 사이를 두었다가 대답했다.

"아침식사를 하러 나갈 때 아내의 방을 들여다보았는데……."

"잠깐 실례, 두 분께서는 방을 따로 쓰십니까?"

"네."

"그때가 몇 시였습니까?"

"9시쯤이었다고 생각합니다."

"부인께서 무엇을 하고 있던가요?"

"편지를 뜯어보고 있었습니다."

"무슨 말을 했습니까?"

"별다른 말은 없었습니다. 잘 잤느냐, 좋은 날씨다, 뭐, 그런 말이었습니다."

"어떤 모습이던가요? 여느 때와 다른 점은 없었습니까?"

“네, 조금도, 여느 때와 똑같았습니다.”
에르큘 포아로가 물었다.
“부인께서 편지 내용에 대해 무슨 말이 없었습니까?”
또 다시 희미한 미소가 마셜의 입가에 떠올랐다.
“내 기억에 의하면, 편지 봉투 속에 든 것은 모두 청구서뿐이었습니다.”
“부인께선 아침식사를 침실에서 드십니까?”
“네.”
“오늘만이 아니라 언제나 그렇습니까?”
“늘 그렇습니다.”
에르큘 포아로가 말했다.
“부인께서 아래로 내려오시는 것은 보통 몇 시쯤입니까?”
“글쎄요, 10시에서 11시 사이…… 대개 11시 가까이 되어야 내려옵니다.”
“그럼, 10시 정각에 내려오셨다면, 그것은 여느 때와 다른 일이군요?” 하고 포아로가 계속 물었다.
“네, 그렇게 일찍 내려온 적은 한 번도 없었습니다.”
“하지만 오늘 아침에는 일찍 내려왔다는 말이지요? 마셜 씨, 어째서 그랬으리라고 생각하십니까?”
마셜은 아무 감정도 나타내지 않았다.
“도무지 짐작이 가지 않습니다. 날씨 때문인지도 모르지요. 보기 드물게 좋은 날씨였으니까요.”
“부인이 없는 것을 알아차리신 것은?”
케네스 마셜은 의자 위에서 조금 뒤로 물러앉았다.
“아침식사를 끝낸 뒤 다시 한 번 방을 들여다보았습니다. 그런데 아내가 없었습니다. 조금 놀랐지요.”

“그래서 바닷가로 나와 나에게 보지 못했느냐고 물으셨던 거로군
요?”

“네, 그렇습니다” 하고 마셜은 조금 힘 있게 대답했다. “그런데 당
신께서 못 보셨다고 하시기에……”

에르큘 포아로의 눈은 천진난만해 보였다.

웨스턴 총경이 물었다.

“부인을 찾은 데에 뭔가 특별한 이유라도 있었습니까?”

마셜은 웨스턴 총경 쪽으로 상냥하게 눈길을 옮겼다.

“아닙니다, 어디에 있을까 하고 생각되어…… 그뿐이었습니다.”

웨스턴은 더 이상 아무 말도 하지 않고 의자의 위치를 조금 뒤로
움직였다. 그런 다음 그는 이제까지와는 전혀 다른 어조로 밀했나.

“바로 조금 전에 당신은 부인께서 패트릭 레드펀 씨와 전부터 아는
사이였다고 말씀하셨는데, 대체 어느 정도로 아는 사이였지요?”

“담배를 피워도 괜찮겠습니까?”

케네스 마셜은 주머니에 손을 집어넣었다.

“아차, 파이프를 어딘가 놓고 왔군!”

포아로가 담배를 내밀자 마셜은 그것을 받아들었다. 그는 불을 붙
이면서 질문에 대답했다.

“레드펀 씨에 대해 물으셨지요? 그와 아내는 칵테일 파티인지 어
디에서 만났다고 들었습니다.”

“그렇다면 그냥 얼굴만 알고 있을 뿐이었다는 말입니까?”

“그럴 것으로 생각합니다.”

“그러나 그 뒤에……” 총경은 잠시 사이를 두었다. “우리가 들은
바에 의하면, 두 사람의 관계는 매우 친밀한 사이가 된 모양이더군
요.”

마셜의 목소리가 날카로워졌다.

“들으셨다고요 ? 누구에게서 들으셨다는 겁니까 ?”

“온 호텔 안에 소문이 자자하더군요.”

한순간 마셜의 눈이 포아로에게로 향했다. 그의 노여움에 찬 차디찬 눈길이 포아로 얼굴 위에 멈추었다.

“소문이라는 것은 거짓말덩어리요!”

“그렇기는 하지요. 그러나 레드펀 씨와 부인이 직접 소문거리를 뿌리고 다닌 게 아닐까요 ?”

“어떤 소문거리를 ?”

“두 사람은 자주 함께 있었습니다.”

“그것 말입니까 ?”

“그 점은 부정하지 않으시겠지요 ?”

“그랬을지도 모릅니다. 미처 깨닫지 못했군요.”

“당신은…… 실례입니다만, 부인이 레드펀 씨와 친밀하게 지내는 사실에 대해 그다지 반대하지 않았습니까 ?”

“아내의 행동에 대해서는 비판하지 않는 것이 신조입니다.”

“항의나 반대도 전혀 하지 않았습니까 ?”

“네, 전혀!”

“스캔들이 되려고 해도 말입니까 ? 그 때문에 레드펀 부부의 사이가 깨지려고 했어도 말입니까 ?”

마셜은 냉랭하게 말했다.

“나는 남의 일에는 간섭하지 않습니다. 그 대신 다른 사람의 간섭도 받지 않습니다. 가십이나 수군대는 말에는 결코 귀를 기울이지 않지요.”

“레드펀 씨가 부인에게 진심으로 빠져 있었다는 것은 부정하지 않으시겠지요 ?”

“아마 그랬을 겁니다. 남자들은 대개 그렇지요. 아내는 너무 아름다뤘으니까요.”

“그러나 당신 자신은 그 일을 대단한 문제로 생각지 않았습니까 ?”

“전혀 그렇게 생각지 않았습니다, 정말입니다.”

“만일 증인이 있어, 두 사람 사이가 정사로까지 발전했다고 증언한다면 ?”

다시 마셜의 파란 눈이 에르큘 포아로에게로 돌려졌다. 그리고 여느 때의 무표정한 얼굴에 증오의 빛이 감돌았다.

“다른 사람의 이야기를 듣고 싶은 사람은 들어도 좋습니다. 죽은 사람에게는 입이 없으니, 아내는 변호할 수 없을 테지요.”

“그렇다면 당신 자신은 믿지 않는다는 말입니까 ?”

처음으로 마셜의 이마에 땀방울이 맺히는 것이 보였다.

“그런 이야기를 믿을 생각은 없습니다.” 마셜은 이야기를 계속했다. “당신들은 사건의 본질에서 크게 옆길로 빗나가고 있지 않습니까 ? 내가 그것을 믿고 안 믿고는 살인이라는 명백한 사실과 아무 관계도 없는 일 아닙니까 ?”

두 경찰관 가운데 어느 쪽도 미처 입을 열기 전에 재빨리 에르큘 포아로가 그 말에 대답했다.

“마셜 씨, 당신은 모르시는 모양이군요. 살인이라는 명백한 사실 따위는 존재하지 않습니다. 살인사건은 십중팔구 피해자의 성격이나 환경에 원인이 있는 것입니다. 피해자는 이러이러한 인물이었다, ‘그렇기 때문에 ’ 살해되었다. 아시겠습니까 ? 그러니까 ‘알레나 마셜이란 어떤 인물이었는가.’ 이것을 완전히 알아내지 못하고는 ‘범인은 어떤 인물인가’를 명확하게 알아낼 수 없습니다. 그 때문에 우리도 여러 가지로 질문하고 있는 것입니다.”

마셜은 주경찰서장에게로 눈길을 돌렸다.

“당신도 같은 의견이십니까 ?”

“그렇지요, 어느 정도는. 이것은 다시 말해서…….”

마셜이 짧게 소리 내어 웃었다.

“당신은 그렇지 않을 거라고 생각했는데요. 인물론은 포아로 선생의 전문분야일 테니까요.”

포아로가 미소 지으면서 말했다.

“적어도 당신은 자랑스럽게 생각하셔도 좋을 겁니다. 나에게 아무것도 가르쳐주지 않으셨으니까!”

“무슨 말씀이지요?”

“부인의 일로 대체 무엇을 이야기해 주셨습니까? 아무것도 없습니다. 누구나 다 알고 있는 일뿐입니다. 아름다운 여자니까 남자들이 열중한다, 그뿐이지요.”

케네스 마셜은 어깨를 으쓱하고 나서 선뜻 한 마디 던졌다.

“당신은 어떻게 되신 모양이군요, 정말.”

그리고 그는 웨스턴 총경 쪽을 보며 힘주어 말했다.

“그 밖에 또 뭐가 있습니까? ‘당신’께서 묻고 싶으신 일은 뭐지요?”

“오늘 아침 당신이 한 행동에 대해 말해 주십시오.”

케네스 마셜은 고개를 끄덕였다. 이 질문은 이미 예상하고 있었던 것으로 보였다.

“다른 때와 마찬가지로 9시쯤 식당에서 아침식사를 마치고 신문을 읽었습니다. 그런 다음 아까도 말씀드렸듯이 아내의 방으로 가보았지만, 나간 뒤였습니다. 나는 바닷가로 나가 포아로 씨가 계시기에 혹시 아내를 보지 않았는지 물어보았지요. 그리고 나서 잠깐 수영을 하고 호텔로 돌아온 것이 아마 11시 20분 전쯤…… 네, 그쯤이었습니다. 로비의 시계를 보았습니다. 20분 전을 조금 지났을 때였지요.

내 방으로 돌아와 보니 객실 하녀가 아직 청소를 끝내지 않았기에 되도록 빨리 해달라고 했습니다. 편지를 세 통쯤 타이핑해서 우편으로 부쳐야겠다고 생각했기 때문이지요. 그런 다음 다시 아래로 내려가 바에서 헨리와 한두 마디 이야기를 하고 방으로 돌아온 것이 11시 10분 전입니다. 그 뒤에는 편지를 타이핑했는데, 12시 10분 전까지 계속 타이프를 쳤습니다. 그런 다음 테니스 옷으로 갈아입었습니다. 12시에 우리는 테니스하기로 약속했거든요. 어제부터 테니스 코트를 예약했지요."

"우리라고 하셨는데……."

"레드펀 부인, 단리 양, 가드너 씨, 그리고 나, 이렇게 네 사람입니다. 12시에 아래로 내려가 코트에 갔더니 단리 양과 가드너 씨가 먼저 와 있너군요. 레드펀 부인은 4, 5분 늦게 왔습니다. 1시간쯤 테니스를 치고 호텔로 돌아와보니 마침 이…… 이 소동이 벌어졌더군요."

"고맙습니다, 마셜 대위. 이것은 형식적인 일이지만, 당신께서 자신의 방에서 타이핑했다는 것을, 그러니까 11시 10분 전부터 12시 10분 전까지 사이에 말입니다. 누구든 확인해 줄 증인이 있습니까?"

케네스 마셜은 희미하게 미소를 띠었다.

"나의 아내를 내가 살해했다고 생각하시는 겁니까? 글쎄요, 하녀가 각 방을 청소하러 돌아다녔으니까 타이프라이터 소리가 들렸을 것입니다. 그리고 그때 쓴 편지가 있습니다. 이런 소동으로 미처 보내지를 못했습니다. 이것이 무엇보다도 확실한 증거가 아닐까요?"

마셜은 주머니에서 세 통의 편지를 꺼냈다. 봉투에 주소가 씌어 있었으나 아직 우표는 붙이지 않은 것이었다.

“그렇지만 편지의 내용은 비밀입니다. 그러나 살인사건이고 보면 경찰의 판단에 맡기지 않을 수 없겠지요. 그 안에 들어 있는 것은 숫자를 나열해 놓은 종이입니다. 계산 관계의 여러 가지 목록과 표이지요. 이것을 경찰관 어느 분께 타이핑시켜 보시면 아시겠지만, 1시간 안에 해내기는 꽤 어려울 것입니다.”

마셜은 잠시 말을 끊었다.

“만족하십니까?”

웨스턴 총경이 조용히 말했다.

“의혹이 있고 없고는 문제가 아닙니다. 이 섬에 있었던 사람은 누구나 오늘 11시 15분 전부터 12시 20분 전까지 사이에 자신이 한 행동을 설명하지 않으면 안 됩니다.”

“그렇겠지요.”

“또 한 가지, 마셜 씨. 당신은 부인께서 자기의 재산을 어떤 방법으로 처분하게 될 것인지, 거기에 대해 뭔가 아시는 게 없습니까?”

“유언 말입니까? 유언장을 썼으리라고는 생각지 않습니다만…….”

“그러나 확신할 수는 없겠지요?”

“아내의 변호사는 런던 베드포드 스퀘어에 있는 바케트 마케트 애플구드 법률사무소에 있습니다. 아내는 계약서 같은 것을 모두 거기에 맡기고 있습니다만, 유언장을 작성하지 않은 것만은 거의 확실합니다. 유언장을 쓰다니, 생각만 해도 소름이 끼친다고 말한 일이 있었으니까요.”

“유언장 없이 돌아가셨다면 남편인 당신께서 부인의 재산을 상속하게 되겠군요?”

“그렇겠지요.”

“부인의 근친자는?”

“없는 것으로 압니다. 있다고 하더라도 들어본 일이 없었습니다. 부모님은 어렸을 때 돌아가셨다고 하고, 형제나 자매도 없는 것 같았습니다.”

“어찌되었든 유산이라고 해야 그다지 많지는 않겠지요?”

케네스 마셜은 냉정하게 말했다.

“아닙니다, 천만에요. 바로 2년 전의 일입니다만, 그녀의 옛 친구인 로버트 어스킨 경이 세상을 떠났을 때 유산의 대부분을 아내가 상속받았습니다. 금액으로 계산해서 약 5만 파운드쯤 될 겁니다.”

콜게이트 경감이 얼굴을 쳐들었다. 그 눈길에 경계의 빛이 떠올라 있었다. 처음부터 끝까지 아무 말도 하지 않던 그가 이때 처음으로 입을 열었다.

“그렇다면 마셜 씨, 부인께서 굉장한 부자이시군요?”

케네스 마셜은 어깨를 움츠렸다.

“뭐…… 그렇다고 할 수 있지요.”

“그런데도 유언장을 써놓지 않았단 말입니까?”

“변호사에게 물어보십시오. 나는 쓰지 않았을 것으로 생각합니다. 지금도 말씀드렸듯이 아내는 그런 것을 재수 없다고 생각했었으니까요.”

마셜은 잠깐 사이를 두었다.

“그 밖에 또 무슨 궁금한 일이 있습니까?”

웨스턴 총경은 고개를 가로저었다.

“괜찮겠지, 콜게이트? 그럼, 좋습니다. 마지막으로 다시 한 번 진심으로 애도의 말씀을 드리겠습니다.”

마셜은 눈을 깜박거리고 있더니 이윽고 딱딱하게 말했다.

“걱정을 끼쳐드려서 죄송합니다.”

그는 나갔다.

세 사람은 얼굴을 마주 보았다.

웨스턴 총경이 말했다.

"뻔뻔스러운 녀석이군. 조금도 속셈을 내보이지 않으니! 자네는 어떻게 생각하나, 콜게이트?"

경감은 고개를 저었다.

"뭐라고 말할 수가 없습니다. 감정을 겉으로 드러내지 않는 타입이 군요. 그런 사람은 증인석에 나오면 인상이 나쁘답니다. 물론 딱한 점도 있지만 말입니다. 마음속으로 아무리 고민하고 있어도 얼굴에 나타낼 수 없으니까요. 월레스가 저런 태도였지요. 배심원의 심증을 해쳐서 결국 유죄가 되고 말았습니다. 증거가 나왔기 때문이 아 닙니다. 아내를 잃은 남편이 그토록 냉정한 태도를 취할 수 있을까 하고 배심원들의 의심을 샀던 거지요."

웨스턴 총경은 포아로를 보았다.

"포아로, 자네는 어떻게 생각하나?"

에르큘 포아로는 두 손을 위로 들어올렸다.

"내가 무슨 말을 할 수 있겠나? 퉁명스러운, 마치 대합조개 같은 사람이로군. 자신이 스스로 역할을 정하여 그대로 연기하고 있네. 보지도 않고, 듣지도 않고, 말하지도 않는 그런 역할 말일세!"

"동기는 여러 가지가 있습니다" 하고 콜게이트가 말참견을 했다. "질투, 돈. 물론 어떤 의미로는 남편이 가장 큰 용의자이겠지요. 우 선 그렇게 생각하는 것이 당연하지 않을까요? 만일 자기 아내가 다 른 사나이와 바람을 피운다는 것을 알았다면……."

포아로가 말을 가로막았다.

"다 알고 있었습니다, 그 사나이는."

"그걸 어떻게 아십니까?"

“사실은 말이오, 콜게이트 씨. 나는 어젯밤 서니 레지에서 레드펀 부인과 이야기를 했지요. 그러고 나서 호텔로 돌아오는 길에 문제의 두 사람을 보았소. 알레나 마셜과 패트릭 레드펀을 말이오. 그런데 그 바로 뒤에 나는 마셜 대위와 마주쳤거든요. 그의 얼굴은 매우 굳어져 있었소. 표정이 없었지…… 아주 무표정했소! ‘너무나도’ 공허했지요. 틀림없이 다 알고 있었소, 그 사나이는!”

콜게이트는 알 수 없다는 듯이 신음 소리를 냈다.

“당신이 그렇게 생각하신다면…….”

“틀림없소! 그러나 그것으로 무엇을 알아낼 수 있단 말이오? 대체 케네스 마셜은 알레나에 대해 어떻게 생각하고 있었을까요?”

웨스턴 총경이 말했다.

“그는 아내의 죽음을 매우 냉정하게 받아들였네.”

포아로는 불만스럽게 고개를 저었다.

콜게이트 경감이 말했다.

“때로는 이런 조용한 사나이야말로, 뱃속은 부글부글 끓어오르는 수가 있습니다. 안으로 틀어박히는 겁니다. 그는 아내에게 완전히 반해서 정신을 못 차렸는지도 모르지요. 또한 질투로 미쳐 있었을지도 모르고요. 그렇지만 밖으로 결코 나타내보이지는 않았습니다.”

포아로가 천천히 말했다.

“확실히 그럴 수도 있겠지요. 꽤 재미있는 인물이오, 이 마셜 대위라는 사람은. 나는 굉장히 흥미를 느끼고 있소. 게다가 그의 알리바이에도 말이오.”

“타이프라이터의 알리바이 말인가?” 웨스턴 총경이 짧게 짖는 것처럼 웃었다. “콜게이트, 거기에 대해서 자네는 어떻게 생각하나?”

경감은 눈을 가늘게 떴다.

"글쎄요, 나는 그 알리바이를 사겠습니다. 다시 말해 알리바이로서는 아주 서툴러요. 아시겠습니까? 즉, 너무 '자연' 스럽다는 것입니다. 만일 하녀가 그때 가까이에 있어 타이프라이터 소리를 들었다고 한다면, 좋습니다. 그것으로 나는 제쳐놓고 싶습니다. 다른 방면을 알아보는 수밖에 없겠지요."

"흐음, 그렇다면 어느 방면을 알아보겠나?" 웨스턴 총경이 물었다.

6

1, 2분 동안 세 사나이는 그 일에 대해 골똘히 생각하고 있었다. 게이트 경감이 맨 먼저 입을 열었다.

"요컨대 문제는 이것입니다. 외부 사람인가, 아니면 호텔에 머물고 있는 손님인가? 그렇다고 종업원을 제외하려는 것은 아닙니다. 다만 호텔에서 일하는 사람의 짓이라고는 도저히 생각할 수가 없습니다. 그렇다면 호텔의 손님인가, 밖에서 온 사람인가 하는 것이 됩니다. 그래서 나는 이렇게 더듬어나가야 할 거라고 생각합니다. 우선 첫째, 동기입니다. 이익을 얻는 것은 누구인가? 그 여자가 죽어서 이득을 얻는 유일한 사람은 아무래도 남편인 것 같습니다. 그럼, 다른 동기는 없는가? 무엇보다도 우선 질투를 생각해 볼 수 있습니다. 그러니까 내 생각으로는, 지금까지의 인상으로는 이것이야말로 바로 전형적인 치정의 얽힘, 격정에 사로잡힌 나머지 저지른 범행인 것 같습니다."

포아로가 천장을 올려다보면서 중얼거렸다.

"격정이라고 해도 여러 가지가 있겠지요……."

콜게이트 경감이 계속 말했다.

"남편은 아내에게 적이 있다는 것을 인정하려고 하지 않았습니다.

내가 말하는 것은 진짜 적입니다. 그러나 도저히 그렇게 생각할 수는 없습니다! 그러한 종류의 여자는 아무래도…… 그렇지요, 상당히 맞서기 힘든 적을 갖고 있기 마련입니다. 당신께서는 어떻게 생각하십니까, 포아로 씨?”

“그야 물론 그렇겠지요” 하고 포아로는 대답했다. “알레나 마셜은 충분히 적을 만들 여자요. 그러나 콜게이트 씨, 내 생각으로는 그 이론은 도움이 되지 않을 것 같군요. 왜냐하면 알레나 마셜의 적은 아까도 말했지만 언제나 ‘여자’였으니까요.”

웨스턴 총경이 신음하는 것처럼 말했다.

“그것도 일리가 있어. 원한을 품고 있는 것은 거의 여자들이지.”

포아로는 말을 계속했다.

“이 범행이 여자의 짓이라고 하기에는 우선 무리가 있다고 생각하네. 의사의 검시 보고는 어떻게 되어 있던가?”

웨스턴은 또 신음 소리를 냈다.

“니즈든은 남자의 손에 목이 졸려 죽은 거라고 확신을 갖고 말하고 있다네. 큰 손으로, 굉장히 센 힘으로 말일세. 물론 여느 사람보다 뛰어나게 체격이 좋은 여자라면 아주 불가능한 일도 아니겠지만, 그러나 아무래도 그건 생각할 수 없네.”

포아로는 고개를 끄덕였다.

“바로 그 점일세. 물그릇의 비소, 독이 들어 있는 초콜릿, 나이프, 피스톨도 괜찮겠지. 그러나 교살이라면 도저히 무리한 일이야!

우리가 찾는 상대는 남자일세. 그런데 여기에서 당장 어려운 문제에 부딪쳐버리네. 왜냐하면 이 호텔에는 알레나 마셜을 없애버려야겠다는 동기를 가진 사람이 둘 있는데, 둘 다 여자이니 말일세.”

웨스턴이 물었다.

“그 한 사람은 레드펀 부인이겠지?”

"그렇지, 그 여자라면 알레나를 죽여 버리려고 생각했을지도 모르네. 이유는 충분히 있네. 또 그녀라면 실제로 죽일 수도 있었을 거라고 생각하네. 그러나 교살의 방법으로 죽이진 못했을 걸세. 아무리 불행하더라도, 아무리 질투를 느끼더라도 아마 그 여자는 격정에 휩쓸리거나 하지는 않았을 걸세. 물론 남편에 대한 사랑은 진지하고 한결같은 것이었겠지만, 그러나 결코 심하게 흥분하지는 않았을 것이네. 그러니까 지금도 말했듯이 홍차에 비소를 넣는 정도라면 할 수 있을지 모르지만 목을 죄는 일이라면 결코 할 수 없을 걸세. 게다가 단정해도 좋네만, 그녀의 체력으로 볼 때도 이 범행은 불가능해. 손발이 다른 사람들보다도 유난히 가냘프고 작거든."

웨스턴 총경은 고개를 끄덕였다.

"이것은 여자의 범행이 아니라 남자일세. 아무리 생각해도."

콜게이트 경감이 헛기침을 했다.

"하나의 가능성을 말씀드리고 싶습니다. 만일에 말입니다, 살해된 여자가 레드펀을 만나기 전에 다른 남자와 바람을 피우고 있었다고 합시다. 예를 들어 X라고 이름을 붙여보지요. 여자는 X를 배반하고 레드펀에게 마음이 돌아갔습니다. X는 노여움으로 미치고 질투에 불타서 여기까지 그녀를 따라왔습니다. 그리하여 어딘가 가까운 곳에 숨어 있다가 오늘 이 섬으로 건너와 끝장을 보았다면…… 어떻습니까, 그럴 듯하지요?"

웨스턴 총경이 말했다.

"그럴 수도 있겠군, 확실히. 그것이 정말이라면 증거도 잡기 쉬울 걸세. 우선 걸어왔든지 보트를 타고 왔겠지. 아마도 보트로 왔을 걸세. 그렇다면 어디에선가 반드시 보트를 빌렸을 게 틀림없어. 얼른 알아보게."

그런 다음 그는 포아로에게로 눈길을 돌렸다.

"포아로, 지금 나온 콜게이트의 해석을 어떻게 생각하나?"

"너무나도 우연의 요소가 많군. 그리고 내 생각으로는 어딘지 잘 맞지 않는 데가 있는 것 같네. 그러한 남자가, 분노에 미치고 질투에 불타는 사나이가 아무래도 떠오르지 않는군."

"아니, 그러나 그 여자에 대해서는 '지금도' 여러 명의 남자가 열중해 있지 않은가? 레드펀을 보게나."

"그야 그렇지만, 그래도 역시……."

콜게이트가 이상하다는 얼굴로 포아로를 쳐다보았다.

포아로는 고개를 젓고 이맛살을 찡그리며 말했다.

"우리는 어딘가에서 무엇을 놓치고 있네……."

제6장

1

웨스턴 총경은 호텔의 숙박객 명단에 눈길을 달리고 있더니 소리 내어 읽기 시작했다.

"커원 소령 부부, 딸 파멜라, 아들 로버트와 에번——레더헤드 라이댈 언덕.

마스터맨 씨 부부, 에드워드 마스터맨 씨, 딸 제니퍼, 로이 마스터맨 씨, 아들 프레데릭——런던 시 서북구 맬보로 거리 5번지.

가드너 씨 부부——뉴욕 시.

레드펀 씨 부부——버킹엄 주 셀든 거리 크로스게이츠.

배리 소령——런던 시 남서 1구 센트 제임스 카든 거리 18번지.

호러스 블래트 씨——런던 시 동중앙 2구 피커즈질 거리 5번지.

에르큘 포아로 씨——런던 시 서1구 화이트해븐 맨션.

로자먼드 단리 양——런던 시 서1구 카디건 거리 8번지.

에밀리 브루스터 양——선베리 온 템스 사우스게이츠.

스티븐 레인 목사——런던 시.

마셜 대위 부부, 또는 린다 양——런던 시 남서 7구 업코트 맨션 73호"

총경은 여기서 입을 다물었다.

콜게이트 경감이 말을 꺼냈다.

"나는 맨 처음 두 가족은 제외해도 좋다고 생각합니다. 지배인 캐슬 부인의 설명을 들으면 마스터맨 집안과 커원 집안은 모두 해마다 빠지지 않고 아이들을 데리고 이곳으로 온다는 것이었습니다. 오늘은 두 집안 가족이 모두 함께 도시락을 가지고 뱃놀이를 떠났습니다. 9시 조금 지나서 출발했다더군요. 앤드류 버스튼이라는 시나이가 안내인이있답니다. 그 사람에게 확실한 것을 알아보아도 좋지만, 역시 이 사람들은 제외해도 괜찮겠지요?"

웨스턴 총경이 고개를 끄덕이며 말했다.

"좋겠지. 제외할 수 있는 사람은 모두 빼놓기로 하세. 포아로, 다른 사람에 대해 정보를 줄 수 없겠나?"

"표면적으로는 간단하네. 가드너라는 중년부부가 있는데, 여행을 잘 다니는 사귐성 있는 사람들로 말을 많이 하는 것은 부인이고 남편은 순종형. 그러나 그는 테니스도 하고, 골프도 치고, 아내에게서 떼어놓으면 멍청한 체 시치미를 떼고 농담도 곧잘 한다네."

"그들에게도 문제가 없을 것 같군."

"다음은, 레드펀 부부로구먼. 남편은 젊은 미남자, 여자에게 인기 있는 타입, 수영의 명수, 테니스도 잘하고 댄스에도 능숙하다네. 부인에 대해서는 이미 말한 바와 같네. 얌전하고 살빛이 희고, 어떤 의미로는 아름다운 여자일세. 남편을 굉장히 사랑한다고 생각되네. 그리고 알레나 마셜에게는 없는 면을 가지고 있지."

"그게 뭔가?"

"두뇌일세."

콜게이트 경감이 한숨을 쉬며 말했다.

"사랑하는 데 두뇌 따위는 별로 소용이 없겠지요."

"그렇겠지요. 그건 그렇고, 패트릭 레드펀 씨는 알레나 마셜에게 정신없이 빠져 있었지만, 그러면서도 사실은 아내를 사랑하고 있다고 생각하네."

"그럴지도 모르지요. 이런 일은 아마 전에도 있었던 것 같군요."

"그러니까 곤란한 일이오! 그런 것은 여자에게는 좀처럼 믿어지지 않는 일이니까요." 포아로가 중얼거리듯 말했다. 그러고 나서 그는 말을 계속했다. "배리 소령, 인도군 퇴역 장교. 여자에 대해 관심이 많고, 자기만이 아는 긴 이야기로 사람을 지루하게 만든다네."

콜게이트 경감이 한숨을 쉬었다.

"이젠 됐습니다. 그런 사람은 얼마든지 있습니다."

"호러스 블래트 씨, 제법 돈이 많은 모양일세. 이 사람도 말이 많은데, 이야기는 오로지 자기에 대한 것뿐이지. 누구하고나 친구처럼 사귀고 싶어하지만, 안타깝게도 아무도 상대해 주지 않는다네. 그리고 조금 덧붙여두겠는데, 블래트 씨는 어젯밤 나에게 마구 질문을 퍼부었다네. 도무지 차분하지 못한 사나이지. 그렇군, 어딘지 묘하게 걸리는 데가 있어."

포아로는 잠시 말을 끊고 있더니 말투가 바뀌었다.

"다음은 로자먼드 단리 양일세. 로자먼드 살롱을 경영하고 있는 유명한 디자이너일세. 또 무슨 말을 하면 될까? 그렇지, 머리도 좋고 매력도 있네. 세련된 사람이지. 인상이 매우 좋다네."

그는 조금 사이를 두었다. 그리고 덧붙여 말했다.

"마셜 대위와는 어릴 적 소꿉친구라네."

웨스턴 총경이 의자에서 자세를 고쳐 앉았다.

"아아, 그런가. 그랬었군?"

"으음, 참으로 오랜만에 만났다더군."

"마셜 대위가 여기로 피서 온다는 것을 알고 있었을까?"

웨스턴 총경이 진지한 얼굴로 물었다.

"몰랐다고 하더군." 포아로는 한숨을 한 번 쉬고 나서 말을 이었다. "다음은 누구지? 아아, 에밀리 브루스터 양. 이 여자는 조금 이상한 사람일세" 하고 그는 고개를 설레설레 저었다. "목소리도 남자 같다네. 굵고 탁한 목소리라고 해야 할지 허스키한 목소리라고 해야 할지…… 줄곧 보트를 타고 돌아다니네. 골프 핸디는 4."

포아로는 말을 끊었다. 그리고 지나가는 말처럼 내뱉었다.

"그러니 성품이 좋은 여자라고 생각하네."

웨스턴 총경이 말했다.

"남은 것은 스티븐 레인 목사로군. 이 사람은 어떤가?"

"한마디밖에 말할 수 없네. 극도의 긴장으로 노이로제 상태에 빠져 있지. 게다가 광신자더군."

콜게이트 경감이 말참견을 했다.

"아니, 그런 남자입니까!"

"이제 끝인가?" 웨스턴 총경은 포아로를 쳐다보며 한 마디 덧붙였다. "자네는 뭔가 고민이 있는 것 같군."

"으음……왜냐하면 오늘 아침 알레나 마셜이 나가면서 나보고 여기서 만났다는 것을 아무에게도 말하지 말라고 했었거든. 나는 그 자리에서 내 나름대로 해석을 내려버렸었네. '이것은 틀림없이 그녀와 패트릭 레드펀의 관계가 원인이 되어 마셜 대위와 한바탕 말다툼이 있었나 보다, 그래서 이제 패트릭과 어디선지 밀회를 약속했기 때문에 남편에게 자기들이 있는 곳을 알리고 싶지 않은 모양이다'라고 말일세."

포아로는 잠시 말을 끊었다.

"그런데 말일세, 그것은 내가 잘못 생각한 것이었네. 왜냐하면 바로 그 뒤에 남편이 바닷가로 나오더니 나더러 아내를 못 보았느냐고 물었고, 그리고 가장 중요한 패트릭 레드펀 자신도 역시 나타나 분명히 알레나의 행방을 찾고 있는 것 같은 태도를 보였거든! 그래서 나는 이런 생각을 하게 되었지. 알레나 마셜이 만나러 간 상대는 과연 누구인가 하고 말일세."

콜게이트 경감이 말했다.

"내 생각과 똑같습니다! 런던이나 어디에서 온 수수께끼의 사나이겠지요."

에르큘 포아로는 고개를 저었다.

"그렇지만 콜게이트 씨, 당신의 설에 의하면 알레나 마셜은 그 수수께끼의 사나이와 인연을 끊었을 텐데, 그렇다면 어째서 그 사나이를 만나러 일부러 복잡한 짓을 했을까요?"

콜게이트 경감은 고개를 저으며 말했다.

"그럼, 대체 그가 누구라고 생각하십니까?"

"그 점을 아무래도 모르겠소. 숙박객의 이름은 지금 읽은 바와 같소. 어느 사람이나 모두 중년으로 매력이 없지요. 어느 누구를 막론하고 알레나 마셜이 패트릭 레드펀보다 호감을 가질 만한 사나이가 없지 않소? 도저히 있을 수 없는 일이오. 그럼에도 불구하고 그녀는 '실제로' 누군가를 만나러 갔소. 그런데 그 상대가 패트릭 레드펀은 아니었소."

"혼자서 갔다고는 생각되지 않나?" 웨스턴 총경이 중얼거리듯 말했다.

포아로는 고개를 저었다.

"여보게, 자네는 그 죽은 여자를 생전에 보지 않았으니까 그렇게 말하는 걸세. 일찍이 '고독한 상태'에 대해서 학술 논문을 쓴 사람이 있네. 똑같은 고독이라도 뉴턴 같은 사람과 멋쟁이 사나이 브루멜 같은 사람에게는 그 의미가 전혀 다르다는 것을 말일세. 나의 다정한 친구 알레나 마셜 같은 여자는, 고독한 상태에서는 거의 존재하지 않을 걸세. 남자가 소중하게 다루어주고 치켜 올려주지 않으면 살 수 없는 여자였거든. 그러니까 오늘 아침 알레나 마셜은 '누군가'를 만나러 간 걸세. '그가 대체 누구였을까?'"

2

웨스턴 총경은 한숨을 쉬고 고개를 저으며 말했다.

"글쎄, 이론적인 문제는 언제든 나중에 생각하기로 하고, 우선 심문을 빨리 끝내야겠네. 한 사람 한 사람 그 시간에 어디에 있었는지를 명확하게 알아내는 일이 급하네. 우선 마셜 대위의 딸부터 시작하는 게 어떻겠나? 뭔가 좋은 정보를 가르쳐줄지도 모르니까."

린다 마셜은 허둥거리는 걸음걸이로 문기둥에 발이 걸려가면서 방 안으로 들어왔다. 가쁘게 숨을 몰아쉬고, 눈동자가 휘둥그레져 있었다. 마치 무엇엔가 겁을 먹은 망아지 같았다. 웨스턴 총경은 자기도 모르게 상냥한 마음이 되고 말았다.

가엾기도 하지. 아직도 저렇게 어린 소녀가…… '이 사건은 저 애에게 굉장한 충격이었을 게 틀림없어' 하고 그는 생각했다. 그는 의자를 끌어당기며 위로하는 것처럼 말했다.

"이런 데로 불러내어 정말 미안하군. 린다 양이라고 했지?"

"네, 린다예요."

소녀 특유의, 숨을 들이마시는 것처럼 내는 발성이었다. 테이블에 불안하게 올려놓은 그 손은 보기에도 비참했다. 뼈만 앙상한 가늘고

긴 손가락과 유난히 튀어나온 손목은 발그레했다. 웨스턴 총경은 어린 소녀가 이런 일에 말려들어서는 안 된다고 생각했다. 그는 가엾게 생각하는 것처럼 말했다.

"그다지 무서워할 것이 없으니까 안심해요. 만일 뭔가 도움이 될 만한 일을 알고 있으면 가르쳐주었으면 해서 부른 것뿐이니까."

"알레나의…… 일 말이군요?"

"그렇지, 오늘 아침에 그녀의 얼굴을 보았나?"

린다는 고개를 저었다.

"아녜요, 그녀는 언제나 아침에 늦게 일어나요. 침대에서 아침식사를 들지요."

에르큘 포아로가 물었다.

"린다 양은?"

"저는 일찍 일어나요. 침대에서 식사를 하다니, 어쩐지 꺼림칙해요."

"린다 양, 오늘 아침에 무엇을 했는지 말해 줘요."

웨스턴 총경이 차분하게 물었다.

"일어나자마자 곧 바다에 들어갔다가 나와서 아침식사를 하고, 그런 다음 레드펀 부인과 걸 후미에 갔어요."

"몇 시쯤 갔지, 레드펀 부인과는?"

"10시 반에 로비에서 만나기로 약속했어요. 늦은 줄 알고 허둥지둥 뛰어내려갔더니 시간에 꼭 맞았어요. 10시 반보다 3분쯤 전에 떠났어요."

"걸 후미에서는 뭘 했지?" 포아로가 물었다.

"저는 몸에 오일을 바르고 일광욕을 했어요. 레드펀 부인은 스케치를 했고요. 그런 다음 나는 바다에 들어갔고, 부인은 테니스 준비를 한다고 호텔로 돌아갔어요."

웨스턴이 아무렇지도 않은 듯한 말투로 물었다.

"그게 몇 시쯤인지 기억할 수 있겠니?"

"레드펀 부인이 돌아간 시간 말인가요? 12시 15분 전이에요."

"틀림없겠지, 12시 15분 전이?"

린다는 눈을 크게 떴다.

"네, 그때 손목시계를 보았으니까요."

"지금 차고 있는 그 시계인가?"

린다는 손목을 내려다보았다.

"네."

"어디 좀 볼까?" 웨스턴 총경이 말했다.

린다는 팔을 내밀었다. 웨스턴은 자기 시계와 비교해 보고 난 다음 벽에 걸려 있는 호텔의 시계로 눈길을 주더니 만족스럽게 웃으며 말했다.

"아주 정확하군. 그래서 그 다음에 린다 양은 수영을 했군?"

"네."

"호텔에 돌아온 것은 언제였지?"

"1시쯤이에요. 그래서, 그때 들었어요. 알레나의 이야기……."

린다의 목소리가 달라졌다.

"린다 양은 어머니와 사이가 좋았나?"

린다는 얼른 대답하지 않고 잠시 웨스턴의 얼굴을 보고 있었다. 그 녀는 가까스로 목소리를 냈다.

"네."

"어머니로서 좋아했나?" 포아로가 물었다.

"네" 하고 린다는 대답한 다음 덧붙였다. "알레나는 친절하게 대해주었어요."

웨스턴 총경이 조금 딱딱하게 농담처럼 말했다.

"의붓자식처럼 구박하지는 않았단 말이지 ?"

린다는 조금도 웃지 않고 고개만 끄덕였다.

"그거 정말 다행이군, 참 다행이야. 아무튼 가정 안에서는 때로 여러 가지 시끌시끌한 일도 일어나는 법이거든. 시샘이나 질투 같은 것 말이야. 딸과 아버지 사이가 너무 좋으면, 아버지가 새부인을 데려왔을 때 질투하여 집안을 편안치 않게 하는 딸도 있는데 그런 일은 없었겠지 ?"

린다는 웨스턴 총경의 얼굴을 뚫어지게 지켜보며 진지한 얼굴로 말했다.

"네, 없었어요."

"아버지는 새어머니에게…… 그러니까, 조금 애를 먹고 계셨던 게 아니었을까 ?"

"모르겠어요." 린다는 선뜻 대답했다.

"아까도 말했지만, 가정 안에서는 여러 가지 트러블이 일어나게 마련이지. 싸움, 말다툼…… 그런 일들이 말이야. 만일 부모가 서로 다투게 되면 딸도 거북해지게 마련인데, 그런 일은 없었나 ?"

린다는 분명하게 말했다.

"아빠와 알레나가 싸움을 했느냐고 물으시는 건가요 ?"

"흐음. 뭐, 그저…….'"

웨스턴 총경은 마음속으로 이렇게 생각했다.

'참으로 좋지 않은 직업이군. 어린아이에게 부모에 대한 일을 말하게 하다니…… 어째서 경찰관 따위가 되었을까 ? 제기랄, 그러나 아무튼 일은 일이니까…….'

"그런 일은 없었어요." 린다는 분명하게 잘라 말한 다음 덧붙였다.

"아빠는 누구하고도 싸움 같은 건 하지 않아요. 아빠는 그런 사람이 아니에요."

"그렇다면 린다 양, 자, 곰곰이 생각 좀 해봐요. 어머니를 죽일 만한 사람이 혹시 있었는지, 뭔가 마음에 짚이는 것은 없나? 린다 양이 지금까지 들은 일이나 알고 있는 일 가운데서 뭔가 우리에게 도움이 될 만한 일은 없을까?"

린다는 잠시 아무 말도 하지 않았다. 이 질문에 대해 곰곰이, 진지하게 깊이 생각하는 모양이었다. 이윽고 그녀는 대답했다.

"아니오, 알레나를 죽이고 싶어할 만한 사람을 알지 못해요." 그녀는 잠시 말을 끊었다가 덧붙였다. "물론 레드펀 부인은 다르지만요."

"그럼, 레드펀 부인은 죽이고 싶어했다는 말이니? 어째서 그렇게 생각하지?"

"레드펀 씨가 알레나에게 정신을 잃고 있었기 때문이지요. 그렇지만 진짜루 죽일 생각은 없었다고 생각해요. 다시 말해서 죽었으면 좋겠다고 생각했을 뿐, 죽이고 싶다는 것과는 다르다고 생각해요. 그렇지요?"

포아로가 다정하게 말했다.

"그렇지, 아주 다르지."

린다는 고개를 끄덕였다. 얼굴이 야릇하게 경련했다.

"게다가 그 사람은 결코 그런 짓을 할 수 없는 여자예요. 죽이는 일 말이에요. 그 사람은 '폭력'을 휘두르지 않아요. 아시겠어요?"

웨스턴과 포아로는 고개를 끄덕였다.

포아로가 말했다.

"알아요, 잘 알아요. 나도 그렇게 생각하지. 레드펀 부인은 결코, 뭐랄까…… 갑자기 흥분하여 화를 내는, 그런 사람이 아니니까, 절대로."

그는 눈을 절반쯤 감고 의자 등받이에 기대어 신중하게 단어를 고르면서 말했다.

"감정의 폭풍우에 흔들려서…… 눈앞의 인생이 캄캄해지고…… 증오할 얼굴이 보여와…… 증오할 하얀 목덜미…… 그 살 속에 힘껏 손끝을 꽈악 박아 넣을 만한…….'

포아로는 입을 다물었다.

린다는 테이블에서 몸을 힘주어 당기면서 떨리는 목소리로 말했다.

"이제는 다 되었나요? 아직도 뭔가 남았어요?"

웨스턴이 말했다.

"이제 됐어. 정말 고마워요, 린다 양."

총경은 일어나서 린다를 위해 문을 열어주었다. 그런 다음 테이블로 돌아와 담배에 불을 붙였다.

"허어, 참, 언짢은 직업이군! 그 아이에게 아버지와 계모의 관계를 물으면서 왠지 자신이 좀 싫어지고 말았네. 딸을 보고 아버지의 목에 밧줄을 걸라고 부추기는 것과도 같은 일이지 뭔가. 그래도 역시 일은 일이고, 살인은 살인이야. 아무리 생각해도 저 아이가 진상을 가장 잘 알고 있을 법하니까 말일세. 하지만 결국 아무 말도 해주지 않아서 나는 마음속으로 한시름 놓았다고 생각했네."

"그래, 그런 것 같군." 포아로가 말했다.

웨스턴은 거북한 듯이 헛기침을 했다.

"그런데 포아로, 자네 맨 마지막에 가서 좀 지나친 거 아닌가? 살 속에 손끝을 박아 넣느니 어쩌니 한 말 말일세! 어린아이의 머리에 그런 생각을 불어넣는 행동은 지나친 일일세."

에르큘 포아로는 조심스럽게 웨스턴에게로 눈을 돌렸다.

"내가 저 아이의 머릿속에 무언가를 불어넣으려 했다고 생각하나?"

"아니, 그렇지 않았단 말인가? 안 그랬다고?"

포아로는 고개를 저었다.

웨스턴은 이야기를 슬쩍 돌렸다.

"저 아이를 심문해 보았지만 결과적으로 아무것도 얻을 수 없었네. 기껏해야 겨우 레드펀 부인에게 거의 완전한 알리바이가 생겼다는 것 정도일세. 10시 반부터 12시 15분 전까지 함께 있었다면 크리스틴 레드펀 부인에게는 전혀 혐의를 둘 수 없잖나. 샘바리 마누라는 이것으로 제외되었네."

포아로가 반박했다.

"크리스틴 레드펀 부인을 제외하는 이유라면 좀더 좋은 것이 있네. 그 여자가 남의 목을 조른다는 것은, 자신 있게 말하지만 육체적으로 불가능하고 정신적으로도 불가능하네. 아무튼 냉정한 여자일세. 감정적이 아니야. 헌신적으로 한결같이 남편을 사랑할 수는 있겠지만, 흥분하여 지신을 잊어버리거나 분노로 미치지는 않을 걸세. 게다가 손도 아주 작은데다 굉장히 화사하게 생겼거든."

콜게이트가 말했다.

"나도 포아로 씨의 말에 찬성합니다. 그녀는 무죄입니다. 의사가 똑똑히 말했습니다. 목을 조른 것은 큼직한 손이라고 말입니다."

"좋아, 그렇다면 다음은 레드펀 부부의 차례일세." 웨스턴이 말했다. "남편 쪽도 이제는 좀 정신을 차렸을 테지."

3

패트릭 레드펀은 이제 완전히 침착성을 되찾고 있었다. 얼굴빛이 창백하고 여위어 있어 갑자기 소년으로 되돌아간 듯한 느낌이었으며, 태도도 아주 차분했다.

"셀든 거리 크로스게이츠의 패트릭 레드펀 씨지요?"

"네."

"마셜 부인과는 언제부터 아는 사이입니까?"

패트릭은 조금 망설이더니 대답했다.

"3개월쯤 됩니다."

"마셜 대위의 이야기로는 두 분께선 칵테일파티에서 만났다고 했습니다만, 그렇습니까?"

"네, 그때 처음 만났습니다."

"마셜 대위의 말에 의하면, 이 섬에서 다시 만나기 전까지는 두 분이 그다지 깊이 사귄 것 같지 않다고 하셨는데…… 정말입니까, 레드펀 씨?"

패트릭 레드펀은 또다시 잠시 망설인 다음 말했다.

"아니오, 그것은 좀 다릅니다. 사실 우리는 비교적 자주 만났습니다, 여러 곳에서."

"마셜 대위가 모르게 말인가요?"

레드펀은 조금 얼굴을 붉혔다.

"대위가 알고 있었는지 어떤지는 잘 모르겠습니다."

에르큘 포아로가 낮은 목소리로 말했다.

"당신의 부인도 모르게 말입니까?"

"아내에게는 말한 일이 있습니다. 유명한 알레나 스튜어트를 만났다고."

포아로가 다짐하듯 말했다.

"그러나 부인은 당신이 가끔 만난다는 것까지는 몰랐겠지요?"

"네, 아마……."

웨스턴이 질문을 계속했다.

"당신과 마셜 부인은 여기서 만나자고 미리 약속했었습니까?"

레드펀은 꽤 오랫동안 대답하지 않고 있더니 이윽고 어깨를 움츠리며 입을 열었다.

"뭐, 어차피 탄로나지 않겠습니까? 경찰을 상대로 버티어봐야 쓸데없을 테지요. 난 그녀가 못 견디게 좋아졌습니다. 정신없이 빠졌다고 하든, 홀딱 반했다고 하든 어떻게 말해도 괜찮습니다.

실은 알레나가 나를 이리로 오라고 불렀습니다. 나는 조금 반대도 해보았지만, 결국 승낙하고 말았습니다. 그녀가 꼭 그렇게 해야 한다고 말하면 어떤 일이라도 거절할 수가 없었던 겁니다. 알레나에게는 그런 힘이 있었습니다."

에르큘 포아로가 작은 소리로 말했다.

"훌륭한 인물 묘사로군요. 그 여자는 바로 마녀입니다. 오디세우스의 부하를 돼지로 바꾸었다는 현대판 키르케(그리스신화에 나오는 마녀)지요."

패트릭 레드펀은 괴로운 듯이 말했다.

"남자를 돼지로 만드는 여자라…… 정말입니다! 여러분, 나는 솔직하게 뭐든지 간추지 않고 말하겠습니다. 이제는 어쩔 수가 없습니다! 지금도 말했듯이 난 완전히 정신을 잃고 열중해 있었습니다. 그녀 쪽에서 어떻게 생각했는지 그런 것은 모릅니다. 아무튼 나를 좋아하는 것 같은 얼굴을 하고 있었습니다만, 어차피 그런 여자입니다. 남자를 잡을 때까지가 흥미 있지, 일단 차지해 버리고 나면 그만인 것입니다. 난 보기 좋게 잡힌 셈이지요. 오늘 아침 바닷가에 쓰러져 죽어 있는 그 모습을 보았을 때, 나는 마치……" 하고 그는 말을 끊었다가 다시 계속했다. "쾅 하고 한 방 미간을 얻어맞은 것같이…… 갑자기 어질어질하여 쓰러지고 말았습니다!"

포아로가 몸을 앞으로 내밀었다.

"그런데 지금은?"

패트릭 레드펀은 포아로의 눈을 똑바로 쳐다보았다.

"난 사실을 말씀드렸습니다. 그래서 여쭈어보고 싶습니다만, '어느 정도' 공개될까요? 지금 한 이야기는 알레나의 죽음과 직접 관계가 없으리라고 생각합니다만, 만일 모든 것이 다 밝혀진다면 아내에게는 큰 충격일 겁니다. 그야 뭐……." 그는 서둘러서 뒷말을 이었다. "지금까지 왜 아내의 일을 생각하지 않았느냐고 말하시겠지요. 지금까지 내가 한 말은 분명히 틀림없는 사실이었습니다. 이런 말씀을 드리면 이만저만한 위선자 정도가 아니라 정말 하찮은 인간이라고 생각할지 모릅니다. 하지만 난 정말 아내를 사랑하고 있습니다……, 진심으로. 알레나와의 관계는……." 그는 어깨를 흠칫했다. "일시적인 마음의 동요였습니다. 남자의 어리석은 실수지요. 하지만 크리스틴은 다릅니다. 그녀에게 향한 마음은 진실이었습니다. 분명히 심하게 대해 오기는 했지만, 마음속으로 처음부터 줄곧 그녀야말로 정말 훌륭한 여자라고 생각하고 있었습니다."

레드펀은 다시 말을 끊었다. 그는 한숨을 쉰 다음 조금 가련하게 말했다.

"그것만은 제발 믿어주시기 바랍니다."

에르퀼 포아로는 몸을 앞으로 내밀었다.

"믿습니다. 네, 믿고말고요!"

패트릭 레드펀은 감사의 눈길을 보냈다.

"고맙습니다!"

웨스턴 총경이 헛기침을 하고 말하기 시작했다.

"안심하십시오, 관련이 없는 일에까지 참견하지는 않을 테니까요. 당신과 알레나 부인의 사이가 만일 이 살인사건과 전혀 관계가 없다면 무리하게 문제삼을 필요는 없겠지요. 다만, 다만 말입니다. 충분히 이해하고 있지 못하는 것 같은데, 저어…… 바람을 피운다는 행위가 이 사건과 직접 관계되어 있는지도 모릅니다. 어쩌면 그것으로 살인의 '동기'가 입증될지도 모른다는 것이지요."

"동기라고요?"

"그렇습니다, 레드펀 씨. '동기'지요! 이를테면 마셜 대위는 두 분의 사이를 알지 못했을지도 모릅니다. 그러나 만일 문득 그것을 알아차렸다고 한다면……!”

“뭐라고요! 마셜 씨가 알아차리고, 그래서 죽였다고……?”

총경은 조금 짓궂게 말했다.

“그런 가능성을 생각해 보지 않았습니까?”

레드펀은 고개를 저었다.

“아니오…… 이상하군요. 전혀 생각지 못했습니다. 왜냐하면 마셜 씨는 아주 점잖은 분입니다. 나는…… 전혀 믿어지지 않습니다.”

“두 분의 관계에 대해 알레나 마셜 부인은 남편에게 어떤 태도를 취하고 있었습니까? 이를테면, 탄로가 나지나 않을까 하고 끊임없이 겁먹은 태도였습니까? 아니면 전혀 아무렇지 않은 것처럼 태연했습니끼?”

“조금은 신경을 쓰고 있었습니다. 알게 되는 걸 바라지 않았지요.”

“남편을 두려워하던가요?”

“두려워한다는 것과는 좀 다릅니다.”

포아로가 조용히 말했다.

“잠깐, 레드펀 씨, 이혼에 대한 이야기는 한 번도 나오지 않았습니까?”

패트릭 레드펀은 분명하게 고개를 저어 부정했다.

“아니오, 그런 이야기는 전혀 없었습니다. 왜냐하면 크리스틴의 일도 있고…… 그리고 알레나만 해도 그런 것은 전혀 생각하지 않았다고 믿습니다. 마셜 대위와 결혼하여 만족하고 있었으니까요. 그 사람은 그래도 훌륭한 명사이고…….” 그는 문득 미소를 띠었다. “주(州)의 간판격이라고 하더군요. 경제 사정도 좋은 편이지요. 알레나는 결코 나 같은 사람을 결혼상대로 생각하고 있지는 않았습니다. 요컨대 나는 있어도 그만 없어도 그만인 존재, 한때의 장난거리에 지나지 않았던 거지요. 나도 그것은 잘 알고 있었습니다. 하지만 묘하게도 알레나에 대한 내 심정은 그래도 역시……."

목소리가 사라져버렸다. 그는 골똘히 생각하고 있었다.

웨스턴은 재빨리 이 자리의 용건으로 그를 다시 끌어갔다.

"그런데 레드펀 씨, 오늘 아침에 당신은 알레나 마셜 부인과 만날 약속이 있었던가요?"

패트릭 레드펀은 좀 당황하는 얼굴이 되었다.

"아니오, 데이트 약속 같은 건 없었습니다. 우리는 언제나 아침마다 바닷가에서 만나 부판을 타고 돌아다녔거든요."

"그런데 오늘 아침에는 모습이 보이지 않았군요. 뜻밖이었습니까?"

"네, 뜻밖이었습니다. 매우 놀랐지요. 왜 그랬는지 알 수 없습니다."

"어떻게 생각했습니까?"

"어떻게 생각할 것도 없었습니다. 난 알레나가 반드시 뒤따라올 것이라고 생각했기 때문에……."

"만일 그녀가 다른 데서 누군가와 만났다고 한다면, 그 상대가 누군지 마음에 짚이는 사람이 없습니까?"

패트릭은 잠자코 고개를 저을 뿐이었다.

"당신이 마셜 부인과 만나는 장소는 어디였었나요?"

"글쎄요, 오후에는 가끔 걸 후미에서 만났습니다. 오후가 되면 그곳은 햇빛이 지나가 버려서 사람들이 나다니지 않지요. 한두 번이었습니다만."

"다른 후미에서는? 픽시 후미라든가……."

"아니오, 픽시 후미는 서향이니까 오후가 되면 보트며 부판을 타고 사람들이 몰려듭니다. 그리고 우리는 아침 무렵에 둘이서 만난 일은 없었습니다. 눈에 띄기 때문이지요. 그러나 오후가 되면 낮잠 자는 사람도 있고 산책하는 사람도 있어서 누가 어디에 있는지 아무도 마음을 쓰지 않지요."

웨스턴 총경은 고개를 끄덕였다.

패트릭 레드펀은 말을 계속했다.

"물론 저녁식사가 끝난 뒤에도 날씨만 좋으면 우리는 섬 안 여기저기를 돌아다녔습니다."

에르큘 포아로가 작은 목소리로 말했다.

"그랬었군요!"

레드펀은 이상하다는 눈길을 포아로에게로 돌렸다.

웨스턴 총경이 계속했다.

"그러니까 오늘 아침 그녀가 이째서 픽시 후미에 갔었는지, 거기에 대해서는 아무것도 모르시겠군요?"

레드펀은 고개를 저으며 몹시 난처한 것 같은 표정으로 말했다.

"전혀 짐작이 가지 않습니다! 무엇보다도 알레나답지 않은 일입니다."

"가까이에 누군지 그녀와 아는 사람이 묵고 있다거나 하는 일은 없었습니까?"

"난 모릅니다. 그런 일은 없으리라고 생각합니다."

"레드펀 씨, 한번 잘 생각해 주서야겠는데, 당신은 마셜 부인과 런던에서 교제하고 있었습니다. 그녀가 사귀던 사람들에 대한 일도 여러 가지로 아실 것입니다. 그 가운데서 누군가 그녀에 대해 원한을 품고 있을 만한 사람을 모르십니까? 이를테면 당신이 나타났기 때문에 멀어졌다든가 하는 사람 말입니다."

패트릭 레드펀은 잠시 생각에 잠기더니 천천히 고개를 저었다.

"솔직히 말해서 조금도 생각나지 않습니다."

웨스턴 총경은 테이블 위를 손끝으로 가볍게 두드리고 있더니 조금 뒤 질문을 계속했다.

"그렇다면 남은 가능성은 세 가지뿐이군. 수수께끼의 인물──살인광이나 그런 자겠지요──우연히 지나가다가 살인을 저질렀다고 하는 것은 좀 무리한 이야기지만……."

레드펀이 도중에 말을 가로막았다.

"글쎄요, 그것이 가장 무리 없는 설명이 아닐까요?"

웨스턴이 고개를 가로저었다.

"레드펀 씨, 숲 속의 하나밖에 없는 외길에서 일어난 살인과는 다릅니다. 사건 현장인 섬 기슭은 그렇게 간단히 접근할 수 없지요. 범인은 섬으로 건너오는 길을 지나 호텔 옆으로 해서 섬 꼭대기를 넘어간 다음 저 쇠사다리를 타고서 기슭을 내려왔든가, 아니면 보트를 타고 왔든가 했겠지요. 어떤 방법으로 왔든지 지나가다가 갑자기 생긴 마음이라고 보기에는 조건이 맞지 않습니다."

"가능성은 세 가지라고 말씀하셨지요?"

"흐음, 그렇소" 하고 웨스턴이 말했다. "다시 말해서 그 여자를 살해할 동기를 가지고 있었던 이가 이 섬에 두 사람 있었습니다. 한 사람은 피해자의 남편인 마셜 대위, 또 한 사람은 당신의 아내지요."

레드펀은 눈을 크게 부릅떴다. 어이가 없다는 태도였다.

"내 아내 말입니까? 크리스틴이? 크리스틴이 이 사건에 관계되었다고요?"

그는 벌떡 일어났다. 가쁜 숨을 몰아쉬며 말하려고 했으나 혀가 돌아가지 않았다.

"바보 같은…… 그런 바보 같은…… 크리스틴이? 어처구니없군요. 그건, 불가능합니다. 우스꽝스럽단 말입니다!"

"그렇지만 말이오, 레드펀 씨. 질투라는 것은 강력한 동기를 만들게 되는 법이지요. 질투에 불타는 여자는 완전히 이성을 잃고 맙니다."

레드펀은 진지한 목소리로 말했다.

"크리스틴은 다릅니다. 그녀는 그런 짓을 할 여자가 아닙니다. 비참했겠지요. 그것은 인정합니다. 하지만 그런 여자가 못됩니다. 무엇보다도 폭력을 휘두를 여자가 못됩니다."

에르큘 포아로는 점잖게 고개를 끄덕여보였다. 폭력——린다 마셜이 쓴 것과 똑같은 말이다. 지금도 그때와 마찬가지로 그는 감정을 담아 고개를 끄덕여보였다.

"또 있습니다" 하고 레드펀은 자신 있게 말을 이었다. "아무리 보아도 어리석기 짝이 없습니다. 체력적으로도 알레나는 크리스틴보다 두 배나 더 힘이 있습니다. 크리스틴은 고양이새끼 한 마리도 죽일 수 없습니다. 하물며 알레나같이 몸집이 크고 힘센 여자를 상대로 해서…… 무리한 일이고말고요. 그리고 말입니다, 크리스틴은 그곳으로 내려가는 쇠사다리를 결코 내려갈 수 없습니다. 그녀는 그런 일에는 아주 약합니다. 그리고…… 아니, 하나에서 열까지 모두 말도 안 됩니다!"

웨스턴 총경은 망설이는 것처럼 귀를 긁적이면서 말했다.

"그런 말씀을 듣고 보니 확실히 무리한 일인 것 같군요. 그 점은 인정하겠습니다. 그러나 우리가 추궁하는 것은 첫째로 동기입니다."

그리고 총경은 다시 천천히 덧붙였다.

"동기와 기회 말입니다."

4

레드펀이 방을 나간 뒤 주경찰서장 웨스턴 총경은 입가에 희미한 미소를 띠면서 말을 꺼냈다.

“아내에게 알리바이가 있다는 것까지는 가르쳐줄 필요가 없다고 생각되기에 한 번 물어보고 싶었네. 그가 어떻게 생각하는지 말일세. 퍽 당황하는 것 같군.”

에르큘 포아로는 중얼거리듯 말했다.

“그의 말은 알리바이 이상으로 완벽한 증언이었네.”

“흐음, 그야 물론 그의 아내는 아니겠지……. 그 여자는 해낼 수 없었을 테니까. 자네 말대로 체력적으로 불가능해. 마셜 대위라면 할 수 있었겠지. 하지만 아무래도 그 역시 아닌 것 같단 말이야.”

콜게이트 경감이 헛기침을 했다.

“잠깐 실례합니다. 알리바이에 대해서 지금도 생각하고 있었습니다만, 만일 이것이 마셜 대위의 계획적인 범행이었다면 ‘미리’ 편지를 타이핑해 둘 수도 있었겠지요.”

“흐음, 좋은 데 생각이 미쳤군. 부디 그것을 알아봐주게.”

크리스틴 레드펀이 들어왔으므로 웨스턴 총경은 입을 다물었다.

그녀는 여전히 냉정하고 조금 새침한 태도였다. 흰 테니스용 윗옷 위에 엷은 푸른 색 스웨터를 걸쳐고 있었다. 그 때문에 조금 핏기가 없는 흰 살빛의 아름다움이 한층 더 돋보였다. 그러나 에르큘 포아로는 마음속으로 ‘이 얼굴은 어리석지도 않거니와 결코 약하지도 않다. 오히려 결의와 용기와 양식이 풍부한 얼굴이다’라고 생각하고 있었다. 그는 그 생각에 확신을 가지고 고개를 끄덕였다.

한편 웨스턴 총경은 이렇게 생각하고 있었다.

‘퍽 인상이 좋은 여자로군. 조금 약해보여서 믿음직스럽지는 못하지만. 아무튼 그런 바람둥이 남편에게는 아까운 여자인데. 그러나 어쨌든 남편은 아직 어리고, 남자란 평생에 한 번쯤은 여자 때문에 바보 같은 일을 저지르게 마련이니까!’

총경은 소리 내어 말했다.

"앉으십시오, 부인. 여러 가지로 조사할 일이 있어서, 여러분 한 분 한 분께 오늘 아침의 행동에 대해 설명을 듣고 있는 중입니다. 경찰의 기록을 위한 것입니다."

크리스틴 레드펀은 고개를 끄덕이고 조용하고 또렷한 목소리로 말했다.

"네, 잘 알고 있습니다. 어디서부터 시작하면 좋을까요?"

에르퀼 포아로가 말했다.

"되도록 처음부터 시작하시지요, 부인. 오늘 아침에 일어나서 맨 처음 무엇을 하셨습니까?"

"글쎄요, 아침식사를 하러 식당에 내려가기 전에 린다 마셜의 방에 들러 걸 후미에 가지 않겠느냐고 말했어요. 10시 반에 로비에서 만나기로 약속했지요."

"아침식사를 하기 전에는 바다에 들어가지 않았습니까?"

"네, 들어가지 않았어요" 하고 그녀는 미소를 띠었다. "늘 물이 좀 따뜻해진 다음에 들어가기로 하고 있지요. 난 추위를 못 견디니까요."

"남편은 이른 시간부터 수영하셨겠지요?"

"네, 대개는."

"마셜 부인도 그렇습니까?"

크리스틴의 목소리가 달라졌다. 싸늘하고 가시 돋친 목소리였다.

"아니오, 그녀는 점심때가 가까워져야 나타납니다."

포아로가 당황한 듯이 말했다.

"저어, 도중에 참견해서 미안합니다. 린다 양의 방에 들렀다고 말씀하셨지요? 그때가 몇 시쯤이었습니까?"

"글쎄요, 8시 반인지…… 아니, 좀 뒤였어요."

“린다 양은 벌써 일어나 있었습니까?”

“네, 밖에 나갔더군요.”

“밖에요?”

“네, 수영을 하고 왔다던가요······?”

크리스틴의 목소리에서 희미하게, 아주 희미하게 당혹감을 느낄 수 있었다. 포아로는 머리를 갸우뚱했다.

웨스턴 총경이 물었다.

“그 다음에는?”

“그 다음에는 식사하러 내려갔어요.”

“식사를 끝낸 다음에는?”

“방으로 돌아와서 스케치 도구와 스케치북을 챙기고, 밖으로 나왔어요.”

“린다 양과 둘이서 말입니까?”

“네.”

“시각은?”

“막 10시 반이 되려던 참이었다고 생각해요.”

“그 뒤에 무엇을 했습니까?”

“걸 후미에 갔어요. 섬 동쪽에 있는 후미지요. 거기에 자리잡고 앉아서 나는 스케치를 하고 린다는 일광욕을 했어요.”

“걸 후미에서 돌아온 시간은?”

“12시 15분 전이었어요. 난 12시에 테니스를 하기로 약속되어 있어서, 그전에 옷을 갈아입을 시간이 필요했거든요.”

“시계는 가지고 계셨습니까?”

“아니오, 잊어버리고 두고 갔어요. 시간은 린다에게 물었지요.”

“아아, 네. 그 다음엔?”

“스케치 도구를 챙겨 넣고 호텔로 돌아왔지요.”

이번에는 포아로가 물었다.

"린다 양은 어떻게 했습니까?"

"린다 말인가요? 바다에 들어갔어요."

"앉아 있던 장소는 바다에서 많이 떨어진 곳입니까?" 하고 포아로가 계속 물었다.

"글쎄요, 물가에서 꽤 떨어진 곳이었어요. 벼랑 바로 아래였으니까요. 나는 그늘에 앉아 있었고 린다는 햇빛이 닿는 양지에 있었지요."

"린다 양이 실제로 바다에 들어간 것은 당신이 그곳에서 돌아온 뒤였습니까?"

포아로의 질문에 크리스틴은 그때를 생각해 내려는 듯 조금 이맛살을 찌푸렸다.

"글쎄요, 린다는 바닷가를 뛰어가고, 나는 도구상자의 뚜껑을 닫고 …… 네, 절벽 위의 길로 나왔을 때 물소리가 들렸어요, 린다가 바다로 뛰어드는 물소리가."

"틀림없습니까? 린다는 정말로 물에 들어갔습니까?"

"네, 틀림없어요."

크리스틴은 놀라 포아로의 얼굴을 바라보았다.

웨스턴 총경도 포아로의 얼굴을 뚫어지게 지켜보았다.

"좋습니다. 말씀을 계속하십시오."

"나는 호텔로 돌아와서 옷을 갈아입고, 테니스 코트에서 약속한 분들을 만났어요."

"약속한 분들이란?"

"마셜 대위와 가드너 씨와 단리 양이에요. 두 세트를 끝내고 호텔로 들어오려고 할 때 소식을 들었습니다. 마셜 부인에 대한……."

에르큘 포아로가 몸을 앞으로 내밀었다.

"그 소식을 들었을 때 어떻게 생각하셨습니까?"

"어떻게 생각했느냐니요?"

그녀는 그 물음에 대해 좀 불쾌한 표정을 지었다.

"네, 어떻게……?"

크리스틴은 천천히 대답했다.

"몹시 무서운 일이라고 생각했어요."

"틀림없이 당신의 기호에는 맞지 않는 일이었겠지요. 그것은 압니다. 그러나 이 사건이 당신에게 어떤 느낌을 주었습니까. 개인적으로 말입니다."

그녀는 재빨리 포아로의 얼굴을 보았다. 호소하는 듯한 눈길이었다. 그러자 포아로는 냉정한 목소리로 말을 이었다.

"부인, 당신은 양식과 분별이 풍부하고 총명한 분이기 때문에 물어본 것입니다. 여기에 머무르시는 동안 마셜 부인에 대해서 반드시 어떤 판단을 하셨으리라고 생각합니다. 어떤 인물이라고 말입니다."

크리스틴은 조심스럽게 대답했다.

"호텔에 머물고 있을 때면 많건 적건 누구나 다 하는 일 아니겠어요?"

"그렇고말고요, 아주 자연스러운 일입니다. 그렇기 때문에 물어보는 것입니다. 마셜 부인이 그렇게 죽었다는 것이 당신에게는 아주 뜻밖의 일이었습니까?"

크리스틴은 천천히 대답했다.

"말씀하시는 뜻을 알겠어요. 솔직히 말해서 뜻밖의 일은 아니었다고 생각합니다. 물론 몹시 충격을 받긴 했지만, 그런 여자였던만큼……."

크리스틴이 채 말을 끝내기도 전에 포아로가 덧붙여 말했다.

“그런 여자였던만큼 이런 참혹한 일을 당해도 이상할 게 없다는……
…… 그런 말씀입니까, 부인? 오늘 이 방에서 말씀하신 어떤 말보다도
진실되고 의미 깊은 말이라고 생각합니다. 자, 그런데…….” 포아로
는 조심스럽게 목소리에 힘을 주어 말했다. “‘개인적’인 감정은 우선
옆으로 미뤄두고, 세상을 떠난 알레나 마셜이라는 인물을 당신은 어
떻게 생각하셨습니까?”

크리스틴 레드펀은 냉정하게 말했다.

“지금 거기까지 이야기를 진행시킬 필요가 있을까요?”

“도움이 될지도 모르니까요.”

“글쎄요, 내가 무슨 말을 할 수 있겠어요?”

크리스틴의 흰 피부에 갑자기 붉은 빛이 돌았다. 그때까지 조심스
럽게 도사리고 있던 긴장이 한순간 풀리며 아주 짧깐 동안 사연 그대
로의 꾸밈없는 여자의 모습이 엿보였다.

“그런 종류의 여자는 인간 쓰레기예요. 살아갈 만한 가치가 있는
일은 한 번도 한 적이 없을 거예요. 정신은 제로, 머릿속이 텅 비
어 있어요! 생각하는 것이라고는 남자에 대한 일과 옷에 대한 것,
그리고 세상일에 대한 불평뿐이지요. 마치 진딧물 같은 존재예요!
남자 분들에게는 아마 매력이 있었겠지요. 네, 그것은 부정하지 않
아요. 아무튼 그런 일만을 위해 살아 있었으니까요. 따라서 그 여
자가 보기 흉한 모습으로 죽었다고 해도 나는 그다지 놀라거나 하
지 않아요. 어차피 그런 여자인걸요. 그녀가 관계하는 것은 하나에
서 열까지 쓸모없는 일뿐이에요. 협박, 질투, 싸움, 폭력, 그 밖의
온갖 지저분한 일 말이에요. 어리석고 비열한 감정이 움직이는 대
로 그 여자는 사람의 마음속에 있는 가장 나쁜 부분, 맨 밑바닥 부
분에서 활동하고 있었어요.”

크리스틴은 조금 숨이 차서 말을 끊었다. 결벽성에서 오는 혐오감

을 노골적으로 드러내보여서 얇은 윗입술이 위로 말려 올라가 있었
다. 웨스턴 총경에게는 알레나 스튜어트와 크리스틴 레드펀 두 사람
만큼 눈에 띄게 대조적인 인물은 없는 것처럼 생각되었다. 그와 동시
에 만일 남자가 크리스틴 레드펀 같은 여자와 결혼하면, 그 지나치게
순수한 분위기가 견딜 수 없어 알레나 스튜어트 같은 여자에게 한층
더 매력을 느끼게 되지 않을까 여겨졌다.

그때 이와 같은 생각을 계속 밀고 나가는 동안에 웨스턴 총경이 문
득 깨달은 일인데, 그녀가 한 말 가운데 한 마디가 특히 강렬하게 그
이 주의를 끌었다.

웨스턴 총경은 몸을 앞으로 내밀며 물었다.

“부인, 지금 마셜 부인에 대한 말씀을 하실 때 ‘협박’이라는 낱말을
쓰셨지요? 그것은 어째서입니까?”

제7장

1

크리스틴은 웨스턴 총경의 얼굴을 찬찬히 지켜보았다. 질문의 뜻을 그 자리에서 얼른 알아듣지 못한 모양이었다. 그녀는 거의 무의식적으로 대답했다.

"아마도, 협박받고 있었기 때문일 거예요. 그런 여자예요."

웨스턴 총경은 진지한 태도였다.

"그렇다면…… 협박받았었다는 것은 확실한 이야기입니까?"

크리스틴이 뺨에 조금 핏기가 어렸다. 그녀는 무뚝뚝하게 대답했다.

"사실대로 말씀드리면, 나는 우연히 엿들었어요."

"설명해 주십시오."

크리스틴의 뺨이 더욱 더 붉은 빛을 띠었다.

"나는…… 사실 엿들을 생각은 없었어요. 아주 우연한 일이었지요. 이틀 아니, 사흘 전 밤에 있었던 일이에요. 우리는 브리지를 했었지요. 포아로 씨……."

그녀는 포아로 쪽을 돌아다보았다. 그리고는 말을 이었다.

"기억하시나요? 패트릭과 나와 당신과 단리 양, 이렇게 넷이서 했지요. 마침 내가 쉴 차례가 되었을 때였어요. 그 방이 무척 더워서 나는 맑은 공기를 마시려고 밖으로 나갔어요. 그리고 해변으로 내려가려 하는데 갑자기 말소리가 들려왔지요. 한 사람은 알레나 마셜 부인임을 곧 알 수 있었어요. 그녀는 이렇게 말하고 있었어요. '아무리 요구해도 소용없어요. 지금으로서는 더 이상 줄 수가 없어요. 남편이 알아차릴 거예요.' 그러자 남자의 목소리가 '변명은 듣고 싶지 않아. 어서 주어야겠어'라고 말했어요. 그러자 그녀가 '이 협박꾼, 악마!'하고 말하자 사나이는 '악당이든 뭐든 좋으니 어서 줄 것이나 내놔!'라고 하더군요."

그녀는 잠시 숨을 돌렸다.

"난 되돌아왔어요. 그러자 바로 뒤에서 알레나 마셜 부인이 뛰어오더니 나를 앞질러갔어요. 굉장히 겁을 먹고 있었던 것 같아요."

웨스턴 총경이 말했다.

"남자는 누군지 모르겠습니까?"

크리스틴은 고개를 저었다.

"톤이 낮은 목소리였어요. 간신히 알아들을 수 있을 정도로."

"누구의 목소리인지 짐작가지 않습니까? 아는 사람 가운데서 말입니다."

크리스틴은 다시 한 번 골똘히 생각에 잠겼으나 이번에도 고개를 가로저었다.

"아뇨, 모르겠어요. 낮고 거친 목소리였어요. 누구나 낼 수 있는 목소리예요."

"정말 감사합니다, 레드펀 부인" 하고 총경이 말했다.

크리스틴 레드펀이 나가고 문이 닫히자 콜게이트 경감이 먼저 말을 꺼냈다.

"간신히 한 걸음 전진했습니다!"

"그렇게 생각하나?" 웨스턴 총경이 말했다.

"뭔가 있을 듯합니다. 내버려둘 수는 없지 않겠습니까. 이 호텔에 있는 누군가가 협박한 것입니다."

포아로가 중얼거리듯 말했다.

"그렇지만 말이오, 살해된 것은 협박한 악당이 아니라 협박받은 쪽이오."

"확실히 그 점은 잘 맞지 않는군요" 하고 경감도 시인했다. "협박꾼이 돈줄을 거두는 짓은 보통 하지 않는 법이니까요. 그러나 이렇게 말할 수는 있지요. 적어도 오늘 아침에 알레나 마셜이 한 기묘한 행동을 설명하는 힌트가 되지 않을까요? 그녀는 그 협박꾼과 만날 약속을 했습니다. 그러므로 남편에게도 애인에게도 알리고 싶지 않았겠지요."

"그렇게 설명할 수도 있겠지요" 하고 포아로가 동의했다.

콜게이트 경감은 말을 계속했다.

"또한 그 만나는 장소가 목적에 아주 꼭 맞습니다. 여자는 부판을 타고 나갔습니다. 아주 자연스러운 일이지요. 날마다 하는 일이니까 말입니다. 빙 돌아서 픽시 후미로 올라갔습니다. 오전 중에는 사람이 없으므로 비밀 이야기를 하기에는 더없이 좋은 곳입니다."

포아로가 말했다.

"그 말이 맞소. 나도 거기에 대해 생각하고 있었소. 당신 말대로 남의 눈을 피해 만나기에는 더없이 좋은 장소지요. 첫째, 사람이 없거든요. 육지 쪽에서 그리로 가려면 수직 쇠사다리를 내려가야 하는데, 이건 누구나 다 할 수 있는 재주가 아니지요. 게다가 벼랑이 튀어나와 있기 때문에 위에서는 해안이 거의 보이지 않습니다. 유리한 점은 또 있습니다. 전날 레드펀에게서 들었는데, 그 바닷가에는 동굴이 있다는 거예요. 입구를 쉽게 알 수 없기 때문에 숨기에는 더없이 좋은 장소인 것 같았소.”

웨스턴 총경이 말을 받았다.

“그렇지, 그 말을 듣고 보니 픽시 동굴에 대해서는 전에도 들어본 적이 있는 것 같군.”

콜게이트 경감이 말했다.

“무척 옛날 이야기입니다. 그러나 한 번 가보는 게 좋겠지요. 뭔가 단서가 잡힐지도 모르니까요.”

“흐음, 자네 말이 맞네.” 웨스턴 총경은 동의하고 나서 말을 이었다. “아무튼 이것으로 미스터리의 제1부는 해결되었네. ‘알레나 마셜’이 ‘어째서 픽시 후미에 갔는가?’ 그러나 문제는 그 다음일세. ‘누구를 만나기 위해서 갔는가?’ 아마도 이 호텔의 손님 가운데 한 사람이겠지. 애인이 될 만한 남자는 하나도 없지만 협박꾼이라면 이야기가 좀 달라지거든.”

총경은 장부를 끌어당겼다.

“종업원이나 구두닦기 따위는 제외하기로 하세. 아무래도 생각할 수 없어. 남은 사람은 그러니까 미국인 가드너 씨, 배리 소령, 호러스 블래트 씨, 그리고 스티븐 레인 목사로군.”

콜게이트 경감이 말했다.

“조금 더 좁힐 수 있습니다. 미국 사람은 제외해도 되지 않을까요? 오전 내내 바닷가에 있었으니까요. 그렇지 않습니까, 포아로 씨?”

“짧은 시간이었지만 부인을 위해 털실뭉치를 가지러 가서 자리를 비웠었지요” 하고 포아로가 대답했다.

“그러나 그는 문제삼고 싶지 않습니다.” 콜게이트가 말했다.

“그럼, 다른 세 사람은?” 웨스턴 총경이 물었다.

“배리 소령은 오늘 아침 10시에 외출했다가 1시 반에 돌아왔습니다. 레인 목사는 그보다 좀 일찍 나갔고요. 그는 8시에 아침식사를 했습니다. 소풍간다면서 말입니다. 블래트 씨는 언제나와 마찬가지로 9시 반에 요트를 타고 떠났습니다. 아직 두 사람 다 돌아오지 않았습니다.”

웨스턴 총경이 심각한 목소리로 물었다.

“요트?”

콜게이트는 곧 그 말에 대답했다.

“아주 꼭 들어맞습니다!”

“우선 그 소령을 만나보기로 하세. 그 다음은 누구지? 로자먼드 단리로군. 그리고 그 다음에는 레드펀과 함께 시체를 발견한 에밀리 브루스터. 이 여자는 어떤 사람인가, 콜게이트?”

“착실한 여자입니다. 그다지 문제가 없을 것 같습니다.”

“사건에 대해 뭔가 의견을 말하던가?”

경감은 고개를 저었다.

“그 이상의 이야기는 갖고 있지 않으리라고 생각합니다만, 주의에 주의를 거듭하라고 했으니까요. 그리고 미국 사람은 어떻게 할까요?”

웨스턴 총경은 고개를 끄덕였다.

“모두를 불러보기로 하지. 빨리 끝내는 게 좋을 것 같네. 뭔가 잡힐지도 모르겠군. 다른 일은 모르지만, 협박 건에 대해선 말일세.”

가드너 부부는 함께 나란히 경관 앞에 나타났다.

가드너 부인이 앉자마자 설명하기 시작했다.

"꼭 말씀드려야겠다고 생각했어요, 웨스턴 씨……였던가요? 성함이?"

그렇다고 말하자 부인은 마음을 놓은 듯 말을 계속했다.

"글쎄, 나는 정말 굉장히 놀랐답니다. 언제나 남편은 나의 건강을 염려해 주시기 때문에……."

이때 가드너가 사이에 끼어들었다.

"아내는 마음이 약합니다."

"지금도 이러시는 거예요. '마음놓구려, 내가 따라가 줄 테니까'라고 말예요. 우리는 영국 경찰에서 조사하시는 일에 불안을 느끼고 있는 건 아니에요. 불안스럽기는커녕 크게 탄복하고 있답니다. 영국 경찰은 고도로 세련되어 있다는 평판인데다가 나도 결코 그것을 의심하지 않아요.

실은 이런 일이 있었지요. 사보이 호텔에서 나는 팔찌를 잃어버렸었어요. 그때 와주신 젊은 분이 글쎄 어찌나 상냥하고 친절하신지 정말 감격했답니다. 물론 팔찌는 잃어버린 게 아니라 내가 넣어둔 곳을 잊었던 것이었지만. 아무튼 날마다 허둥지둥 뛰어다녔기 때문에 어디다 무엇을 어떻게 두었는지 도무지 생각이 나지 않아서요……."

가드너 부인은 잠시 말을 끊고 조용히 숨을 들이켰다.

"그래서 나는, 물론 남편도 찬성해 주실 것으로 생각합니다만, 우리는 될 수 있는 한 무슨 일이든지 해서 영국 경찰을 도와드리자고 생각한답니다. 그러니 부디 사양하지 마시고 무슨 일이든 물어주세요."

웨스턴 총경은 그 얘기에 답하려고 입을 열었으나 가드너 부인이 끼어들 틈 없이 말을 계속해 그만 기회를 놓쳐버리고 말았다.

"여보, 내가 그렇게 말했었지요?"

"그 말이 맞소." 가드너가 대답했다.

웨스턴 총경이 당황하며 말했다.

"아아, 부인. 당신과 주인께서는 오늘 오전 내내 바닷가에 계셨다지요?"

이때만은 가드너가 먼저 입을 열 수 있었다.

"네, 그렇습니다."

"네, 그렇답니다" 하고 가드너 부인이 그 뒤를 맡고 나섰다. "아무튼 요즘으로서는 보기 드물게 조용하고 좋은 날씨여서 말이에요. 다른 날도 좋기는 하지만, 오늘 아침은 한층 더 활짝 갠 정말 기막힌 날씨었어요. 그렇기 때문에 곶을 돌아간 곳에 있는 저 쓸쓸한 후미에서 그때 무슨 일이 일어났는지 따위는 꿈에도 생각지 못했답니다."

"오늘 아침에 마셜 부인을 보셨습니까?"

"아뇨, 그래서 나는 주인께 말했답니다. '마셜 부인은 오늘 아침 대체 어디를 갔을까요?' 하고 말예요. 처음에는 그녀의 남편인 마셜 대위가 나와서 찾다가 들어가더니, 다음에는 그 잘생긴 젊은 레드펀 씨가 나와 조바심하는 모습으로 바닷가에 앉아서 오는 사람마다 기분 나쁜 얼굴로 노려보고 있었답니다. 그래서 나는 속으로 생각했지요. 그토록 젊고 아름다운 부인이 있으면서도 어째서 저런 무서운 여자의 꽁무니를 따라다니는 것일까 하고 말이에요. 정말 그렇게 생각했답니다. 나는 여느 때에도 그녀를 무서운 여자라고 생각했었거든요. 그렇지 않았던가요, 여보?"

"아암, 그 말이 맞소."

"대체 어째서 그 훌륭한 마셜 대위가 그런 여자와 결혼했는지 나는 도무지 알 수가 없어요. 더욱이 한창 자라는 귀여운 따님이 있는데 말이에요. 정말 여자아이는 올바른 환경에서 기르지 않으면 안 된답니다. 마셜 부인은 그 점에 있어 아주 틀렸어요. 어디 교양 따위가 있던가요? 성격은 그야말로 동물적이고…… 마셜 대위가 정말로 분별 있는 분이어서 단리 양과 결혼하셨더라면 좋았을 텐데 말예요.

그분이라면 여자로서의 매력도 있고, 그리고 또 무엇보다도 유명인이잖아요. 그녀가 성공하여 지금처럼 일류 사업체를 이룩해 낸 재능은 정말 경탄할 만해요. 역시 머리가 달라요. 로자먼드 단리를 척 보면 알 수 있어요. 그분의 머리는 끊임없이 빙글빙글 돌아가고 있지요. 생각한 대로 계획하여 실행해 나가는 그 재능! 난 진심으로 경탄하고 존경한답니다. 바로 얼마 전에도 남편께 말씀드렸습니다만, 그녀는 분명히 마셜 대위를 좋아하고 있어요. 매우 열중해 있는 것 같다고 남편에게 말했어요. 그렇지요, 여보?”
“그 말이 맞소.”
“그 두 사람은 아주 어렸을 때부터 소꿉친구랍니다. 그러니까 뭐랄까, 이렇게 방해되는 여자가 없어졌으니 뜻밖에도 이 일이 전화위복이 될지도 모르겠군요. 아니요, 웨스턴 씨, 난 결코 마음이 좁은 여자가 아니랍니다. 무대가 어떻고 하는 그런 말씀은 드리지 않겠어요. 왜냐하면 내 친구 가운데에도 여배우가 많으니까요. 다만 그 알레나 마셜이라는 여자만은 남편에게도 언제나 말합니다만, 어딘지 모르게 악마적인 데가 있어요. 그렇게 생각했더니, 어때요? 역시 이런 일이 생겼지 뭐예요!”
가드너 부인은 의기양양한 얼굴로 입을 다물었다.
에르큘 포아로의 입술이 희미하게 떨리더니 미소로 바뀌었다. 한순간 그의 눈이 가드너의 날카로운 눈과 마주쳤다.

웨스턴 총경이 얼마쯤 무관심한 듯한 투로 말했다.

"아아, 부인. 정말 고맙습니다. 두 분께서 여기에 머무시는 동안 이번 사건과 관계있을 것 같은 일을 깨달으신 적은 없습니까?"

"네, 별로 없습니다" 하고 가드너가 천천히 말했다. "마셜 부인은 대개 레드펀 씨와 함께 있었고, 그것은 누구나 다 아는 일이에요."

"마셜 대위는 그 일에 마음 쓰고 있는 것 같았습니까?"

가드너는 신중하게 말했다.

"그분은 매우 조심성 있고 소극적인 분이니까요."

"정말 그래요, 순수한 영국 신사이신걸요." 가드너 부인이 맞장구를 쳤다.

4

배리 소령의 붉은 얼굴은 갖가지 감정이 얼크러져 서로 앞을 겨루고 있는 듯한 모습이었다. 아무튼 이 자리에 어울리게 충격을 받은 것처럼 보이려고 애쓰고 있었지만, 마음속의 즐거움을 감추지는 못했다.

목에 걸리는 듯한 유난히 굵고 거친 목소리로 그는 이야기하고 있었다.

"될 수 있는 대로 도움이 되어 드렸으면 하고 생각합니다만, 나는 아무것도 알지 못하기 때문…… 정말 아무것도 모릅니다. 관계자와도 서로 교제가 없었고요. 그러나 나는 젊었을 때에는 꽤 여기저기 돌아다녔었지요. 주로 동양이었지만. 그런 의미로 말씀드리자면, 인도의 사막 주둔지에서 있었던 경험에 비추어 말씀드리자면 이 세상에서는 인간성에 대해 알지 못하면 어떠한 지식도 소용없다는 것입니다."

소령은 잠시 입을 다물고 숨을 한 번 쉬었다.

“솔직히 말해서 이번 일로 심라에서 일어났던 사건이 생각났습니다. 로빈슨이라는 이름의 사나이…… 아니, 포크너라고 했던가? 아무튼 이스트 월츠에 있던 사나이인데…… 아니, 노드 새리즈였던가? 잊어버렸습니다만, 장소는 아무 데라도 좋습니다. 아무튼 조용한 사나이로 일년 내내 책만 읽고 있었지요. 정말 벌레 한 마리 죽이지 못할 것 같은 사람이었지요. 그런데 어느 날 밤 방갈로에서 아내에게 달려들었다지 뭡니까! 목을 졸랐답니다. 아내가 바람피우는 것을 보았다는 겁니다. 하마터면 숨이 끊어질 뻔 했었지요. 정말 위험했습니다. 모두들 굉장히 놀랐답니다. ‘설마 그 남자가’ 하고 말입니다.”

에르큘 포아로가 조용히 말했다.

“이 사건이 그것과 비슷하다는 말씀입니까?”

“글쎄요, 뭐라고 할까. 목을 쥔 것도 같은 수법이고…… 남편이 갑자기 정신없이 흥분하게 되면…….”

“그렇다면 마셜 대위가 흥분해서 정신없이 그런 짓을 저질렀다는 의견이십니까?” 포아로가 물었다.

“잠깐만, 그런 말은 하지 않았습니다.”

배리 소령의 얼굴이 빨개졌다.

“마셜 대위의 말은 한 마디도 하지 않았습니다. 그처럼 좋은 사람도 없지요. 험담 같은 것을 말할 수는 없습니다.”

“실례했습니다. 그러니까 당신은 ‘남편’이라는 존재의 자연적인 반응에 대해 말씀하신 거로군요.”

“아니, 그런 게 아니라 내가 말하고 싶은 점은 이것입니다. 어찌되었든 상대는 굉장히 성적 매력이 있는 여자입니다. 그렇지요? 레드펀이라는 애송이를 보기 좋게 완전히 속였거든요. 아마도 그 여자에게 걸린 남자는 한두 사람이 아닐 겁니다. 그런데 우스운 일이지만, 한 마디로 말해서 남편이라는 사람은 의외로 둔하단 말입니다.

　나는 언제나 깜짝 놀라곤 합니다만, 남편이란 다른 남자가 자기 아내에게 반해서 열을 올리는 것을 보아도 결코 '아내'가 그 남자에게 반해 있다고는 생각지 않지요. 내가 푸나에 있을 때 이런 일이 있었답니다. 굉장한 미녀가 있는데, 그 남편을 얼마나 애먹이고 고생시키는지……."

웨스턴 총경이 안타까워하며 몸을 움직였다.

"알았습니다, 배리 소령. 그러나 우리가 할 일은 사실을 확인하는 것입니다. 그래서 물어보는 것입니다만, 이 사건에 대해 당신이 보았거나 들은 일 가운데 뭔가 우리의 수사에 도움이 될 만한 일은 없습니까?"

"글쎄요…… 있다고 말할 수는 없지요. 그러나 한 번 걸 후미에서 알레나 마셜 부인과 레드펀 씨가 함께 있는 것을 본 일이 있습니다."

배리 소령은 정사에 대해서는 잘 알고 있다는 듯한 얼굴로 한쪽 눈을 찡긋 감아 보이며 목구멍 속에서 거친 웃음소리를 냈다.

"아주 보기 좋아 저절로 미소 짓게 되는 광경이었지요. 이런 일이 아닐까요, 당신들이 필요로 하는 자료란? 하하하!"

"마셜 부인을 오늘 아침에는 전혀 만나지 못하셨습니까?"

"아무도 만나지 못했습니다. 센트루에 가 있었으니까요. 참 재수도 없지! 정말 몇 달이나 계속해서 여기에 있어도 아무 일이 없더니, 막상 그런 일이 있을 때에는 공교롭게도 그 자리에 없었으니 말입니다!"

소령의 목소리에는 다른 사람의 죽음이 견딜 수 없을 정도로 재미있다는 듯 그야말로 유감스러운 여운이 담겨 있었다.

웨스턴 총경이 설명을 재촉했다.

"센트루까지 가셨습니까?"

"네, 전화를 걸려고 생각했지요. 여기에는 전화가 없고, 레더콤 만의 우체국 전화는 다른 사람이 이야기를 엿듣거든요."

"다른 사람이 엿들으면 곤란한 전화였습니까?"

소령은 다시 한 번 기쁜 듯이 한쪽 눈을 찡긋해 보였다.

"글쎄, 그건 뭐라고 말할 수가 없군요. 친구에게 전화해서 경마의 어떤 말에다 걸어 달라고 부탁하려 했던 겁니다. 그런데 통화가 되지 않았지요. 도무지 재수가 없습니다!"

"어디에서 전화를 거셨습니까?"

"센트루 본 우체국에 있는 공중전화였습니다. 전화를 걸고 돌아오는 길에 이번에는 길을 잃어버렸지 뭡니까. 좁은 길이 꼬불꼬불하여 방향을 알 수가 있어야지요. 적어도 1시간은 손해를 보았지요. 이처럼 까다로운 곳은 없습니다. 여기에 돌아온 것은 바로 30분 전입니다."

"센트루에서 어떤 사람과 만났거나 이야기를 주고받은 일은 없습니까?"

배리 소령은 의미 깊게 웃었다.

"알리바이 말입니까? 그게 없군요, 아무것도. 센트루에서 본 사람은 5만 명이나 되지만, 저쪽에서 누구 한 사람 나를 기억하고 있지 못할 테니 말입니다."

"이런 일을 질문하는 것은 우리가 할 일이기 때문입니다."

"물론 그렇겠지요. 언제라도 좋으니 물어보십시오. 기꺼이 도와드릴 테니까요. 하지만 확실히 매력이 있었습니다, 죽은 여자는. 범인을 잡을 수 있도록 열심히 응원하겠습니다. 외로운 섬의 살인사건…… 신문은 이렇게 쓰겠지요. 그렇게 말하니 언젠가……."

소령의 추억담인지 회고담인지가 아직 채 꽃을 피우기도 전에 분명하게 순을 따버린 것은 콜게이트 경감이었다. 계속 지껄여대는 소령을 그는 방에서 밀어내고 말았다.

다시 방으로 들어오면서 경감이 말했다.

"센트루라면 확인해 볼 수가 없지 않습니까? 한창 여행 시즌이 무르익은 때이니 말입니다."

웨스턴 총경이 말했다.

"흐음, 배리 소령은 리스트에서 제외할 수 없겠는걸. 그렇다고 해서 수상하다는 건 아니지만 말일세. 저렇게 말이 많은 남자는 얼마든지 있어. 나도 군대에 있을 때에 한두 사람 본 적이 있네. 그러나 한 가지 가능성은 있지. 자네에게 맡길 테니 조사해 주게. 몇 시에 차를 꺼냈는가, 가솔린에 대한 것이라든가 그 밖에 대강 여러 가지로. 어디 사람이 없는 으슥한 곳에 차를 세우고 걸어서 되돌아와 픽시 후미에 갈 수도 있었을 테니까. 그다지 있을 법한 일은 아니지만 말일세. 다른 사람에게 들킬 위험이 너무 많거든."

콜게이트는 알았다는 듯이 고개를 끄덕였다.

"그렇습니다. 오늘은 관광버스가 여러 대 와 있습니다. 이렇게 날씨가 좋으니까요. 11시 반쯤부터 꼬리를 물고 도착하기 시작했습니다. 7시에 밀물이 들어오기 시작했으니까, 썰물은 1시부터 시작되었을 겁니다. 모두 다 바닷가나 육지로 건너가는 길로 흩어졌으리라고 생각됩니다."

"그렇지, 그 인파 속을 빠져나가 그 건너가는 길로 해서 호텔 옆을 지나가야 했을 걸세."

"아닙니다. 호텔 옆을 지나지 않아도 됩니다. 옆길로 빠져 섬 꼭대기를 넘는 방법도 있습니다."

웨스턴 총경은 의심스러운 표정이었다.

"다른 사람에게 들키지 않고 그 일을 해낼 수 없다고는 말하지 않았네. 호텔에 머물고 있는 숙박객들은 거의 모두 바닷가에 나가 있었네. 크리스틴 레드펀과 마셜 대위의 딸만이 걸 후미에 있었지. 자네가 말하는 그 옆길도, 맨 처음 돌게 되어 있는 길 언저리는 호텔 2층에서 훤히 보인다네. 때마침 그때 누군가가 창문에서 아래를 내려다보고 있지 않을 거라고 장담할 수는 없겠지. 따라서 남에게 들킬 위험이 크네. 물론 그런 관점에서 말한다면, 호텔까지 걸어와서 아무에게도 눈치 채이지 않고 당당히 로비를 빠져나가 반대쪽으로 나갈 수도 있다고 생각하네. 아무튼 내가 주장하고 싶은 점은, 다른 사람에게 들키느냐 들키지 않느냐 하는 것은 미리 계산할 수 없다는 걸세."

"보트로 현장까지 저어갔을지도 모릅니다."

웨스턴 총경이 고개를 끄덕여 동감한다는 뜻을 나타냈다.

"그편이 무난해. 다만 어디든 가까운 해안에서 용케 보트를 구했다고 가정하고 난 뒤의 이야기지만. 그렇다면 차에서 내려 픽시 후미로 보트를 저어가서 살인을 한 뒤 다시 보트를 타고 차로 돌아갔다고 생각할 수도 있네. 센트루에 갔다가 길을 잃고 헤매어 늦게야 돌아왔노라고 변명을 하면 알리바이만은 그렇게 쉽사리 허물어버릴 수 없다는 것을 소령 자신도 알고 있을 걸세."

"그렇습니다."

총경이 다시 경감의 말을 받았다.

"아무튼 콜게이트, 자네에게 맡기겠네. 이 부근을 샅샅이 조사해 주게. 요령은 알고 있겠지? 그럼, 다음은 브루스터 양."

5

에밀리 브루스터는 이미 진술된 내용에 더해지는 실질적으로 가치 있는 말은 한 마디도 하지 못했다.

　그녀가 전에 말한 것과 똑같은 설명을 되풀이하는 것을 들은 다음 웨스턴 총경은 말했다.

　"알고 계시는 일 가운데 뭔가 우리에게 도움이 될 만한 것은 없습니까?"

　에밀리 브루스터는 짤막하게 대답했다.

　"참으로 유감스러운 일이에요. 정말 한탄스러운 사건이에요. 빨리 진상을 밝혀주셨으면 좋겠어요."

　"꼭 그렇게 하고 싶습니다."

　에밀리 브루스터는 조금 짓궂게 빈정거리듯 말했다.

　"비교적 쉬운 사건이 아닌가요?"

　"브루스터 양, 그게 무슨 뜻이지요?"

　"어머나, 미안해요! 아무것도 모르면서 경찰에서 하는 일에 참견할 생각은 없지만, 아무튼 그런 여자의 일이니까 이야기가 간단할 거라고 생각되었기 때문에……."

　에르큘 포아로가 작은 목소리로 끼어들었다.

　"그것은 당신의 의견입니까, 브루스터 양?"

　에밀리 브루스터는 딱 잘라 말했다.

　"물론이지요. 죽은 사람에게 매질하지 말라는 속담이 있습니다만, '사실'은 결코 바꿀 수가 없지요. 그 여자는 뼛속에서부터 완전히 썩어 있었어요. 그녀의 좋지 않은 과거를 조금만 파헤쳐도 자연히 해결될 거예요."

　포아로가 조용히 말했다.

　"그 여자가 어지간히 싫으셨던 모양이군요?"

　"난 좀 지나칠 정도로 너무 알아버린 모양이에요."

　에밀리 브루스터는 이상하게 생각하는 듯한 눈길을 받자 얼른 덧붙였다.

"내 사촌언니가 애스킨 집안 사람에게 시집을 갔지요. 이미 들으셨으리라고 생각합니다만, 로버트 애스킨 경이 나잇값도 못하고 그 여자에게 열을 올려, 그 능숙한 여자의 말주변에 보기 좋게 속아 넘어가 결국 유산을 유족에게 물려주지 않고 그 여자에게 거의 다 주어버렸답니다."

웨스턴 총경이 말했다.

"그래서 유족 되시는 분들이 분개하고 있군요?"

"당연하지요. 로버트 경과 그 여자의 교제 자체가 스캔들이었는데다가 한층 더 나쁘게도 올가미를 씌워 5만 파운드나 되는 유산을 가로챘으니까요. 이쯤 되면 어떤 종류의 여자인지 아실 수 있겠지요? 너무 냉정하게 들릴지도 모르지만, 나는 알레나 스튜어트 같은 여자에게는 동정심도 쓸데없는 일이라고 생각해요.

사실 나는 그 밖에도 알고 있는 일이 또 있답니다. 그 여자에게 완전히 반해서 깊이 빠져버린 젊은 남자가 있었는데, 본디는 꽤 괜찮은 사람이었지만, 그 여자와 사귀게 되자 운이 다한 거지요. 갖다 바칠 돈이 아쉬운 나머지 주식 사기를 쳐서 하마터면 기소당할 뻔했답니다. 그 여자는 만나는 사람마다 하나도 남김없이 파멸시키고 말아요. 레드펀 씨가 그 좋은 예지요. 완전히 타락하고 말았거든요. 그렇기 때문에 나는 그 여자가 죽었어도 전혀 불쌍하게 생각할 마음이 없어요. 하긴 물에 빠졌거나 절벽에서 떨어져 죽었더라면 더 좋았겠지만 말이에요. 목을 졸리다니 불쾌하군요."

"그렇다면 범인은 알레나의 과거 속에 있다고 생각하시는군요?"

"그래요."

"아무에게도 들키지 않고 건너편 해안에서 온 사람이겠지요?"

"들킬 리가 없잖아요? 우리는 모두 바닷가에서 나가 있었으니까

요. 하긴 린다 마셜과 크리스틴 레드펀 부인은 걸 후미에 갔었고,
마셜 대위는 호텔 자기 방에서 일을 했다더군요. 그러니 누가 본다
는 거예요? 기껏해야 단리 양 정도일까요?”
“단리 양은 어디에 있었습니까?”
“벼랑을 도려낸 휴게소에 있었어요. 서니 레지라고 부르는 곳이지
요. 보트에서 레드펀 씨와 내가 보았답니다.”
“그럴지도 모르겠군요.” 웨스턴 총경이 말했다.
에밀리 브루스터는 딱 잘라 말했다.
“내 말이 틀림없어요. 어찌되었든 마셜 부인은 불결하기 짝이 없는
여자였어. 당연히 그 여자 자신이 가장 좋은 해결의 열쇠를 쥐고
있을 거예요. 포아로 씨. 당신은 그렇게 생각하지 않으세요?”
에르퀼 포아로는 얼굴을 들었다. 에밀리 브루스터가 자신만만한 잿
빛 눈으로 그를 치다보고 있었다.
“그렇습니다, 지금 하신 말씀에 찬성합니다. 알레나 마셜 자신이
자기 죽음에 대해 가장 좋은, 그리고 단 하나뿐인 열쇠입니다.”
에밀리 브루스터는 또렷한 말투로 잘라 말했다.
“그럼, 나는 이만……”
그녀는 일어섰다. 똑바로 선 야무진 몸집, 그 자신에 찬 냉정한 눈
길이 그곳에 있는 남자들 한 사람 한 사람에게로 향해졌다.
웨스턴 총경이 말했다.
“안심하십시오. 알레나 마셜의 과거 속에 있는 단서는 하나도 놓치
지 않겠습니다.”
에밀리 브루스터는 방을 나갔다.

6

콜게이트 경감은 테이블을 옆에 놓고 자세를 바로하고 앉아서 골똘

히 생각에 잠겨 있다가 말했다.

"정말 분명한 여자란 말이야. 죽은 사람에게 칼을 찔렀거든, 아주 정확하게!"

경감은 한참 동안 입을 다물고 있었다. 그는 다시 곰곰 생각하면서 말을 계속했다.

"어떤 의미로는 분하군요, 그 여자에게 오전 중의 철벽 같은 알리바이가 있다는 것이. 총경님, 그 손을 보셨습니까? 마치 늠름하고 억센 남자의 손 같더군요. 몸집도 남자 같고…… 아니, 이 부근에 어슬렁거리는 남자들보다 훨씬 건장하지 않습니까?"

경감은 다시 입을 다물었다. 포아로에게로 향한 그의 눈길이 애원하는 것 같았다. 경감이 물었다.

"포아로 씨, 그 여자는 오늘 아침에 정말 한 번도 바닷가를 떠나지 않았습니까?"

포아로는 천천히 고개를 끄덕이며 말했다.

"그렇소. 그리고 그 여자가 바닷가에 나왔을 때는 알레나 마셜이 아직 픽시 후미에 당도할 시간이 아니었소. 그 뒤 레드펀 씨와 보트를 타고 떠날 때까지 한 번도 내 눈앞을 떠나지 않았지요."

콜게이트 경감은 우울한 얼굴로 말했다.

"그렇다면 그녀에게는 혐의가 없다는 말이로군요."

그는 불쾌한 모양이었다.

7

언제나 그렇지만 에르퀼 포아로는 로자먼드 단리를 보자 기쁨이 솟아오르는 것을 느꼈다.

살인사건이라는 추악한 현실에 대한 경찰의 무자비한 심문을 받는 자리에서도 그녀는 그녀 특유의 세련된 행동을 보여주었다.

로자먼드 단리는 웨스턴 총경과 마주 보고 앉아 진지하고 총명한 얼굴을 들고 말했다.

"이름과 주소 말인가요? 로자먼드 앤 단리라고 해요. 브루크 거리 622번지에 로자먼드 살롱이라는 의상실을 가지고 있지요."

"고맙습니다, 단리 양. 이번 사건의 수사에 도움이 될 만한 말씀을 무엇이든지 해주실 수 있을까요?"

"불행하게도 아무것도 없습니다."

"당신 자신의 행동에 대해서는?"

"네, 9시 반쯤 아침식사를 했어요. 그러고 나서 방으로 올라와 책 두서너 권과 파라솔을 들고 서니 레지로 갔습니다. 시간은 아마 10시 25분쯤이었을 거예요. 호텔로 돌아온 것이 12시 10분 전쯤이었는데, 곧 방으로 라켓을 가지러 올라갔다가 테니스 코트로 니기시 짐심때까지 테니스를 쳤습니다."

"서니 레지라고 부르는 그 절벽의 휴게소에 있었던 것은 대략 10시 반에서 12시 10분 전까지가 되겠군요?"

"네."

"오늘 아침에 마셜 부인을 만나셨습니까?"

"아니요."

"마셜 부인이 부판을 저어 픽시 후미로 향해 가는 것을 그 휴게소에서 보지 못하셨습니까?"

"아니요, 그것은 내가 그곳에 도착하기 전이 아니었을까요?"

"부판이나 보트에 탄 사람을 누구든 못 보았습니까?"

"전혀 보지 못했어요. 난 책을 읽고 있었으니까요. 물론 가끔 얼굴을 들어 바다를 보기도 했지만, 내가 보았을 때는 마침 아무것도 없었지요."

"레드펀 씨와 브루스터 양이 보트를 타고 지나가는 것도 못 보셨습니까?”

“네, 못 보았어요.”

“당신은 전부터 마셜 대위를 알고 계셨다지요?”

“마셜 대위와는 옛날부터 친구였습니다. 집이 서로 이웃해 있었으니까요. 하지만 그뒤 오랫동안 만나지 못했습니다. 10여 년 만에 여기서 다시 만난 거지요.”

“마셜 씨의 부인과는 아는 사이였던가요?”

“여기서 만나기 전까지는 말을 건네본 일도 없었어요.”

“마셜 대위 부부는 사이가 좋은 것 같았습니까? 당신이 알고 계신 바로는?”

“아주 좋았다고 생각해요.”

“대위는 부인을 진심으로 사랑하고 있었습니까?”

“그럴지도 몰라요. 그러나 거기에 대해서는 잘 알지 못합니다. 마셜 대위는 좀 구식 사람으로, 요즈음 사람들처럼 큰소리로 애정을 떠들어대거나 하는 일은 하지 않았으니까요.”

“단리 양, 당신은 마셜 부인을 좋아했습니까?”

“아뇨.”

이 한 마디는 차분하게 아무 억양도 없이 발음되었다. 말의 의미와 마찬가지로 단순히 사실을 말하고 있을 뿐이라는 느낌이었다.

“그것은 어째서였습니까?”

로자먼드의 입가에 미소 같은 것이 떠올랐다.

“이미 아시리라고 생각합니다만, 알레나 마셜 부인은 같은 여자 사이에선 인기가 없었답니다. 그녀 자신이 여자를 싫어해서 그것이 태도에 드러나곤 했거든요. 그래도 나는 그 여자의 드레스를 담당했으면 좋겠다고 생각했었지요. 드레스에 관한 한 그녀는 천재였어요. 입고 있는 옷은 언제나 말할 나위 없이 훌륭했고, 몸에 어울리게 잘 입었지요. 나무랄 데가 없었어요. 나는 그녀를 단골손님으로 갖고 싶었답니다.”

“드레스에 돈을 많이 들였었지요?”

“네, 아마 그랬을 거예요. 하지만 그녀 자신에게도 돈이 있었고, 마셜 대위도 유복한 편이었으니까요.”

“단리 양, 당신은 알레나 마셜 부인이 어떤 사람에게 협박받고 있었다는 말을 들으신 적이 있습니까? 아니면 그런 느낌을 받았다든가……”

심한 놀라움의 빛이 표정이 풍부한 로자먼드 단리의 얼굴에 흘렀다.

“협박이요? 그녀가 말인가요?”

“몹시 놀라운 무양이군요.”

“네, 그야 뭐…… 하지만 너무나도 그녀에게 어울리지 않는 일이라서……”

“그러나 있을 수 있는 일이 아니겠습니까?”

“무슨 일이든 있을 수 있지 않겠어요? 이 세상일이니까요. 하지만 이상하군요. 그녀를 협박하다니, 무엇 때문에 협박했을까요?”

“남편의 귀에 들어가지 않도록 꺼리는 일이 여러 가지 있었겠지요.”

“그건 그렇지만……”

그녀의 입가에 살그머니 미소가 감돌며 의혹에 찬 마음이 목소리에 나타났다.

“자꾸 의심하는 것 같지만, 알레나 마셜 부인은 본디 품행에 나쁜 평이 있는 여자예요. 세상 체면 따위는 처음부터 전혀 생각지 않았거든요.”

“그렇다면 남편인 마셜 대위까지도 이미 다른 남자들과의 정사에 대해서 알고 있었겠군요?"

로자먼드는 얼마쯤 사이를 두었다. 양쪽 눈살을 찌푸리고 있더니 한참 지난 뒤에야 겨우 한 마디씩 말하기 거북한 것처럼 이야기하기 시작했다.

"실은 나도 어떻게 생각해야 할지 잘 모르겠어요. 지금까지는 케네스 마셜 대위가 그 여자를 솔직하게 있는 그대로 받아들이고 있으며 환상 따위는 품고 있지 않다고 생각해 왔었습니다만, 그렇지 않을지도 모르지요."

"진정으로 아내를 믿고 있었다고 생각하시는 건가요?"

로자먼드는 거의 화난 말투로 대답했다.

"남자란 바보인걸요! 케네스 마셜 대위는 얼른 보기엔 빈틈없는 사람처럼 행동하고 있지만, 사실은 세상물정 모르는 도련님인데다가 그 여자를 맹목적으로 믿고 있었는지도 모르겠어요. 그녀의 모든 일을 칭찬의 대상이 되어 있을 뿐이라고 생각했을지도 모르지요."

"그렇다면 알레나 마셜 부인에게 원한을 품고 있을 듯한 인물은 하나도 모른다, 아니 들어본 일도 없다는 말입니까?"

로자먼드 단리는 방긋 웃었다.

"그녀를 원망하는 사람은 그녀와 관계된 남자들의 아내들뿐이겠지요. 하지만 손으로 목을 죄었다면 범인은 아마도 남자가 아닐까요?"

"그렇습니다."

로자먼드는 곰곰이 생각했다.

"아뇨, 아무도 생각나는 사람이 없어요. 하기야 내가 알 리가 없지요. 누구든 그녀와 친했던 분께 물으시는 게 좋을 거예요."

"알겠습니다. 수고 많으셨습니다, 고맙습니다."

로자먼드는 의자에 앉은 채 조금 몸을 돌렸다.
"포아로 씨께선 무언가 물어보실 게 없으신가요?"
에르퀼 포아로는 빙그레 웃어 보이며 고개를 저었다.
"아무것도 생각나지 않는군요."
로자먼드 단리는 조용히 자리에서 일어나 밖으로 나갔다.

제8장

1

세 사람은 알레나 마셜의 침실에 서 있었다.

큼직한 창문이 두 개 발코니를 향해 열려져 있어서, 그곳을 통해 아래 있는 해수욕장과 그 앞으로 펼쳐진 바다가 한눈에 내려다보였다.

방으로 비껴드는 햇살이 알레나의 화장대 위에 난잡하게 놓여 있는 수많은 병이며 단지들을 번쩍번쩍 비추고 있었다. 미장원에서 볼 수 있는 온갖 종류의 화장품 한 세트가 여기에 갖추어져 있었다. 그야말로 여자 냄새가 물씬 풍기는 물건들 가운데서 세 남자는 부지런히 움직이고 있었다.

콜게이트 경감은 닥치는 대로 서랍을 열었다가는 닫았다. 조금 뒤 차곡차곡 접은 편지 꾸러미를 발견하자 그는 조그맣게 신음 소리를 냈다. 그는 웨스턴 총경과 둘이서 훑어보기 시작했다.

에르퀼 포아로는 옷장 앞에 서 있었다. 벽장을 열고 그 안에 걸려 있는 갖가지 가운이며 스포츠용 바지들을 바라보고 난 다음 반대쪽을 열었다. 선반에는 푹신하고 부드러운 속옷들이 포개져 있었다. 큰 선반에는 모자들이 놓여 있었다. 보드지로 만든 해변용 모자며 붉은색과 노란색 모자가 두 개, 큼직한 하와이식 밀짚모자가 한 개, 부드러운 마직 바탕의 진한 감색 모자가 한 개, 그 밖에 신기한 모양의 모자가 서너 개 있었는데 아마도 그 하나하나에 몇 파운드나 되는 돈이 지불되었을 것이다. 그리고 진한 감색 베레모가 하나, 검정 벨벳으로 된 술 장식——그냥 '술'이라고밖에는 묘사할 수 없을 것 같다——이 달린 밝은 회색 터번이 하나.

에르큘 포아로는 그것을 한 번 둘러보더니 얼마쯤 대범한 미소를 입가에 떠올리며 중얼거렸다.

"허어 참, 여자란 정말!"

웨스턴 총경은 편지를 펴보고 있었다.

"레드펀한테서 온 것이 세 통이나 되네. 어리석은 사람이군. 여자에게 편지를 쓰는 게 아니라는 걸 알게 되기까지는 앞으로 여러 해 걸리겠는걸. 여자란 입으로는 태워버렸다고 하면서도 반드시 간직해 두는 법이거든. 이건 또 누구에게서 온 걸까? 흐음, 여전하군."

그는 손을 뻗쳐 포아로에게 내주었다.

사랑하는 알레나

아아, 나는 우울하오. 중국에 가게 되다니…… 아마 앞으로 여러 해 동안 만날 수 없을 거요. 남자가 여자에게 이처럼 혼을 빼앗기게 될 줄은 몰랐소. 수표는 참으로 고맙소. 이것으로 기소당하지는 않으리라고 생각하오. 정말 구사일생이오. 아무튼 근본적으로 말하자면, 당신을 위해 큰돈이 필요했기 때문이오. 부탁이오, 부디 용서해 주오! 나는 다만 당신의 그 아름다운 귀에 다이아몬드를 달아주고 당신의 목에 큼직한 우윳빛 진주를 주렁주렁 달아주고 싶었을 뿐이오. 하기야 진주는 이미 유행이 지났다고 하더군. 그렇다면 커다란 에메랄드로 할까? 그게 좋을 것 같소. 큼직한 에메랄드…… 서늘한 녹색의 그늘에서 번쩍이며 타오르는 불꽃! 부디 나를 잊지 말아주오. 아니, 당신은 나를 잊을 리가 없겠지요. 당신은 영원히 나의 사람이니까.

그럼, 안녕…… 안녕…… 안녕히.

J. N

콜게이트 경감이 말했다.

"이 J. N이 정말 중국에 갔는지 어떤지를 조사해 보는 것도 헛일은 아닐 겁니다. 만일 가지 않았다면, 이자야말로 우리가 찾는 대상일 것입니다. 여자에게 눈이 어두워 멍해 있다가 어느 날 갑자기 자기가 봉으로 걸려들었었다는 사실을 깨달았겠지요. 아무래도 브루스터 양이 한 말은 이 애송이를 가리킨 모양입니다. 정말 이것은 틀림없이 도움될 겁니다."

에르큘 포아로는 고개를 끄덕였다.

"그렇군요. 그 편지는 중요하오, 나도 중요하다고 생각합니다."

포아로는 뒤를 돌아보고 방 안을 주의 깊게 살폈다. 화장대 위에 진열된 병, 문이 열려 있는 옷장, 그리고 침대 위에 축 늘어져 누운 큰 피에로 인형…….

세 사람은 케네스 마셜의 방으로 들어갔다.

아내의 방 바로 옆이었으나, 연결되는 문도 없고 발코니도 없었다. 같은 방향으로 향해 있으며 역시 창문이 두 개 있는데, 부인의 방보다 훨씬 좁았다. 두 개의 창문 중간 벽에 금테두리의 거울이 걸려 있었다. 오른쪽 창문 저쪽 구석에는 화장대가 있고 상아로 만든 브러시가 두 개, 양복 솔이 한 개, 그리고 헤어로션 병이 한 개 놓여 있었다. 왼쪽 창문 옆의 구석에는 책상이 있고, 그 위에는 덮개를 벗긴 타이프라이터 한 대와 서류가 가지런히 놓여 있었다.

콜게이트는 재빨리 조사해 갔다.

"아무 데도 문제될 것은 없는 것 같군요. 아아, 오늘 아침에 말하던 편지가 이것인 모양입니다. 24일, 어제로군. 봉투에는 오늘 아침 레더콤 만의 소인이 찍혀 있습니다. 그의 말이 옳은 것 같군요. 그렇다면 편지의 회답을 미리 타이핑해 둘 수 있는지 어떤지 다시 생각해 봐야겠는데요."

경감은 의자에 앉았다.

웨스턴 총경이 말했다.

"우신 그 문세는 사네에게 맡기겠네. 자, 다른 방을 빨리 조사해 봐야지. 이 복도는 출입을 금지해 두었으니까 빨리 끝내지 않으면 모두들 투덜거릴 걸세."

두 사람은 다음에 린다 마셜의 방으로 들어갔다. 동향으로, 창문을 통해 눈 아래의 바위와 바다를 내려다볼 수 있었다.

웨스턴 총경은 방 안을 대충 둘러보고 난 다음 중얼거렸다.

"특히 볼 만한 것은 없을 걸세. 그러나 마셜 대위가 딸의 방에 뭔가 감추었을지도 모르지, 발견될 것을 두려워하여. 하지만 흉기를 감추어두지는 않았을 걸세."

그리고 총경은 방을 나갔다.

에르퀼 포아로는 뒤에 남았다. 난로의 재받이 속에 주의를 끄는 것이 있었다. 아주 최근에 거기에서 뭔가를 태운 흔적이 있었던 것이다. 그는 무릎을 꿇고 참을성 있게 조사하여 종이 한 장을 깔고 그 위에 발견한 것을 올려다놓았다.

불규칙한 모양의 녹은 양초 덩어리와 두꺼운 녹색 보드지 조각의 타다 남은 부분에서 '5'라는 큼직한 숫자와 격언의 일부인지 '언실(言實)'이라는 인쇄 글자를 읽을 수가 있었다. 이것은 아마도 찢어낸 달력 종이일 것이다. 그 밖에도 흔히 볼 수 있는 핀 한 개와 뭔지 동물성 물질——머리카락인지도 모른다——의 타다 만 찌꺼기가 있었다.

포아로는 그것들을 나란히 한 줄로 늘어놓고 뚫어지게 노려보고 있더니 조금 뒤 중얼거렸다.

"'불언실행(不言實行)'…… 일지도 모르겠군. 그렇지만 대체 이 배합을 어떻게 받아들여야 좋을까? 엉뚱하군!"

그는 핀을 집어 들었다. 그 순간 그의 눈이 날카롭게 녹색으로 빛났다. 그는 여전히 나지막하게 중얼거렸다.

"이게 어떻게 된 일이지! 설마……."

에르큘 포아로는 난로 앞에서 일어나 천천히 방 안을 둘러보았다. 이때의 그의 얼굴은 이제까지와 전혀 다른 표정이었다. 심각하고 엄격한 표정이었다.

난로 왼쪽에 선반이 여러 단 있었다. 거기에는 한 줄로 책이 꽂혀 있었다. 포아로는 생각에 잠기면서 책의 제목을 읽어보았다.

성경, 너덜너덜하게 낡아빠진 셰익스피어 희곡집, 험프리 워드 부인의 《윌리엄 애슈의 결혼》, 샬럿 영의 《젊은 계모》, 버나드 쇼의 《성녀 존》, 마거릿 미첼의 《바람과 함께 사라지다》, 그리고 딕슨 카의 《화형 법정》 등이 있었다.

포아로는 《젊은 계모》와 《윌리엄 애슈의 결혼》 두 권을 손에 들고 펴서 표지에 찍혀 있는 색 바랜 도장을 보았다. 두 권을 다시 선반에 꽂으려고 할 때 다른 책 뒤에 처박혀 있는 한 권의 책에 눈길이 멎었다. 그것은 갈색 송아지 가죽으로 장정된 두툼하고 조그만 책이었다.

포아로는 그 책을 집어 들어 펴보았다. 그는 아주 천천히 머리를 아래위로 끄덕이며 중얼거렸다.

"역시 그렇군…… 생각했던 대로야. 하지만 그렇게까지…… 할 수 있을까? 아니, 그건 불가능해. 그러나 어쩌면……."

그는 꼼짝도 하지 않고 우뚝 서 있었다. 콧수염을 쓰다듬으면서 그의 머릿속은 이 문제를 풀려고 부지런히 움직이고 있었다.

그는 다시 한 번 조용히 중얼거렸다.

"어쩌면……?"

2

웨스턴 총경이 문으로 얼굴을 들이밀었다.

"여보게, 포아로. 아직 거기 있나?"

"지금 가네, 지금 가."

포아로는 급한 걸음으로 복도에 나왔다.

린다의 방 바로 옆은 레드펀 부부의 방이었다. 안을 들여다보고 포아로는 순간적으로 두 사람의 됨됨이가 서로 다르다는 것을 알았다. 깨끗이 정돈되어 있는 것은 크리스틴의 특징이고, 아무렇게나 흩어져 있는 것은 패트릭의 특징을 나타내주고 있었다. 이처럼 인물의 특징에 대한 측면적인 정보를 제공해 주는 점 말고는 이 방은 포아로의 관심을 끌지 않았다.

그 옆방은 로자먼드 단리가 쓰고 있었는데, 여기서는 그도 아주 잠깐 동안 걸음을 멈추고 방주인의 인간성을 음미했다.

침대 옆 테이블에 여러 권의 책이 놓여 있었다. 화장대에는 단순하지만 값비싼 화장품들이 놓여 있었다. 포아로의 코에 이렇다 할 이유도 없이 로자먼드 단리가 쓰는 비싼 향수 냄새가 감돌았다.

복도의 북쪽 끝 로자먼드 단리의 방 옆에 발코니로 통하는 창문이 있고, 거기에서 바깥 계단을 이용하면 아래의 바위 위로 내려갈 수 있었다.

웨스턴 총경이 말했다.

"모두들 이리로 나가서 아침식사 전에 간단한 수영을 하는 모양이군. 바위에서부터 헤엄쳐 나가게 되겠지, 대개는."

에르퀼 포아로의 눈에 흥미로운 빛이 떠올랐다. 그는 밖으로 나가 아래를 내려다보았다.

눈 아래에 바위를 따라서 해변까지 지그재그로 오솔길이 이어져 있었다. 그것과 다른 오솔길이 또 하나 왼편으로 호텔의 모퉁이를 돌아 달리고 있었다.

"이 계단을 내려가 왼쪽으로 호텔을 돌아가면 섬을 건너오는 길과 만나게 되겠군."

웨스턴 총경은 고개를 끄덕이며 포아로의 말에 내용을 덧붙였다.

"호텔 안을 지나가지 않고도 섬을 가로지를 수 있는 셈이지. 하지만 역시 창문으로 보이고 말 걸세."

"어느 창문으로?"

"공동욕실이 두 개 그쪽을 향해 있네, 북쪽으로 말일세. 종업원용 욕실도 마찬가지지. 아래층에는 클로크룸도 있고 당구실도 있네."

포아로는 고개를 끄덕이며 말했다.

"그러나 욕실 창문은 모두 흐린 유리이고, 날씨가 좋은 날 아침에 당구를 하는 사람은 없네."

"바로 그걸세." 웨스턴 총경은 숨을 쉬고 나서 덧붙여 말했다. "바로 그렇게 나간 것일세."

"마셜 대위가 말인가?"

"그렇지. 협박받았다는 이야기가 있든 없든 나는 역시 그가 수상하게 생각되네. 첫째, 그 태도…… 그 태도가 재미없어."

에르퀼 포아로는 빈정거리듯 말했다.

“하긴 그렇더군. 그러나 태도만 갖고 살인범으로 몰 수는 없네.”

“그럼, 자네는 그에게 혐의를 두고 싶지 않다는 말인가?”

포아로는 고개를 저으며 말했다.

“아니, 아니, 그렇게까지 말할 생각은 없네.”

“아무튼 콜게이트 경감이 타이프라이터의 알리바이를 어떻게 판정할지 기다려보세. 나는 지금 2층의 객실 하녀를 불러 기다리게 해 두었다네. 이 문제는 그녀의 증언 내용에 따라 결정되겠지.”

객실 하녀는 30살쯤 되어보였는데, 태도가 분명하고 머리가 영리하며 유능한 여자였다. 대답도 척척 나왔다.

마셜 대위는 10시 반 지나서 곧 방으로 돌아왔다. 그때 그녀는 아직 청소를 마치지 못하여 될 수 있는 한 빨리 해달라는 부탁을 받았다. 대위기 돌아온 것은 보지 못했으나 잠시 뒤 타이프라이터 소리가 들려왔다. 그것은 11시 5분 전쯤이었다고 생각한다. 그때는 레드펀 부부의 방 청소를 시작하고 있었다. 그곳의 청소가 끝나자 복도의 막다른 곳인 로자먼드 단리의 방으로 옮겼다.

거기에서는 타이프라이터 소리가 들리지 않았다. 로자먼드 단리의 방으로 간 시간은 정확하게 말해서 11시 직후였다고 생각된다. 방으로 들어갈 때 레더콤 교회에서 시간을 알리는 종소리가 들린 것이 기억난다. 11시 15분 조금 지났을 때 아래층으로 내려와 11시에 늘 먹는 차와 가벼운 식사를 했다. 그 다음에는 호텔 서쪽 건물의 방을 청소하러 갔다.

다그치는 웨스턴 총경의 질문에 대답하여 그녀는 방금 말한 청소의 순서는 다음과 같았다고 설명했다.

맨 먼저 린다 마셜의 방, 두 개의 공용 욕실, 마셜 부인의 방과 전용 욕실, 마셜 대위의 방, 레드펀 부부의 방과 전용 욕실, 단리 양의 방과 전용 욕실의 순서였다. 마셜 대위와 린다의 방에는 욕실이 딸려 있지 않았다.

로자먼드 단리의 방과 거기에 딸린 욕실을 청소하는 동안에는 문 앞을 지나는 사람이나 바깥 계단을 통해서 바위로 내려가는 사람이나 또는 그 비슷한 발소리를 듣지 못했지만, 만일 발소리를 죽여 걸었다면 충분히 들리지 않을 수도 있었을 것이라고 그녀는 말했다.

다음으로 웨스턴 총경은 마셜 부인에 대해 물었다.

"아뇨, 마셜 부인은 보통 일찍 일어나시지 않습니다. 그런데 10시 직후에 문이 열리더니 마셜 부인이 내려가는 것을 보고 나(글래디스)는 깜짝 놀랐답니다. 희한한 일이었거든요."

"마셜 부인은 언제나 아침식사를 침대에서 들었소?"

"네, 언제나 그러셨습니다. 식사라고 해야 아주 조금 잡수시지요. 홍차와 오렌지 주스, 그리고 토스트 한 조각뿐이에요. 부인들은 모두 그렇습니다만, 뚱뚱하게 살이 찌지 않도록 조심하는 거라고 생각합니다."

그런 다음, 그날 아침 그녀의 태도에서 특별히 달랐던 점은 깨닫지 못했으며 여느 때와 마찬가지인 것 같았다고 덧붙였다.

"인품에 대해서는 어떻게 생각하오?" 에르퀼 포아로가 조용히 물었다.

글래디스는 포아로를 똑바로 쏘아보았다.

"어머나, 그런 걸 내 입으로 말씀드릴 수는 없어요. 그렇지 않아요?"

"아니, 꼭 당신의 입으로 말해 주었으면 좋겠소. 우리는 무슨 일이 있어도 꼭, 당신이 어떤 인상을 받았는지 듣고 싶은 거요."

글래디스는 좀 불안한 듯이 웨스턴 총경 쪽을 쳐다보았다. 그는 겉으로는 동감이라는 뜻을 얼굴에 나타내보이려고 애쓰고 있었지만, 사실 이 외국인 동료가 접근해 가는 방법에 좀 당혹하고 있었다. 그러나 그는 말했다.

"아아…… 그렇지, 말해 주시오."

그제야 처음으로 글래디스는 이제까지의 활발하고 또렷했던 태도를 허물어뜨렸다. 프린트 무늬의 옷감으로 지어 입은 옷을 손끝으로 만지작거리면서 간신히 대답하기 시작했다.

"글쎄요, 그분은 뭐라고 할까…… 다른 '숙녀'분들과는 달랐어요. 숙녀라기보다는 어쩐지 여배우 같아서……."

웨스턴 총경이 말했다.

"그녀는 여배우였소."

"네, 그런 것 같았어요. 무슨 일이든 자기 기분 내키는 대로였지요. 이를테면 자신의 기분이 차분하고 편안치 못할 때에는 조용하게 행동하려는 생각 따위는 전혀 없었답니다. 금방 웃고 있어 기분이 좋구나 생각하면, 그 다음 순간…… 만일 찾는 물건이 얼른 보이지 않는다든가, 벨을 눌러도 빨리 오지 않았다든가, 빨래한 옷가지를 갖다놓지 않았다든가 하는 일이 있게 되면, 당장 험악한 기세로 마구 야단을 치고 심술을 부렸답니다. 그래서 우리는 아무도 그녀를 '좋아하지' 않았어요. 하지만 입는 옷은 말할 수 없이 훌륭했지요. 물론 몸매가 더없이 아름다운 분이므로 당연히 여러분들이 칭찬하시지만 말이에요."

"이런 질문은 되도록이면 하고 싶지 않지만, 유감스럽게도 가장 중요한 일이어서 할 수 없이 묻겠습니다. 마셜 부부의 사이가 어떠했는지 말해 줄 수 없겠소?"

글래디스는 순간 어찌해야 할지 망설였다.

"그럼…… 설마…… 주인어른께서?"

에르퀼 포아로가 재빨리 나섰다.

"당신은 어떻게 생각하지요?"

"어머나, 하지만 나는 그렇게 생각하고 싶지 않아요. 왜냐하면 그분은 신사인걸요. 마셜 대위님은 절대로 그런 일을 하실 수 없을 거예요. 난 확신해요."

"그다지 확신하는 것 같지 않은데요, 목소리는."

글래디스는 못마땅한 듯한 태도로 말했다.

"신문을 읽으면 여러 가지 사건들이 있더군요. 질투가 얽히게 되면…… 만일 레드펀 씨와 마셜 부인 사이에, 물론 다른 분들이 쑤군 거리는 말입니다만 정말 무슨 일이 있었다고 한다면…… 레드펀 부인은 아주 얌전하고 좋은 분이지요. 큰일이군요! 레드펀 씨도 훌륭한 신사인걸요. 하지만 남자분이란 마셜 부인 같은 여자를 상 대하게 되면 어쩔 수 없게 되는 모양이지요. 아무튼 마셜 부인은 제멋대로 행동하는 사람이니까요. 결국 참고 견디어야 하는 쪽은 결혼하신 레드펀 부인이지요."

글래디스는 한숨을 쉬며 잠시 말을 끊었다.

"하지만 만일 마셜 대위님이 눈치를 챘다면……."

그러자 웨스턴 총경이 날카로운 목소리로 다그쳤다.

"그렇다면?"

글래디스는 천천히 말했다.

"마셜 부인은 주인어른께서 아시게 될까 두려워하고 있지 않나 생 각될 때가 가끔 있었어요."

"그건 어째서지요?"

"그다지 확실한 건 아닙니다만, 그저 느낌이 그래요. 가끔 부인은 마셜 대위님을 두려워하고 있었어요. 대위님은 매우 조용하고 차 분하신 신사지만, 좀 까다로우신 분으로……."

"확실한 말을 할 수 없겠소? 두 사람 사이에 말다툼이 있었다든가 또는……."

글래디스는 천천히 고개를 가로저었다.

웨스턴은 한숨을 쉬며 다음 질문으로 넘어갔다.

"오늘 아침 마셜 부인께 배달된 편지 말인데, 거기에 대해서 뭔가 아는 게 없소?"

"예닐곱 통 왔을 거예요. 똑똑히 기억하고 있지는 않아요."

"당신이 방으로 가져갔지요?"

"네, 여느 때와 마찬가지로 아래층 사무실에서 받아다 아침식사 쟁반 위에 얹어가지고 갔었지요."

"겉으로 본 느낌이 어땠는지 기억하고 있소?"

하녀는 고개를 저었다.

"여느 편지 같았어요. 그 중에는 청구서며 광고 등도 섞여 있었던 모양이에요. 찢어놓은 것이 쟁반 위에 있었기 때문에 보았지요."

"그걸 어떻게 했지요?"

"쓰레기통에 버렸어요. 지금 경찰 분들이 조사하고 계십니다."

웨스턴 총경이 고개를 끄덕였다.

"그 뒤 휴지통에 들었던 것들은 지금 어디에 있지요?"

"그것도 쓰레기통에 그대로 있어요."

"좋소, 지금은 이것으로 좋소."

그리고 웨스턴은 의견을 묻는 듯이 포아로를 보았다.

포아로는 몸을 앞으로 내밀었다.

"오늘 아침 린다 양의 방을 청소할 때 난로도 청소했습니까?"

"요즈음은 그럴 필요가 없어요. 불을 때지 않으니까요."

"그럼, 난로 속에 아무것도 없었단 말인가요?"

"네, 언제나 마찬가지였어요."

"청소한 것이 몇 시쯤이었지요?"

"9시 15분쯤이었어요. 린다 마셜 양이 아침식사를 하러 아래로 내려간 뒤였지요.”

“아침식사를 끝낸 뒤에 그녀가 방으로 돌아왔는지 어떤지 알았소?”

“돌아오셨습니다, 10시 15분 전쯤.”

“그 뒤로 줄곧 방에 있었소?”

“그렇게 생각합니다. 그리고 10시 반 조금 전에 급히 서둘러 나가셨지요.”

“그 뒤로 당신은 방에 들어가지 않았겠지요?”

“네, 이미 내가 할 일은 다 끝냈으니까요.”

포아로는 고개를 끄덕였다.

“한 가지 더 알고 싶은 것이 있소. 오늘 아침식사를 하기 전에 바다에 들어간 사람은 누구누구였지요?”

“서쪽 건물이나 3층 손님들에 대해서는 모르겠어요. 2층 손님들에 대해서밖에 모릅니다만……”

“바로 그거요, 알고 싶은 것은.”

“글쎄요, 오늘 아침에는 마셜 대위와 레드펀 씨였던 것 같아요. 두 분 다 언제나 아침식사 전에 한 차례 수영을 하십니다.”

“그 두 사람을 보았소?”

“아니오, 그렇지만 두 분의 젖은 수영복이 다른 날과 마찬가지로 발코니 난간에 걸려 있었거든요.”

“린다 마셜 양은 아침에 수영하지 않았소?”

“아니오, 린다 양의 수영복은 젖어 있지 않았어요.”

“그렇소! 바로 그 점을 알고 싶었소!” 포아로가 말했다.

글래디스는 발작적으로 설명하기 시작했다.

“린다 양은 아침마다 대개 수영을 하지요.”

“다른 세 사람은? 단리 양이나 레드펀 부인, 그리고 마셜 부인은?"

"마셜 부인은 아침에 수영하는 것을 못 보았어요. 단리 양은 한 번인가 두 번 했다고 생각되는군요. 레드편 부인은 아침식사를 들기 전에는 절대 물에 들어가지 않는답니다, 웬만큼 더운 날이 아니면. 아무튼 오늘은 물에 들어가지 않았습니다."

다시 한 번 포아로는 고개를 끄덕이고 나서 물었다.

"오늘 여러 방들을 돌아다니다가 어느 방에선지 병 한 개가 없어진 것을 알아차리지 못했소?"

"병요? 무슨 병 말씀인가요?"

"난처하게도 그걸 알 수가 없소. 아무튼 그것을 알아차리지 못했느냐 말이오. 아니, 알 수 있었겠소, 만일 그때까지 있었던 병이 없어졌다면?"

글래디스는 솔직하게 대답했다.

"마셜 부인의 방이었다면 도저히 무리예요. 너무 많기 때문이지요."

"그럼 다른 사람의 방은?"

"단리 양의 방도 어떨까 싶군요. 크림이며 로션 병이 가득 있으니까요. 하지만 그 밖의 방이라면 틀림없이 알 수 있으리라고 생각해요. 다만 그걸 염두에 두고 보아야겠지만…… 특히 조심해서 찬찬히 말이에요."

"그러니까 지금으로서는 알아차리지 못했단 말이군요?"

"네, 무심코 보았으니까요."

"그럼, 지금 가서 보고 올 수 있겠소?"

"네, 잘 알겠습니다. 다녀오지요."

프린트 무늬 천으로 만든 옷을 살랑거리면서 하녀는 방을 나갔다. 웨스턴 총경이 포아로에게로 얼굴을 돌리고 물었다.

“대체 무슨 말인가?”

“하찮은 일인지 모르겠지만, 내 머릿속을 뒤흔들어 어지럽게 하는 일이 있어서 그러네. 실은 오늘 아침 브루스터 양이 아침식사를 하기 전 아래 바위가 있는 곳에서 수영을 하는데 위에서 누가 병을 던져 하마터면 머리가 깨질 뻔했다고 말했었거든. 그래서 말일세, 누가 무엇 때문에 병을 던졌는지 알아보고 싶었던 거네.”

“여보게, 포아로, 병을 집어던지는 것쯤 누구라도 할 수 있는 일이 아니겠나?”

“그런 게 아닐세. 우선 첫째로 그 병은 호텔 동쪽 창문에서 던져졌을 게 틀림없어. 그러니까 우리가 지금 보아온 창문 가운데 어느 하나지. 그건 그렇고, 자네에게 묻겠는데 만일 자네의 방 화장대나 욕실에 빈 병이 있다면 어떻게 하겠나? 틀림없이 휴지통에 집어넣겠지. 일부러 발코니까지 들고 나가 바다에 던지는 짓은 하지 않을 걸세. 안 그런가? 누군가에게 맞으면 위험할 테니까 말이야. 그렇지 않나? 일부러 그렇게 했다면 그 이유는 ‘다른 사람이 그 병을 보지 못하게 하기 위해서였던 것일세.’”

웨스턴 총경이 포아로의 얼굴을 지켜보면서 말했다.

“언젠가 어떤 사건으로 함께 일했던 재프 경감이 입버릇처럼 말했지만, 정말 자네란 사람은 지나치게 삐딱하게 생각하는 버릇이 있군. 설마 알레나 마셜은 목이 졸려 죽은 것이 아니라 수수께끼의 약품으로 독살된 것이다…… 따위의 말을 꺼내지는 않겠지?”

“아니, 그 병에 독이 들어 있었다고는 생각지 않네.”

“그럼, 뭐가 들어 있었다는 건가?”

“나도 전혀 모르겠네. 그렇기 때문에 흥미가 있는 걸세.”

하녀 글래디스가 되돌아왔다. 조금 숨을 헐떡거리고 있었다.

“죄송합니다만, 잘 모르겠습니다. 대위님 방과 린다 양의 방과 레드편 씨 부부의 방에서는 아무것도 없어지지 않았다고 말씀드려도 괜찮으리라 생각합니다만, 마셜 부인의 방은 뭐라고 말씀드릴 수가 없군요. 아까도 말씀드렸던 것처럼 너무나도 물건들이 많기 때문에……."

포아로는 어깨를 움츠렸다.

"됐소, 됐어. 내버려두시오."

"그 밖에 또 무슨 볼일이 있으신지요?" 하고 그녀는 한 사람 한 사람의 얼굴을 차례로 둘러보며 물었다.

"아니, 이젠 됐소. 고마웠소." 웨스턴이 말했다.

"이젠 됐소" 하고 포아로도 말했지만 곧 "하지만 미처 잊어버리고 말하지 못한 것은 아무것도, 정말 아무것도 없겠지요?" 하고 덧붙여 말했다.

"마셜 부인에 대해서 말인가요?"

"어떤 일이라도 괜찮소. 무엇이든 좀 달라진 것, 다른 날과 달랐던 점, 이상하게 생각된 일, 기묘한 일에 대해서…… 그러니까 당신이 이상하다고 생각했던 일 말입니다. 그 일로 동료와 서로 이야기를 나눈 일은 없었습니까?"

글래디스는 자신 없는 듯한 태도로 머뭇머뭇 대답했다.

"네, 말씀하신 것과는 좀 다릅니다만……."

"그런 것은 아무래도 괜찮소. 내가 말하는 의미는 어차피 깨닫지 못할 테니까. 아무튼 오늘 이상하다고 생각한 일에 대해 동료들과 뭔가 이야기한 일이 있었군요? '참 이상해요! '라고 말이오?"

포아로는 이 맨 나중의 말을 짓궂게 발음하여 말했다.

"그다지 대단한 일은 아니고 욕실의 물이 빠졌을 뿐예요. 그래서 나는 아래층 엘지에게 '이상해, 낮 12시에 목욕한 사람이 있어' 라고 말했지요."

"누구의 욕실이지요? 누가 들어갔던가요?"

"그것은 몰라요. 2층의 배수관을 흐르는 물소리를 들었을 뿐이니까요. 그래서 엘지에게 말한 거예요."

"분명히 욕실의 물이었소, 세면대의 물이 아니라?"

"네, 그 점은 확실해요. 욕실 물이 빠지는 소리를 잘못 들을 리는 없거든요."

포아로가 더 이상 잡아두려고 하지 않았으므로 글래디스는 양해를 얻어 방을 나왔다.

웨스턴 총경이 말했다.

"설마 자네 지금 말한 욕실 물에 대한 것을 중대한 단서라고 생각지는 않겠지? 아무 의미도 없는 이야기일세. 씻어버려야 할 핏자국도 아무것도 없다는 사실을 잊지 말게. 그 점이 바로……."

웨스턴 총경은 어물어물 말을 끝맺지 못했다.

포아로가 사이에 끼어들었다.

"그 점이 바로 교살을 한 목적이라고 말하고 싶은 거겠지? 핏자국도 없고, 흉기도 없으니 처리해야 할 필요도 없고 감출 필요도 물론 없지! 필요한 것은 체력과 '살해' 하려는 '의지'뿐일세!"

너무나도 감정이 담긴 격렬한 어조였기 때문에 웨스턴은 조금 당황하지 않을 수 없었다.

에르퀼 포아로는 그를 보고 사과하듯 빙그레 웃었다.

"그렇고말고. 욕실에 대한 것은 아마도 관계가 없는 일일 걸세. 누가 욕실에 들어갔다 하더라도 괜찮겠지. 이를테면 크리스틴 레드펀 부인이 테니스를 치러 가기 전에 샤워를 했을지도 모르는 일이니까. 마셜 대위이든 단리 양이든 좋네. 다시 말해서 누가 들어갔든 상관없는 일일세. 특별히 어떻다고 할 건 없어."

경관 하나가 노크를 하고 머리를 쑥 들이밀었다.

"단리 양이 다시 한 번 만나 뵙고 이야기하고 싶은 것이 있답니다.
잊어버리고 말씀드리지 못한 일이 있다는군요."
웨스턴 총경이 대답했다.
"알았네, 우리가 내려가지. 지금 곧."

3

맨 먼저 마주친 얼굴은 콜게이트였다. 음울한 얼굴이었다.
"잠깐 이리로 오십시오."
웨스턴과 포아로는 그의 뒤를 따라 캐슬 부인의 사무실로 들어갔
다.
콜게이트가 말했다.
"타이핑할 편지에 대해 힐드와 둘이서 조사해 보았습니다만, 의문
은 없는 것 같습니다. 1시간 안에 친다는 것은 무리입니다. 도중에
이것저것 생각하면서 쳤다면 더 걸리겠지요. 아무래도 이것으로
끝장이 난 모양입니다. 그리고 이 편지를 보십시오."
그는 편지를 내밀었다.

　친애하는 마셜
　한창 휴가를 즐기는 중일 텐데 번거롭게 해서 매우 미안하네. 하
지만 갑작스러운 사태가 생겼기 때문에 급히 서둘러 발레와 텐더의
계약에 대해…….

"운운하는 것으로서" 하고 콜게이트 경감이 설명하기 시작했다.
"날짜는 24일, 바로 어제입니다. 봉투에 찍힌 소인은 동중앙(東中
央) 1구의 것이 어제 저녁, 레더콤 만의 것이 오늘 아침으로 되어 있
습니다. 봉투와 그 안에 든 편지는 모두 같은 타이프라이터로 친 것

입니다. 내용으로 미루어보아서 마셜 대위가 미리 회답을 준비해 둔다는 것은 도저히 불가능합니다. 숫자는 이 편지 속의 숫자를 그대로 쓰고 있지만, 아무튼 굉장히 복잡한 내용이어서……."

"흐음……."

웨스턴은 우울한 표정이었다.

"그렇다면 마셜 대위는 전혀 혐의가 없다는 말이군. 다른 사람을 찾아야겠네." 그는 덧붙여 말했다. "다시 한 번 단리 양을 만나야겠네. 기다리고 있을 걸세."

로자먼드 단리는 활기 있는 걸음걸이로 들어와서 조금 사과하는 것처럼 미소를 지어보였다.

"정말 죄송합니다. 내 생각으로는 아마 모르긴 해도 떠들썩하게 만들 만한 일은 아닐 듯싶습니다만, 아까는 미처 생각나지 않아서……."

"우선 앉으시지요. 그것이 뭡니까?"

총경은 의자를 가리켰다.

그녀는 모양 좋은 검은 머리를 내저었다.

"아니에요, 괜찮아요. 앉을 것까지도 없어요, 간단한 일이니까요. 아까 나는 오전 내내 서니 레지에서 쉬고 있었다고 말씀드렸습니다만, 시간이 조금 정확하지 않아요. 도중에 한 번 호텔로 돌아왔다가 다시 나간 것을 잊고 있었어요."

"그것이 몇 시쯤이었습니까?"

"11시 15분쯤이었을 거예요."

"호텔로 돌아오셨다고 하셨지요?"

"네, 선글라스를 잊고 나갔기 때문이에요. 처음에는 없어도 괜찮다고 생각했지만, 점점 눈이 피로해져서 중간에 가지러 왔던 거예요."

"곧장 당신 방으로 갔다가 곧 나오셨습니까?"

"네, 사실대로 말씀드리자면 잠깐 캔——마셜 대위를 말하는 것입니다만——의 방을 들여다보았답니다. 타이핑하는 소리가 났기 때문에 이처럼 좋은 날씨에 방에 틀어박혀서 타이프라이터를 두드리고 있는 것은 무척 어리석은 사람이라고 생각되어 밖으로 나가자고 할 생각이었지요."

"마셜 대위는 뭐라고 하던가요?"

로자먼드는 조금 부끄러운 듯 미소지었다.

"내가 문을 열었더니 그분은 정신없이 타이프라이터를 치고 있었어요. 이맛살을 찌푸리고 진지한 얼굴로. 그래서 나는 아무 말도 하지 않고 그냥 나왔어요. 아마도 그분은 내가 들렀다는 것도 알아차리지 못했을 거예요."

"그것이 몇 시쯤이었습니까?"

"11시 20분이었어요. 나갈 때 로비의 시계를 보았답니다."

4

"이것으로 완전히 끝장이 나버렸군요." 콜게이트 경감이 말했다. "객실 하녀는 11시 5분 전까지 타이프라이터 소리를 들었다고 했고, 단리 양은 20분이 지났을 때 그의 얼굴을 보았습니다. 알레나 마셜이 죽어 있었던 것은 12시 15분 전이었습니다. 그 시간에 대위는 방에 틀어박혀 타이프라이터를 쳤다고 했는데, 실제로 치고 있는 것을 보았다니 틀림없을 겁니다. 이것으로 마셜 대위는 혐의가 없는 것으로 결정되었습니다."

경감은 잠시 말을 끊었다. 그는 포아로를 이상한 표정으로 보고 있더니 마침내 물었다.

"포아로 씨는 뭔가 시원찮게 생각하고 계시는군요."

포아로는 생각에 잠긴 채 대답했다.

"아니, 나는 단리 양이 어째서 갑자기 증언을 덧붙이려고 나섰을까, 그것을 생각하고 있었소."

콜게이트 경감이 흠칫하며 머리를 들었다.

"수상하다는 말씀입니까? 미처 생각을 못해 말하지 않은 게 아니라는 말씀이군요?"

경감은 잠시 동안 골똘히 생각에 잠겨 있었다. 이윽고 그는 천천히 말하기 시작했다.

"결국 이렇습니다. 이렇게 생각할 수 있습니다. 혹시 단리 양이 오늘 아침 서니 레지에 가지 않았다고 합시다. 그 증언이 거짓말이었다고 합시다. 그래서 우리에게 이야기한 '다음'에 그녀는 깨달았습니다, 누구에겐지 다른 장소에서 들키고 말았거나 아니면 그와 반대로 누군가가 서니 레지에 갔는데, 그녀는 거기에 없었습니다. 자, 일이 이렇게 되면 그 여자도 빨리 앞뒤를 맞추어야 하지 않겠습니까? 이런 까닭으로 자기가 그곳에 없었던 것에 대한 설명을 하러 온 겁니다. 왜냐하면 보십시오. 마셜 대위의 방을 들여다보았지만, 그는 자기의 얼굴을 보지 않았다고 일부러 다짐을 두어 말하지 않았습니까?"

포아로는 중얼거리듯 말했다.

"그 점은 나도 알아차렸소."

웨스턴 총경 역시 의심스럽다는 듯 말했다.

"단리 양이 사건에 관계되어 있다는 말인가? 참으로 어이없군! 대체 어째서 그 여자가……."

콜게이트 경감이 헛기침을 했다.

"저 미국인 여자, 가드너 부인이 한 말을 기억하십니까? 단리 양이 마셜 대위에게 반해 있다는 말을 은근히 비추지 않았습니까?

동기는 바로 그것입니다.”

웨스턴 총경은 초조하게 말했다.

“알레나 마셜 부인을 살해한 것은 여자가 아니라지 않나! 우리가 찾는 상대는 남자일세. 이 사건은 어디까지나 남자로 좁혀가야만 하네.”

콜게이트 경감이 한숨을 쉬었다.

“그야 분명히 그렇습니다. 맨 마지막에는 언제나 그리로 귀착되는군요.”

웨스턴 총경이 경감의 말을 받았다.

“경관 한두 명에게 시켜 시간을 재도록 하는 게 어떻겠나? 우선 호텔에서 섬을 가로 질러 쇠사다리 위까지 가는 시간, 뛰어가기도 하고 걷기도 하여 재보게. 사다리를 오르내리는 것노 같은 요령으로 하게. 그리고 누구든 다른 사람은 부판을 저어 모래밭에서 픽시 후미까지 얼마나 걸리는가 재어보는 걸세.”

“네, 그것 전부 해두겠습니다.” 콜게이트 경감은 고개를 끄덕이며 믿음직스럽게 답했다.

“그럼, 이제부터 현장인 후미로 가보세.” 웨스턴 총경이 말했다. “필립스가 단서가 될 만한 것을 발견했을지도 모르지. 게다가 픽시 동굴이라나 하는 것도 있으니 말일세. 누군가가 몰래 숨어서 기다린 흔적이 있는지 조사해 둘 필요가 있네. 포아로, 자네는 어떻게 생각하나?”

“부디 그렇게 해보게나. 가능성이 있는 일이니까.”

“만일 밖에서 몰래 기어들어온 녀석이 있다면 동굴이야말로 더할 데없이 훌륭한 잠복 장소가 아니었겠는가, 장소를 알기만 한다면. 이 지방에 사는 사람은 알고 있을 게 아닌가?”

콜게이트 경감이 말했다.

"젊은 사람들은 어떨지 모르겠습니다. 아무튼 이 호텔이 생긴 뒤부터 섬의 후미는 모두 사유지가 되어버려서 어부도 행락객들도 가까이 갈 수가 없었답니다. 게다가 호텔 손님은 이 지방 사람이 아니지요. 지배인 캐슬 부인만 해도 런던 사람입니다."

"레드펀 씨를 데리고 가세. 동굴 이야기를 한 사람이니까. 자네는 어쩌겠나, 포아로?"

에르큘 포아로는 꽁무니를 뺐다. 외국 사투리가 두드러졌다.

"나? 브루스터 양이나 레드펀 부인과 마찬가지로 수직 쇠사다리를 내려가는 건 좋아하지 않네."

"보트로 가면 되잖나?"

포아로는 또다시 한숨을 쉬었다.

"도무지 뱃속이 바다를 좋아하지 않아서……."

"농담은 그만두게. 날씨가 이렇게 좋지 않은가! 연못처럼 조용하네. 여기서 우리를 모른 체할 수는 없겠지?"

에르큘 포아로는 이 영국식 탄원에 반응을 보일 것 같지 않았는데, 마침 이때 캐슬 부인이 요란스러운 머리 모양을 하고 숙녀인 체하는 얼굴을 문으로 불쑥 내밀었다.

"방해가 되지 않을까요? 실은 레인 목사님께서 지금 막 돌아오셨습니다. 알려드리는 편이 좋으리라고 생각되어서……."

"아아, 그래요? 참으로 고맙습니다. 그럼, 곧 만나기로 하지요."

캐슬 부인은 방 안으로 쑥 들어오더니 말했다.

"그리고 이것은 하찮은 일인지도 모르겠습니다만, 아무리 세세한 일이라도 그냥 지나쳐버려서는 안 된다고 생각해서……."

"그렇습니다. 그래서요?" 웨스턴 총경이 짤막하게 물었다.

"대단한 일은 아닙니다만, 1시쯤 낯선 남녀 한 쌍이 호텔에 왔었습니다. 육지에서 온 거지요. 점심식사를 하려고 왔다더군요. 사고가 있었기 때문에 점심식사를 드릴 수 없다고 거절했습니다.”

“어떤 사람들이었지요?”

“글쎄요, 그것은 나로서 알 수 없습니다. 물론 이름도 이야기하지 않았고…… 유감스럽다는 태도로 사고라니 어떤 사고냐고 끈질기게 묻더군요. 물론 나는 아무 말도 하지 않았습니다. 글쎄요……. 관광하러 오신 상류계급 분들이라는 느낌이 들었어요.”

웨스턴은 재빨리 분명하게 말했다.

“알려주어서 고맙습니다. 중대한 일은 아닐지도 모르지만, 말하는 것이 옳소. 아무리 자질구레한 일이라도.”

“네, 물론 나는 의무를 다할 생각이에요.”

“좋습니다, 부인. 그럼, 레인 씨를 불러주십시오.”

5

스티븐 레인은 여느 때처럼 활기를 보이며 힘있게 들어왔다.

웨스턴이 말했다.

“나는 데본 주의 경찰서장입니다. 사건에 대해서는 이미 들으셨겠지요?”

“네, 들었습니다. 이곳에 와서.” 그는 가늘게 몸을 떨며 작은 목소리로 말했다. “처음부터, 이곳으로 온 뒤 줄곧 의식했었습니다. 바로 몸 가까이에 악의 힘이 작용하고 있다고 나는 의식하고 있었던 겁니다.”

그 열정에 불타는 눈이 에르퀼 포아로에게로 향했다.

“포아로 씨, 기억하시겠지요? 저번 날 우리가 주고받은 대화, 악의 존재에 대한 것 말입니다.”

웨스턴은 키가 후리후리하고 여윈 이 인물을 유심히 바라보며 갈피를 잡을 수 없는 당황함을 느끼고 있었다.

이 사나이를 어떻게 판단해야 좋을지 알 수 없었던 것이다. 레인의 눈길이 총경에게로 돌아왔다. 목사는 보일 듯 말 듯한 미소를 띠면서 말을 계속했다.

"아마도 당신들에게는 더없이 이상하게 생각되겠지요. 현대 사람들은 악의 존재 따위는 이미 믿고 있지 않으니까요. 우리는 지옥의 업화(業火)를 꺼버리고 말았습니다! 악마의 존재도 이미 믿지 않습니다! 그러나 사탄과 그 졸개들이 오늘날처럼 기세를 떨치고 있는 때도 드물 것입니다!"

"아…… 아, 아마 그렇겠지요." 웨스턴이 말했다. "하지만 레인 씨, 그것은 당신의 영역이고, 내가 하는 일은 좀더 저속해서…… 살인사건을 해결하는 것입니다."

"무서운 말입니다, 살인이라니! 인류 최초의 악업이 바로 살인이었지요. 잔학스럽게도 죄 없는 형제의 피를 흘린 행위……."

목사는 눈을 절반쯤 감고 말을 끊었는데, 조금 뒤 다시 여느 때의 목소리로 이야기를 계속했다.

"내가 어떻게 도와드릴 수 있겠습니까?"

"우선 오늘 당신께서 한 행동에 대해 말씀해 주실 수 있겠습니까, 레인 씨?"

"그거야 쉬운 일이지요. 여느 때와 다름없이 아침 일찍 소풍을 나갔습니다. 나는 걷는 것을 무척 좋아하거든요. 이곳으로 온 뒤 이 부근의 시골길을 무척 걸어다녔습니다. 오늘은 세인트페트록에 갔었지요. 여기서 약 7마일쯤 됩니다. 데본 주의 구릉이며 골짜기를 누비고 멀리까지 완만한 기복을 이루며 이어진 오솔길을 걷는 것은 아주 기막히게 좋았습니다. 숲 속에서 가지고 간 도시락을 먹었습니다. 그런 다음 교회를 찾았습니다. 아주 초기의 스탠드 유리 파편——유감스럽게도 파편뿐이었습니다만——과 안의 칸막이 그림이 훌륭하더군요."

"도중에 누군가를 만나지 않았습니까?"

"증명해 줄 사람이 없군요. 만난 것은 짐수레가 한 대, 자전거를 탄 아이들이 두서너 명, 그리고는 소 떼밖에 없었습니다. 그렇지만 말입니다……."

목사는 빙그레 웃었다.

"만일 내 이야기에 증거가 필요하다면 교회의 방명록에 이름을 써 두고 왔으니 조사해 보시면 될 겁니다."

"누구든 교회 사람도 만나지 않았습니까? 목사님이라든지 교회기 자라든지……."

스티븐 레인은 고개를 저었다.

"아니오, 아무도 없었습니다. 찾아긴 사람도 나 하나뿐이었지요. 세인트페트록은 매우 외진 벽촌입니다. 본 마을도 거기서부터 훨씬 떨어져서 반 마일이나 더 가야 합니다."

웨스턴 총경은 상냥하게 말했다.

"뭐, 특별히 당신에 대해 의심을 가지고 있는 것은 아닙니다. 누구나 다 조사하는 것이지요. 이것이 우리들의 규칙입니다. 다만 형식 뿐이지요. 이러한 사건에서는 규칙을 지키지 않으면 안 되거든요."

스티븐 레인은 솔직하게 말했다.

"네, 잘 알고 있습니다."

"그럼, 다음으로 넘어가겠는데…… 알고 계시는 일 중에 뭔가 우리에게 도움이 될 만 한 점은 없습니까? 살해된 여자에 대한 것, 누가 죽였는지 힌트가 될 만한 것, 당신께서 본 일, 들은 일 가운데 뭔가……."

"아무것도 듣지 못했습니다. 다만 내가 말할 수 있는 것은 이것뿐입니다. 알레나 마셜 부인을 본 순간 나는 어떤 영감을 느꼈습니다. 그 여자야말로 악의 핵심, 악마 그 자체! 악의 화신이라고 느꼈던 것입니다.

　여자란 남자에게 힘을 주고 정신을 높여줄 수도 있지만 그와 동시에 타락하도록 만들기도 합니다. 남자를 짐승의 위치로까지 끌어내릴 수도 있는 겁니다. 그녀가 바로 그런 여자였습니다. 남자 마음의 비열함에 모션을 걸었습니다. 성경에 나오는 이사벨이나 아호리바 같은 악녀입니다. 음탕한 여자입니다. 그래서 지금, 악행의 중심에 철퇴가 내려진 것입니다!”
에르퀼 포아로가 몸을 움직였다.
“‘철퇴’가 아니라 ‘교살’입니다. 목이 졸리었답니다, 레인 씨. 사람의 손가락으로.”
목사의 손이 와들와들 떨렸다. 두 손의 손가락이 꿈틀꿈틀 경련했다. 그의 목소리는 숨이 막혀서 가쁘고 낮았다.
“오오, 무서워…… 소름이 끼치는군! 그런 말씀까지 해야 합니까?”
“그것이 진실이니까요, 레인 씨. 그 손가락이 누구의 것인지 마음에 짚이는 점이 없습니까?” 에르퀼 포아로가 물었다.
레인은 고개를 저었다.
“나는 모릅니다. 아무것도…… 아무것도…….”
웨스턴 총경이 일어섰다. 그가 콜게이트 경감에게 흘끗 눈길을 주자 경감도 보일 듯 말 듯 고개를 마주 끄덕여보였다.
“픽시 후미에 가야 하므로…….”
“그곳입니까, 사건이 있었던 장소는?”
웨스턴 총경이 고개를 끄덕이자 레인 목사가 말했다.
“저어…… 함께 가도 괜찮겠습니까?”
웨스턴이 냉정하게 거절하려는데 포아로가 앞질러 말했다.

“괜찮습니다, 나와 함께 보트로 가시지요. 곧 떠날 것입니다.”

제9장

1

그날 패트릭 레드펀이 픽시 후미에 보트를 저어서 도착한 것은 이것이 두 번째였다. 함께 탄 사람은 한 손을 배 위에 대고 얼굴이 창백한 에르큘 포아로와 스티븐 레인 목사였다. 웨스턴 총경은 육로를 택했는데, 도중에서 시간이 걸렸기 때문에 기슭에 닿은 시각은 보트와 같았다. 이미 순경 한 사람과 형사부장 한 사람이 바닷가에 서 있었다. 보트에 탄 세 사람이 가까이 노를 저어 갔을 때 웨스턴 총경은 형사부장에게 질문을 하고 있었다.

필립스 형사부장이 말했다.

"바닷가는 모두 샅샅이 조사했습니다."

"좋아, 그래 뭐가 있던가?"

"모두 저기에 있습니다. 보십시오."

바위 위에 몇 가지 물건이 가지런하게 진열되어 있었다. 가위가 한 개, 크래커 빈 통이 하나, 신형 병마개가 다섯 개, 타다 남은 성냥개비가 여러 개, 실오라기 세 토막, 신문지 조각, 부러진 파이프 조각,

단추 네 개, 닭 다리뼈 하나, 그리고 선탠오일 빈 병이 한 개.

웨스턴은 그것들을 감정하는 것처럼 내려다보고 있었다.

"흐음, 요즈음의 바닷가로선 깨끗한 편이군. 어찌되었든 세상에는 바닷가와 쓰레기장을 혼동하고 있는 자들이 많으니까. 그 빈 병은 라벨이 더러워진 상태로 보아 상당히 오래 전부터 버려져 있었던 모양이군. 다른 것들도 대개 그런 느낌이야. 그러나 가위만은 새것이군. 번쩍번쩍하잖나. 어제 내린 비에도 젖지 않았나 보군. 어디에 있었나?"

"쇠사다리 밑 부근입니다. 이 파이프도 거기 있었습니다."

"아마 사다리를 오르거나 내릴 때에 떨어뜨렸겠지. 어느 회사 물건인지는 모르겠나?"

"모릅니다. 가위는 아주 흔해빠진 것입니다. 그러나 파이프는 질이 좋은 브라이어입니다. 꽤 값이 나가는 물건이지요."

포아로가 곰곰이 생각하면서 중얼거리듯 말했다.

"분명히 마셜 대위가 말했었지. 파이프를 어디에서 잊어버렸다고 ……."

웨스턴 총경이 말했다.

"마셜 대위는 문제 밖일세. 아무튼 파이프 담배를 피우는 것은 그 한 사람뿐만이 아니니까."

에르큘 포아로는 스티븐 레인 목사의 손이 주머니에 들어갔다나왔다하는 것을 지켜보며 상냥하게 말을 걸었다.

"레인 씨, 당신도 파이프 담배를 피우시지요?"

목사는 흠칫 놀라며 포아로를 쳐다보았다.

"네, 그렇습니다. 한시도 파이프를 떼어놓지 않습니다."

레인 목사는 또다시 주머니에 손을 집어넣어서 파이프를 꺼내더니 담배를 담아 불을 붙였다.

에르퀼 포아로는 레드펀이 서 있는 곳으로 걸음을 옮겼다. 그는 멍한 눈초리였으나 포아로를 보자 낮은 목소리로 말했다.

"겨우 살았습니다. 시체를 치워주어서 정말……."

스티븐 레인이 물었다.

"어디서 발견했습니까?"

형사부장이 명랑하게 말했다.

"지금 당신이 서 계시는 부근입니다."

레인은 이 말이 떨어지기가 무섭게 얼른 옆으로 비켜서서 그 장소를 뚫어지게 응시했다.

형사부장이 계속해서 말했다.

"부판을 끌어올린 위치로 미루어 이곳에 도착한 것을 10시 45분으로 보면 앞뒤가 꼭 맞습니다. 바닷물의 높이로 판단할 수 있지요. 지금은 바닷물이 달라졌습니다만."

"사진은 다 끝났나?" 웨스턴 총경이 물었다.

"네."

총경은 레드펀에게로 얼굴을 돌렸다.

"자, 그럼 당신이 말씀하시는 동굴 입구를 가르쳐주시오."

패트릭 레드펀은 레인이 서 있던 지점을 아직도 물끄러미 지켜보고 있었다. 마치 지금도 거기에 시체가 그대로 뒹굴어 있어 뚜렷이 눈에 보이는 듯한 표정이었다.

웨스턴의 말에 그는 제정신으로 돌아왔다.

"아아, 네. 저쪽입니다."

레드펀은 앞장서서 굴러 떨어진 바위가 크게 포개져서 그림같이 아름다운 경치를 만들어내고 있는 벼랑가로 안내했다. 두 개의 거대한 바위가 옆으로 나란히 서 있고, 그 사이로 좁고 기다란 틈이 나 있었다. 그는 그곳으로 똑바로 걸어 나가더니 뒤돌아보았다.

“여기가 입구입니다.”

“여기? 이렇게 좁아서야 사람이 지나다닐 수 있을 것 같지 않군.” 웨스턴이 말했다.

“보기와는 다릅니다. 지나갈 수 있습니다.”

웨스턴은 겁먹은 태도로 그 틈 사이에 몸을 집어넣었다. 겉으로 보기만큼 좁지는 않았다. 안으로 들어가자 넓어져서, 그 안에는 사람이 서서 돌아다닐 수 있을 만큼 상당히 널따란 공간이 있었다.

에르퀼 포아로와 스티븐 레인도 웨스턴 총경의 뒤를 따라 들어갔다. 다른 사람들은 밖에서 기다리고 있었다. 입구로 환한 햇빛이 흘러들어오기는 했지만, 웨스턴은 강력한 손전등을 꺼내어 내부를 자유로이 비추었다.

“아주 적당한 장소로군. 이런 곳이라면 밖에서는 전혀 모르겠는걸.” 웨스턴은 주의 깊게 발밑으로 손전등을 비추며 말했다.

에르퀼 포아로는 신중히 주위의 냄새를 맡고 있었다.

그것을 알아차린 웨스턴이 말했다.

“공기는 탁하지 않군. 물고기나 해초 냄새도 나지 않아. 물론 여기라면 밀물 때라도 전혀 물에 잠기지 않겠지.”

그러나 포아로의 예민한 후각으로는 공기가 신선하지만은 않았다. 희미하지만 향기가 묻어 있었다. 두 사람의 인물이 그의 머리에 떠올랐다. 이 희미하게 풍기는 향수를 쓰는 사람은…… ?

웨스턴의 손전등이 움직이지 않게 되었다.

“별다른 일은 없는 것 같군.”

포아로의 눈은 머리보다 조금 높은 곳에 쑥 내밀어져 있는 바위 위로 향하고 있었다. 그는 중얼거리는 것처럼 말했다.

“저 위에 무엇이 있는지 보아두는 편이 좋을 걸세.”

“만일 거기에 뭔가 있다면 누군가가 일부러 놓아둔 것임이 틀림없네. 아무튼 보아두기로 하지."

포아로는 레인에게 말했다.

"세 사람 가운데 당신이 가장 키가 큰 것 같군요. 미안하지만 그 선반 같은 바위 위에 무엇이 얹혀져 있지 않나 확인해 주실 수 없 겠습니까?"

레인은 발돋움을 해서 키를 높였지만, 그래도 선반 안쪽에는 손이 닿지 않았다. 그는 바위의 갈라진 틈을 찾아내어 거기에 발끝을 걸치 고 한 손으로 몸을 끌어올렸다.

"앗, 상자가 있군!"

그러고 나서 1, 2분 뒤에는 모두들 햇빛 아래로 나와 목사가 발견 한 것을 조사하고 있었다.

웨스턴 총경이 말했다.

"조심하시오. 필요 이상 만지지 마십시오. 지문이 있을지도 모르니 까요."

그것은 진한 녹색의 네모난 양철 상자로, 겉에 '샌드위치'라고 쓰여 있었다.

필립스 형사부장이 말했다.

"피크닉 와서 먹고 남은 것이겠지요."

그는 손수건을 써서 뚜껑을 열었다.

안에는 소금, 후추, 겨자라고 쓴 작은 양철 용기와 틀림없이 샌드 위치가 담겨 있었으리라고 생각되는 커다랗고 네모진 통이 두 개 들 어 있었다. 필립스는 소금 통의 뚜껑을 열어보았다. 주둥이까지 가득 들어 있었다. 그는 다음으로 후추 통의 뚜껑을 열었다.

"이런, 후춧가루 통에도 소금이 있는데요?"

겨자 통에도 소금이 들어 있었다.

그는 갑자기 얼굴이 긴장되어 커다랗고 네모난 통을 열어보았다.

거기에도 역시 똑같이 하얀 결정체 모양의 가루가 들어 있었다.

조심스럽게 겁먹은 태도로 필립스는 손가락으로 만졌다가 그 손가락을 혀에 갖다댔다.

금방 얼굴빛이 달라졌다. 목소리가 흥분되어 있었다.

"이건 소금이 아닙니다! 전혀 달라요! 쓱쓰레한 맛이 나는군요. 아마도 이것은 '마약'일 겁니다."

2

"제3의 선이로군." 웨스턴 총경이 신음하듯 말했다.

모두들 호텔로 돌아와 있었다. 웨스턴이 계속해서 말했다.

"만일 마약범 일당이 얽혀 있다면 또 몇 가지 가능성이 생겨나네. 우선 첫째로 알레나 마셜 자신이 한패였을지도 모르는 일이시. 어떤가, 생각할 수 있겠나, 포아로?"

에르큘 포아로가 신중히 대답했다.

"있을 수 없는 일은 아니지."

"마약중독자라는 말인가?"

포아로는 고개를 저었다.

"그게 아닐세. 신경도 튼튼하고 건강도 누구 못지않게 훌륭했네. 게다가 피하주사를 맞은 자국도 전혀 없었거든. 물론 코로 들이마시는 방법도 있으니까 그것만으로 결론을 내릴 수는 없겠지. 아무튼 그 여자가 마약을 쓰고 있었으리라고 생각되지는 않네."

"그렇다면 마침 장사하는 현장에 우연히 나타났다가 그들의 손에 의해 살해되었을지도 모르는 일일세. 약이 무엇인가 하는 것은 곧 보고가 들어올 걸세. 아까 니즈든에게 보내두었네. 만일 마약단의 꼬리를 잡았다고 한다면, 어찌되었든 세세한 일에 구애받을 녀석들이 아니니까 말일세."

문이 열리는 바람에 총경은 말을 끊었다. 호러스 블래트가 기운차게 들어왔다. 블래트는 보기에 몹시 더운 것 같았다. 이마의 땀을 쉴 새없이 닦고 있었다. 커다랗고 걸걸한 목소리가 좁은 방 안에 울려 퍼졌다.

"지금 막 돌아와서 소식을 들었습니다! 당신이 주경찰서장님이시오? 여기 계신다는 말을 들었지요. 난 블래트라고 합니다…… 호러스 블래트. 무엇이든 도움을 드릴 수 없을까요? 하지만 안 되겠지요. 오늘 아침 일찍부터 배를 타고 나가 있었으니까요. 그래서 가장 중요한 구경거리를 놓쳐버렸지요. 이런 외딴 곳에서 단 한 번 무슨 일이 일어난 바로 그날 하필이면 내가 없었으니 말입니다. 인생이란 그런 겁니다. 아니, 포아로 씨. 여기에 계셨군요. 당신도 이분들과 동료이십니까? 아아, 그렇군, 알 만하오. 셜록 홈즈 대 지방경찰이라 이 말이군, 하하하! 어느 쪽이 먼저 달려가게 될까? 당신이 멋지게 이 수수께끼를 풀어주시기를 기대하고 있겠습니다."

블래트는 간신히 의자에 자리를 잡고 담배 케이스를 꺼내어 웨스턴 총경에게 권했다.

웨스턴은 고개를 젓고 보일 듯 말 듯한 미소를 띠며 말했다.

"나는 파이프 광이랍니다."

"나도 그렇지요. 궐련도 피우긴 하지만 파이프 담배보다 나을 게 없거든요."

웨스턴 총경은 갑자기 싱글벙글 웃으며 말했다.

"그럼, 피우시오. 사양할 것 없이."

블래트는 다시 고개를 저었다.

"지금은 파이프를 갖고 오지 않았군요. 그런데 한 가지 가르쳐주시구려. 내가 들은 것은 마셜 부인이 이 섬 해안에서 살해되었다는 것이오만……."

"픽시 후미에서 살해되었답니다." 웨스턴이 상대를 찬찬히 살펴보면서 말했다.

그러나 블래트는 흥분하여 질문할 뿐이었다.

"손으로 목을 졸렸다면서요?"

"그렇답니다."

"원, 그럴 수가! 정말로…… 그렇지만 그건 자신이 뿌린 씨앗입니다! 누가 뭐라고 해도 그녀는 기막힌 글래머였거든요. 너무 지나치게 섹시했단 말입니다. 그렇지요, 포아로 씨? 그래, 범인은 짐작되십니까? 아니, 이런 질문은 하면 안 되는 건가?"

웨스턴 총경이 슬쩍 미소를 띠며 말했다.

"저, 블래트 씨. 질문하는 것은 우리가 할 일입니다."

블래트는 담배를 쥔 손을 내저으며 말했다.

"이거 참, 실례했군요, 실례…… 사과합니다. 자, 무슨 질문이든 하십시오."

"오늘 아침 배를 타고 떠나신 것이 몇 시였지요?"

"여기를 출발한 것은 10시 15분 전이었습니다."

"누구와 함께 가셨습니까?"

"아니오, 줄곧 나 혼자였습니다."

"어디에 가셨지요?"

"해안을 따라 플리머스 쪽으로 갔습니다. 도시락을 싸들고. 하지만 오늘은 바람이 없었기 때문에 생각했던 대로 나가지 않더군요."

한두 가지 질문을 거듭한 다음 웨스턴 총경이 물었다.

"그럼 이번에는 마셜 부부에 대한 일입니다만, 뭔가 우리에게 도움될 만한 정보가 없습니까?"

"글쎄요, 내 의견은 이미 말씀드렸습니다. 치정 끝의 참극! 여기서 한 마디 더 덧붙인다면 '내'가 아니라는 것뿐입니다. 난 그런 미녀는 도무지 좋아하지 않습니다. 나에게는 전혀 쓸모없지요. 그녀는 파란 눈의 귀여운 소년과 좋아지내지 않았던가요? 내가 알기에는 마셜 대위도 눈치채고 있었다고 생각합니다만."

"확실합니까?"

"왜냐하면 젊은 레드펀 씨를 한두 번 매우 언짢은 표정으로 노려보았거든요. 뜻밖에도 그는 마음놓을 수 없는 엉뚱한 사람입니다. 보기에는 아주 얌전하고 언제 보아도 잠이 덜 깬 것 같은 얼굴이지만 …… 천만에요, 런던 실업계에서는 굉장한 평판을 얻고 있지요. 나는 한두 가지 들은 말이 있습니다. 한 번은 상해죄로 끌려갈 뻔한 일도 있다더군요. 그때는 아마 어떤 사나이가 꽤나 악랄한 수법으로 속였던 모양입니다. 마셜 대위는 그를 크게 믿었었는데, 보기 좋게 감쪽같이 속았던 것이지요. 심한 방법을 썼던 모양입니다. 그러자 마셜 대위가 그에게 덤벼들어서 반죽음을 만들어 놓고 말았답니다. 하지만 그 사나이는 고소하지 않았습니다. 그 뒷일이 무서웠기 때문이지요. 글쎄, 이 이야기는 내가 들은 그대로를 알려드렸을 뿐입니다."

"그럼, 당신은," 하고 포아로가 말을 가로막으면서 말했다. "남편인 마셜 대위가 살해했을지도 모른다는 말씀이군요?"

"천만에요! 그런 말은 한 마디도 하지 않았습니다. 다만 그 사람도 때로는 미친 사람처럼 거칠어질 때가 있다는 것을 알려드렸을 뿐입니다."

"블래트 씨, 마셜 부인은 오늘 아침 누군가를 만나기 위해 픽시 후미로 갔을 거라고 상상할 수 있는데, 상대가 대체 누구인지 의견이 없으십니까?"

블래트는 한쪽 눈을 찡긋 감아보였다.

"상상이 아니라 이것은 절대로 확실합니다. 레드펀 씨지요?"

"레드펀 씨가 아니었습니다."

블래트는 놀란 모양이었다. 그는 머뭇거리면서 말했다.

"그렇다면 누굴까…… 나로서는 짐작이…….." 얼마쯤 침착해진 다음 그는 계속해서 말했다. "지금도 말씀드린 바와 같이 '나'는 아닙니다! 불행하게도 말이지요! 가드너 씨일 수도 없겠지. 마누라가 노상 감시하고 있으니까! 배리 영감일까? 설마! 목사가 그런 짓을 했다고는 생각할 수 없고. 하지만 말입니다, 그 목사 양반도 그녀에게 꽤나 눈독을 들이고 있었다는 건 알고 있습니다. 괘씸하다고 생각되어 유심히 본 것인지도 모르지만, 그래도 역시 곡선미에 눈길이 멎은 건 확실한 일입니다! 그렇지요? 위선자입니다, 대부분의 목사는. 왜 있잖습니까, 지난달에 있었던 사건 말입니다. 읽으셨습니까? 교구 목사와 교구 위원의 딸 이야기 말입니다! 정말 놀랍더군요."

블래트는 의미심장하게 웃었다.

웨스턴 총경이 냉정하게 물었다.

"우리에게 도움이 될 만한 일은 모르신다는 말씀입니까?"

블래트는 고개를 크게 가로저었다.

"없는데요, 생각이 나지 않습니다." 그런 다음 그는 덧붙였다. "이 사건은 꽤 떠들썩하겠는데요. 신문은 신이 나서 떠들어댈 것이고, 아무리 정평 있는 졸리 로저 호텔도 이제는 잘난 체하며 거만스럽게 굴지 못하겠군요. 뭐가 고급 호텔이란 말이오! 떠들썩하니 활기 있는 것도 좋잖습니까."

에르퀼 포아로가 중얼거리듯 말했다.

"당신은 여기에 묵으면서 즐겁지 않으셨군요?"

블래트의 붉은 얼굴이 한층 더 벌게졌다.

"그렇고말고요. 조금도 재미가 없었습니다. 보트타기는 좋지요. 경치도 좋고, 서비스도 좋고, 음식도 그만하면 좋습니다. 그렇지만 이곳에는 '사귈' 사람이 없습니다. 아시겠습니까? 내가 말하고 싶은 것은 돈만 내면 누구나 다 마찬가지가 아니냐는 겁니다. 모두들 여기에 즐기러 와 있는 거라면 함께 즐기면 좋지 않습니까? 그런데 그룹 의식인지 뭔지는 모르지만 저마다 모래알처럼 각각 흩어져서 성난 사람처럼 무뚝뚝한 목소리로 마지못한 듯 '안녕하세요' '편히 주무세요' '네, 그렇군요. 날씨가 매우 좋은데요'라는 따위 말이나 하거든요. 모두 살아 있는 건가요, 이게? 신사인 척 숙녀인 척 거드름 피우는 로보트지 뭡니까?"

블래트는 입을 다물었다. 그 얼굴이 시뻘게져 있었다.

그는 다시 한 번 이마를 닦고 사과하는 것처럼 말했다.

"지금 말한 것에는 마음 쓰지 말아주십시오. 너무 흥분했나 봅니다."

3

에르큘 포아로가 조용히 말했다.

"우리는 블래트 씨를 어떻게 생각해야 할까?"

웨스턴 총경은 소리 없이 웃으며 말했다.

"자네는 어떻게 생각하나? 나보다도 훨씬 많이 만났을 텐데."

포아로가 차분히 말했다.

"자네들이 쓰는 영어에는 저런 사람을 표현하는 데 여러 가지 빙둘러 말하는 방법이 있다더군. 딱딱한 다이아몬드, 독불장군, 간이 부은 녀석…… 그러나 보기에 따라서 이 사나이는 가엾고, 우스꽝스럽고, 너무 잘난 체해! 물론 주관적인 문제지만 말일세. 그러나 나는 또 한 가지의 면이 있다고 생각하네."

"그게 뭔가?"

에르퀼 포아로는 눈을 천장으로 돌리며 중얼거렸다.
"그 사나이는 말일세, 무엇엔가 겁을 먹고 있네!"

4

콜게이트 경감이 말했다.
"시간을 재어보고 왔습니다. 호텔에서 픽시 후미로 내려가는 쇠사다리까지 3분 걸립니다. 호텔에서 보이는 곳까지는 걸어가고, 그 다음에는 정신없이 뛰어갔습니다."
"생각했던 것보다 빠르군." 웨스턴 총경이 눈썹을 치켜올리며 말했다.
"사다리를 타고 해안으로 내려가는 데 1분 45초, 올라가는 데는 2분이 걸립니다. 이것은 프린트 순경이 잰 시간입니다. 그는 스포츠맨이니까요. 보통 걸음으로 사다리를 내려간다면 모두해서 한 15분쯤 걸릴 것입니다."
웨스턴 총경은 고개를 끄덕이며 말했다.
"또 한 가지 조사할 일이 있네, 파이프에 대한 것……."
콜게이트 경감이 말했다.
"파이프 담배를 피우는 사람은 블래트 씨와 마셜 대위와 목사입니다. 레드펀 씨는 궐련을 피우고, 미국인은 잎담배를 피웁니다. 배리 소령은 전혀 담배를 피우지 않습니다. 그리고 파이프는 마셜 대위의 방에 하나, 블래트 씨의 방에 두 개, 목사의 방에 하나 있었습니다. 객실 하녀의 이야기에 의하면, 마셜 대위는 두 개 갖고 있다고 합니다. 또한 하녀는 머리가 나쁜 여자여서 다른 두 사람이 평소에 파이프를 몇 개 갖고 있는지 모르더군요. 두서너 개 있었던 것 같다고 애매한 대답을 할 뿐이었습니다."
웨스턴은 고개를 끄덕여 보이면서 말했다.

"그밖에는 ?"

"종업원들에게도 물어보았습니다만, 모두 문제가 없는 것 같습니다. 바텐더 헨리는 마셜 대위를 11시 10분 전에 보았다고 했으니 이야기가 서로 맞습니다. 해수욕장 담당계인 윌리엄은 오전 중에 호텔 옆 바위로 내려가는 사다리를 수리했다고 하더군요. 따라서 그도 문제가 되지 않는 것 같습니다. 조지는 테니스 코트의 선을 긋고 나서 식당 옆에 있는 화단에 나무를 심었다고 했는데, 두 사람 다 육지에서 섬으로 건너는 길을 지나온 사람이 있었다 해도 깨닫지 못했을 거라고 말하고 있습니다."

"썰물이 되어 그 길이 물 밖으로 나오는 것은 몇 시쯤인가 ?"

"9시 반쯤일 겁니다."

웨스턴은 콧수염을 지그시 잡아당겼다.

"그럼, 건너온 사람이 있었을지도 모르겠군. 그런데 콜게이트, 새로운 선이 떠올랐네."

총경은 동굴에서 발견한 샌드위치 상자에 대해 설명해 주었다.

5

문을 가볍게 노크하는 사람이 있었다.

"들어오시오." 웨스턴 총경이 대답했다.

마셜 대위가 들어왔다.

"장례식에 대한 일인데, 어떻게 준비하면 좋겠습니까 ?"

"아마 검시는 모레쯤 하게 될 겁니다."

"그렇습니까 ? 그럼……."

콜게이트 경감이 돌아서려는 마셜 대위를 불러 세웠다.

"저, 이걸 돌려드리겠습니다."

그는 편지 세 통을 내주었다. 케네스 마셜은 얼마쯤 차가운 미소를 띠었다.

"경찰의 어느 분이든 타이프라이터로 속도를 테스트해 보셨습니까? 이것으로 나의 혐의는 벗겨졌겠지요?"

웨스턴 총경이 상냥하게 대답했다.

"그렇습니다, 마셜 대위. 진단해 본 결과 당신의 건강을 보증합니다. 이 편지의 타이핑은 1시간이 넉넉히 걸리더군요. 그리고 하녀가 11시 5분 전까지 당신이 치는 타이프라이터 소리를 들었고, 11시 20분에 당신을 보았다는 증거도 있습니다."

마셜 대위가 중얼거리듯 말했다.

"정말입니까? 이제는 크게 마음을 놓았습니다."

"실은 단리 양이 11시 20분에 당신 방에 갔었지요. 당신은 타이프라이터를 치는 데 열중해서 그녀의 얼굴을 돌이보지 않았다고 하더군요."

케네스 마셜의 얼굴에서 표정이 사라졌다.

"단리 양이 그렇게 말했습니까?"

그는 잠깐 말을 끊고 묵묵히 있었다.

"그러나 그건 잘못된 것입니다. 나는 그녀의 얼굴을 보았습니다. 그녀는 깨닫지 못했겠지만, 나는 그녀가 들어온 것을 거울로 보았지요."

"그러나 타이프라이터를 치는 손은 쉬지 않았었군요?" 포아로가 중얼거리듯이 물었다.

"네, 빨리 끝내고 싶었으니까요." 마셜은 무뚝뚝하게 대답한 다음 잠시 잠자코 있더니 퉁명스러운 목소리로 물었다. "그 밖에 또 뭐가 있습니까?"

"아니, 이제 됐습니다."

케네스 마셜은 고개를 끄덕여 보이고 나서 밖으로 나갔다. 웨스턴 총경이 한숨을 쉬었다.

　"가장 기대를 걸었던 용의자가 달아나버렸군. 혐의가 없다고 말일세! 여어, 니즈든 씨!"

경찰의사는 흥분한 마음을 태도에 슬쩍 내비치면서 들어왔다.

　"멋진 것들을 잔뜩 보내주었더군요."

　"그래, 뭐였지요?"

　"뭐였느냐고요? 염산 디아모르핀, 보통 헤로인이라고 하지요."

콜게이트 경감이 휘파람 소리를 냈다.

　"자, 드디어 단서를 잡았습니다! 틀림없이 마약입니다, 사건의 핵심은!"

제10장

1

‘레드 블’이라는 푯말이 걸려 있는 마을의 별관에서 한 무리의 사람들이 떼지어 나왔다. 검시심문이 끝난 것이다. 정확하게 말하면 2주일의 휴정으로 들어간 것이다.

로자먼드 단리가 마셜 대위를 뒤따라가서 낮은 목소리로 말을 걸었다.

“켄, 그다지 어려운 일은 아니었지요?”

그는 얼른 대답하지 않았다. 마을 사람들의 노골적인 눈길을 의식하고 있었기 때문이다. 드러내놓고 말하지는 않았지만, 거의 손가락질하는 듯한 광경이었던 것이다.

“저기 저 사나이야.”

“저봐요. 저 사람이 남편이래요.”

“저 사람인가, 남편이라는 작자가?”

“저기다, 왔다, 왔어!”

그런 말들이 그의 귀에 들릴 정도로 크지는 않았지만, 역시 마음

편할 수는 없는 소리였다. 실로 내놓은 구경거리나 다름없었다. 신문 기자와의 회견은 이미 끝나고 난 뒤였다. 자신에 넘치고 말솜씨가 뛰어난 그 젊은이들은 그가 "아무것도 할 말이 없습니다" 라는 오직 한 마디만으로 어떻게든 버티려고 한 침묵의 벽을 여지 없이 깨뜨려버렸다.

이런 말이라면 절대로 오해받을 리 없으리라 생각하여 한 몇 마디가 이튿날 아침 신문에는 한참 왜곡되어 활자화되는 게 보통이었다. '살인범은 외부로부터 섬에 침입한 자라고 생각하지 않는 한, 사건을 해결할 수 없다는 견해에 대해 의견을 부탁받은 피해자의 남편 마셜 대위는 분명히……'라는 식으로 기사는 이어져갔다.

카메라는 쉴 새 없이 셔터 소리를 내고 있었다. 지금 이 순간에도 그 귀에 익은 소리가 계속 들려왔다. 자기도 모르게 그쪽으로 얼굴을 돌리자 빙글빙글 웃는 젊은이가 목적을 이룬 기쁨에 얼굴을 빛내며 고개를 끄덕여보였다.

로자먼드가 작은 목소리로 말했다.

"'검시심문 법정을 떠나는 마셜 대위와 그의 여자친구'로군요."

마셜은 몸을 움츠렸다.

로자먼드가 이야기를 계속했다.

"켄, 도망쳐선 안 돼요! 마음을 단단히 먹고 부딪쳐야 해요! 알레나가 죽은 것뿐만이 아니라 거기에 따르는 여러 가지 불편한 것들과, 구경꾼들의 눈이며 무책임한 가십, 아무렇게나 멋대로 구는 신문기자 등과 맞서는 가장 좋은 방법은 이쪽에서 웃어주는 일이에요! 흔해빠진 말을 던져주고 소리내어 비웃어주는 거예요."

"그런 것이 로자먼드의 수법이오?"

"그럼요" 하고 숨을 한 번 쉰 다음 그녀는 계속했다. "당신과는 달라요. 당신의 수법은 보호색인걸요. 꼼짝도 하지 않고 가만히 주위의 배경 속으로 녹아들어가려는 것이지요! 하지만 여기서는 그것으로 안 통해요, 녹아들어갈 배경 같은 건 없으니까요. 숨으려 해도 숨을 수가 있어야지요. 너무나 두드러져 보여요. 새하얀 커튼 앞에 세워진 얼룩말같이. 당신은 '살해된 여자의 남편'이니까요!"

"제발 그만해 두오! 그런……."

로자먼드는 상냥하게 말했다.

"나는 당신을 생각해서 말하는 거예요!"

두 사람은 한참동안 잠자코 걸어갔다. 이윽고 마셜은 말투를 바꾸어 이야기하기 시작했다.

"나도 알고 있소. 사실은 감사하고 있소, 로자먼드."

두 사람은 마을 경계에서 밖으로 나갔다. 사람들의 눈이 아직도 뒤쫓아 오고 있기는 했지만 아무도 기꺼이 다가오지는 않았다. 로자민드 단리는 낮은 목소리로 맨 처음의 발언취지를 되풀이했다.

"그다지 심하지는 않았지요?"

마셜은 잠시 아무 말도 하지 않았지만 이윽고 대답했다.

"글쎄……."

"경찰은 어떻게 생각하나요?"

"분명한 것은 말하지 않더군."

조금 있다가 로자먼드가 말했다.

"저 작은 남자, 포아로 씨 말이에요. 정말 해볼 마음이 있는 걸까요?"

"지난번에는 총경 옆에 바짝 붙어다니는 것 같더군."

"그렇지만, 실제로 뭔가 하고 있나요?"

"내가 그런 걸 어떻게 알겠소!"

로자먼드는 곰곰이 생각하면서 말했다.

"꽤 나이가 들었잖아요. 조금 정신이 흐려 있을지도 몰라요."

“그럴지도 모르지.”

두 사람은 섬으로 건너가는 길까지 왔다. 눈을 들어보니 섬이 길게 햇빛 속에 평화롭게 누워 있었다.

갑자기 로자먼드가 소리를 질렀다.

“가끔, 모든 것이 다 꿈처럼 생각되는 적이 있어요! 지금도 그런 일이 정말 있었으리라고는 도무지…….”

마셜 대위가 천천히 말했다.

“그런 기분은 잘 아오. 자연계와는 아무 관계도 없는 일이지. 개미가 한 마리 없어졌다, 자연에 있어서는 그뿐이오.”

“그래요. 그런 상태로 사물을 보아가야 해요.”

마셜은 재빠르게 로자먼드를 보았다. 그는 나지막한 목소리로 말했다.

“걱정할 것 없소, 로자먼드. 괜찮소, 괜찮다니까.”

2

두 사람을 마중하려고 린다가 그 길까지 내려왔다. 그녀의 부드럽지 못한 동작에는 겁먹은 망아지를 연상케 하는 데가 있었다. 눈 밑의 깊고 거무스름한 그늘이 젊은 얼굴을 형편없이 만들어버렸다. 입술은 바싹 타서 꺼칠하게 말라 있었다.

가쁜 숨을 몰아쉬면서 린다가 물었다.

“어떻게 되었나요? 뭐라고…… 뭐라고 하던가요?”

마셜 대위가 무뚝뚝하게 대답했다.

“2주일 동안 휴정이다.”

“그럼, 아직 결정이 나지 않았군요?”

“그렇지. 확실한 증거가 필요한 거란다.”

“하지만 모두들 어떻게 생각하고 있나요?”

마셜은 자기도 모르게 그만 미소지었다.

"린다야, 그런 걸 누가 알 수 있겠니? 그리고 모두들이라니, 누구를 말하는 거지? 검시관? 배심원? 경찰? 신문기자? 아니면 레더콤 만의 어부들을 말하는 거냐?"

린다는 천천히 대답했다.

"내가 말한 것은 경찰이에요."

마셜은 짓궂게 말했다.

"경찰이 무엇을 생각하고 있든 말해 줄 리가 없지, 지금 단계에서는."

그는 잘라 말하고 입술을 굳게 다물더니 호텔로 들어가 버렸다.

로자먼드 단리도 그 뒤를 따라 호텔로 들어가려는데 린다가 불러 세웠다.

"로자먼드!"

로자먼드는 뒤돌아보았다. 그리고 린다의 비참해 보이는 얼굴, 거기에 감도는 호소하는 듯한 표정에 마음이 움직였다. 로자먼드는 린다의 팔을 끼고 호텔에서 멀리 떨어져 있는, 섬의 북쪽 끝으로 가는 길을 함께 걸었다.

로자먼드는 다정하게 말을 걸었다.

"린다, 너무 마음에 두지 않는 편이 좋아요. 물론 끔찍스러운 사건으로 말할 수 없이 큰 충격을 받았을 거라고 생각하지만, 언제까지나 그 일만 자꾸 생각해봐야 무엇하겠어? 게다가 사실을 말하면, 린다를 괴롭히는 것은 무서움뿐이잖아? 린다는 알레나를 조금도 좋아하지 않았으니까 말이야."

"네, 그래요. 좋아하지 않았어요."

로자먼드는 자기의 말에 대답하는 린다의 몸에 전율이 치닫는 것을 느꼈다.

"다른 사람의 일을 슬퍼하는 심정이라면 다르겠지. 그것은 잊어버리는 수가 없어. 하지만 충격이나 무서움이라면 잊어버릴 수가 있어요. 꾸물거리며 언제까지나 자꾸 생각해선 안 돼요."

린다가 날카롭게 말했다. "당신은 아무것도 모르시는군요!"

"알고 있어."

린다는 고개를 힘있게 내저었다. "아니오, 알지 못해요. 조금도 알고 있지 않아요. 당신도, 크리스틴 레드펀 부인도! 두 분 다 내게는 다정하게 대해주셨지만, 내 심정 같은 건 전혀 이해하지 못하고 있어요. 나를 보고 건전하지 못하다고 말씀하시는 거지요? 언제까지나 잊지 못하고 자꾸 생각한다고 말이에요."

린다는 잠시 입을 다물었다. "하지만 그런 게 아니에요. 나밖에 알지 못하는 일이 있는 거예요!"

로자먼드는 자기도 모르게 걸음을 멈추었다. 그다지 떨리지는 않았다. 아니, 그와 반대로 몸이 딱딱하게 굳었다. 그녀는 한순간 그 자리에 우뚝 서 있더니 천천히 팔짱꼈던 팔을 풀었다.

"어떤 일을 알고 있다는 거지, 린다? 그게 뭐야?"

린다는 말없이 로자먼드의 얼굴을 쳐다보고 있더니 고개를 저었다. "별로……."

로자먼드는 린다의 팔을 움켜잡았다. 그 때문에 팔이 아팠던지 린다는 몸을 뒤로 뺐다.

"조심해야 해, 린다! 확실치 않은 말을 함부로 하면 안돼!"

린다의 얼굴이 창백해졌다. "조심하고 있어요, 언제나."

로자먼드는 열성적인 태도로 말했다. "알겠어, 린다? 잘 들어두어요. 바로 조금 전에 한 말도 해당되는 거야, 열 배나 백 배나. 자, 모조리 잊어버려요. 다시는 생각하면 안돼. 잊어버리는 거야, 잊어버려야 해…… 그러려고 마음만 먹으면 잊어버릴 수 있어! 알레나는 죽었어. 이제는 다시 살아 돌아오지 못해. 그러니까 모든 것을 다 잊고 앞날만 생각하며, 그 세계에서 살아요. 무엇보다도 입을 조심해야 해!"

린다의 긴장이 조금 풀렸다.

"로자먼드, 당신은…… 모든 것을 다 알고 있는 것 같군요?"

로자먼드는 더욱 열을 띠었다.

"아니, 나는 알지 못해, 아무것도! 아마 아무 생각없이 훌쩍 이 섬으로 온 어떤 미치광이가 한 짓이겠지. 그것이 가장 있음직한 대답이야. 경찰도 틀림없이 결국에는 그렇게 생각하지 않을 수 없게 될 거야. 아마도, 그랬을 게 틀림없어. 아니, 사실이 그런 거야!"

"만일 아빠가……."

로자먼드는 얼른 그 말을 가로막았다.

"그런 말을 해선 안돼요!"

"하지만 이 말만은 해야겠어요. 마마는……."

"마마가 어쨌다는 거지?"

"마마…… 살인 혐의로 재판에 넘겨졌었다지요?"

"그래."

린다는 천천히 말했다.

"그 뒤 아빠는 마마와 결혼했어요. 그런 걸 보면 어쩐지 아빠는 살인을 그다지 나쁜 일로 생각지 않은 것 같아요. 반드시 나쁜 일이라고는……."

로자먼드가 날카로운 목소리로 말했다.

"그런 말을 해선 못써요, 린다! 비록 내 앞에서라도 안돼요! 지금 경찰은 아빠를 전혀 의심하고 있지 않아. 아빠에게는 알리바이가 있거든, 경찰에서도 허물어뜨릴 수 없는 알리바이가. 그렇기 때문에 아빠는 염려 없어요, 안전해."

린다가 작은 목소리로 소곤거렸다.

"하지만 처음에는 의심했었잖아요, 아빠에 대해서…… ?"

"경찰이 누구를 의심했었는지는 알 수 없어! 다만 지금으로서는 '아빠에게 도저히 혐의를 둘 수 없다'는 사실을 알게 되었지. 알겠어, 린다? '아빠로서는 불가능한' 일이었어!"

로자먼드의 말은 단호했다. 그 눈은 린다에게 자기의 뜻에 복종할 것을 강요하고 있었다. 린다는 길게 떨리는 한숨을 쉬었다.

로자먼드는 계속해서 말했다.

"이제 곧 이곳을 떠날 수 있을 거야. 그렇게 되면 모두 잊어버리는 거야. 모두!"

그러자 린다가 갑자기 생각지도 못했던 격렬한 말투로 소리쳤다.

"'나는 절대로 잊지 못해요!"

그녀는 홱 돌아서더니 호텔 쪽으로 뛰어가기 시작했다.

로자먼드는 그 모습을 물끄러미 바라보고 있었다.

3

"부인, 좀 가르쳐주셨으면 하는 일이 있습니다만……."

크리스틴 레드펀은 조금 멍하니 포아로의 얼굴을 올려다보았다.

"네, 무슨 일이지요?"

에르퀼 포아로는 그녀의 방심 상태에 아랑곳하지 않았다. 그녀의 눈이 바 밖의 테라스를 왔다갔다하고 있는 남편의 모습을 쫓고 있다는 것은 알았으나, 지금의 경우 단순한 부부 사이의 문제에는 관심이 없었다. 그는 정보를 찾고 있는 것이다.

"부인, 전날 부인께서 하신 말씀…… 무심코 하신 그 말이 마음에 걸려서 왔습니다."

크리스틴은 아직도 패트릭에게로 눈길을 둔 채 대답했다.

“네? 내가 뭐라고 했던가요?”

“웨스턴 총경의 질문에 대답하여 하신 말씀, 사건이 일어난 날 아침 부인께서 린다 마셜 양의 방에 갔었는데, 그녀가 밖에서 돌아왔다고 하셨지요? 그때 총경은 린다 양이 어디에 갔었느냐고 물었습니다.”

크리스틴은 조바심이 나는 것처럼 말했다.

“수영하고 왔다고 했지요. 그것 말인가요?”

“아니, 그렇게 말씀하시지 않았습니다. ‘수영하고 왔다’고 말하지는 않았습니다. 부인께서는 ‘수영을 하고 왔다던가요?’ 라고 대답하셨습니다.”

“같은 말이 아니에요?”

“아니지요, 다릅니다! 부인의 대답에는 그때 부인께서 그녀의 말을 어떻게 받아들였는가를 반영해 주고 있습니다. 린다 마셜 양은 방으로 돌아왔습니다. 수영복을 입고 있기는 했겠지요. 그러나 어떤 이유에서인지 부인은 그때 그녀가 수영하고 왔다고 생각지는 않았습니다. 그것이 부인의 말씀에 나타나 있는 겁니다. ‘수영을 하고 왔다던가요?’ 라는 말에 말입니다. 그러므로 린다 양이 수영하고 왔노라고 말했을 때, 당신은 그녀의 모습 어딘가에서 뜻밖의 느낌을 받았다는 뜻입니다. 그것은 린다 양의 태도에서였습니까? 옷차림에서였습니까? 아니면 그녀가 한 말에서였습니까?”

크리스틴의 눈길은 패트릭에게서 떠나 완전히 포아로에게 집중되었다.

“잘 알아차리셨군요. 말씀하신 대로예요, 지금 생각이 났어요……. 린다가 수영하고 왔다고 말했을 때, 확실히 난 아주 조금이지만 이상하다고 생각했었지요.”

“어째서, 어째서입니까?”

“글쎄요…… 그것을 생각해 내려고 해봤지만…… 아아, 그래요, 손에 꾸러미를 들고 있었기 때문이에요!”

“손에 꾸러미를?”

“네.”

“무슨 꾸러미인지 모르십니까?”

“알고 있어요. 끈이 풀어졌으니까요. 시골 사람들이 곧잘 그러는 것처럼 단단히 매어져 있지 않았던 거예요. 꾸러미에는 ‘양초’가 들어 있었어요. 바닥에 흐트러졌기 때문에 나도 줍는 것을 도와주었답니다.”

“그래요?” 포아로가 말했다. “양초였군요.”

크리스틴은 그의 얼굴을 뚫어지게 쳐다보았다.

“흥미가 있으신 모양이지요, 포아로 씨?”

“린다 양은 양초를 산 이유를 말하던가요?” 포아로가 물었다.

크리스틴은 곰곰이 생각해 본 뒤 대답했다.

“아니오, 말하지 않았던 것 같아요. 밤에 책을 읽기 위해서라고 생각해요. 틀림없어요, 전등이 어둡기 때문에…….”

“그런데 그렇지 않습니다. 침대 옆에는 훌륭한 전기스탠드가 있었습니다.”

“그럼, 무엇에 쓰려는 것이었을까요?”

“그때 그녀의 태도는 어땠습니까? 끈이 풀어져서 꾸러미에서 양초가 떨어져내렸을 때 말입니다.”

크리스틴은 천천히 대답했다.

“당황하더군요. 어쩔 줄 모르고 쩔쩔맸어요.”

포아로는 고개를 끄덕였다.

“린다 양의 방에 캘린더가 있었습니까?”

“캘린더요? 어떤 것 말씀인가요?”

"녹색 캘린더. 찢어서 버리게 되어 있는……."

크리스틴은 눈을 가늘게 뜨고 열심히 생각해 내려고 했다.

"녹색 캘린더…… 선명한 녹색이지요? 네, 본 일이 있어요. 하지만 어디서 보았을까? 생각나지 않는군요. 린다의 방이었을지도 모르겠지만, 잘 기억나지 않아요."

"그렇지만 본 일이 있는 것은 확실하지요?"

"네."

포아로는 또다시 고개를 끄덕였다.

크리스틴은 좀 강한 목소리를 냈다.

"포아로 씨, 무슨 뜻이지요? 대체 거기에 어떤 뜻이 있다는 거지요?"

대답 대신 포아로는 송아지 가죽으로 장정된 빛바랜 삭은 갈색 책을 꺼냈다.

"전에 이것을 보신 일이 있습니까?"

"어머나…… 글쎄요……분명치는 않지만, 분명히 린다가 언젠가 마을의 가게에서 보고 있었던 것 같아요. 하지만 내가 곁으로 다가가자 얼른 책장에 꽂더군요. 그래서 난 무슨 책일까 하고 생각했었습니다만……."

포아로는 말없이 표지를 보여주었다. 《마법과 요술과 비방(秘方) 독약의 역사》.

이윽고 크리스틴이 말했다.

"무슨 말인지 모르겠군요. 어떤 뜻인가요?"

"이것은 중대한 일일지도 모릅니다." 포아로는 신중하게 대답했다.

그녀는 이상하다는 듯이 그의 얼굴을 쳐다보았으나, 포아로는 다음 말을 잇지 않고 다른 질문을 했다.

"한 가지만 더 물어보겠습니다만 부인, 부인께서는 그날 아침 테니스를 치러 나가기 전에 욕실에 들어가셨습니까?”

크리스틴은 또 얼굴을 빤히 지켜보았다.

“욕실이라고요? 아니오, 그럴 시간도 없었거니와, 어쨌든 들어갈 생각이 없었어요, 테니스를 하기 전에는. 운동을 한 뒤라면 또 몰라도…….”

“밖에서 돌아왔을 때도 욕실을 쓰지 않았습니까?”

“얼굴과 손을 스펀지로 닦았을 뿐이에요.”

“욕실에 더운 물을 넣지 않으셨습니까?”

“아뇨, 넣지 않았어요.”

포아로는 고개를 끄덕이면서 말했다.

“아, 아무래도 좋은 일입니다.”

4

가드너 부인이 조각그림맞추기에 열중하고 있는 옆에서 에르큘 포아로는 걸음을 멈추었다. 부인은 얼굴을 들더니 깜짝 놀랐다.

“어머나, 포아로 씨. 깜짝 놀랐어요! 어느 틈에 곁에 계셨어요? 나는 아무 소리도 듣지 못했네요. 검시 법정에서 지금 돌아오시는 길인가요? 나는 검시라는 말만 들어도 소름이 끼쳐서 도무지 아무것도 손에 잡히지 않는답니다. 그래서 이렇게 그림맞추기 따위를 하고 있어요. 왜냐하면 난 도저히 여느 때와 다름없이 바닷가로 나가 바다를 바라볼 만한 기분이 아니기 때문이에요. 남편도 잘 알고 계시지만, 난 신경이 몹시 예민해졌거나 피로할 때에는 이런 게임에 열중하면 곧잘 마음이 가라앉는답니다. 그건 그렇고, 이 하얀 것은 어디에 맞는 것일까? 융단인 것 같은데 어디일까?”

살그머니 포아로의 손이 그 한 조각을 집었다.

“여깁니다, 부인. 여기, 고양이입니다!”

"어디라고요? 이건 검은 고양이에요."

"분명히 검은 고양이임에 틀림없지만, 보십시오. 꼬리 끝만 하얗게 되어 있습니다."

"어머나, 정말 그렇군요! 잘도 알아보셨군요! 하지만 이런 걸 만드는 사람들은 조금 심술궂은 데가 있어요! 일부러 사람을 곯리려고 이렇게 만들었으니 말이에요."

그녀는 다른 한 조각을 맞추어 넣었다.

"그런데 말이에요, 포아로 씨. 난 요즈음 당신을 찬찬히 관찰하고 있었답니다. 당신이 수수께끼를 푸는 방법을 알고 싶었기 때문이지요. 이런 경우에 살인사건을 마치 게임처럼 말하는 것은 그야말로 몰상식하게 생각되겠지요. 아무튼 여자가 한 사람 살해되었으니까요. 아아, 그 일을 생각할 때마다 나는 무릎이 와들와들 떨린답니다! 오늘 아침에도 남편께 말씀드렸습니다만, 난 이제 한시라도 빨리 이곳을 떠나고 싶어요. 그이는 검시심문도 끝났으니까 내일은 섬에서 나갈 수가 있을 거라고 말씀하더군요. 아아, 그렇게 되면 얼마나 기쁘겠어요! 하지만 당신이 어떻게 수수께끼를 풀어나가는지 하는 것도 꼭 알고 싶답니다. 그러므로 조금 설명해 주시면 무척 고맙겠어요."

에르큘 포아로는 말했다.

"그것은 말입니다, 부인. 이 조각그림맞추기와 조금 비슷하답니다. 우선 단편들을 모아 옵니다. 갖가지 색깔, 갖가지 모양…… 마치 모자이크와도 같지요. 그리고 그 기묘한 모양의 조각들을 하나하나 어울리는 장소에 딱 맞게 맞추어가는 것입니다."

"어머나, 재미있군요! 매우 훌륭하신 설명이에요."

"그런데 이따금 그 게임에서 조금 전의 그 한 조각 같은 일이 일어난답니다. 단편을 질서에 맞추어 정리하고 색깔에 따라 분류하지

요. 그런데 어느 색깔의 한 조각이, 이를테면 융단 부분에 꼭 맞을
거라고 생각한 것이 실은 검은 고양이의 꼬리에 척 들어맞거나 하
거든요.”
“어머나, 정말 재미있을 것 같군요! 그래, 단편이라는 것은 많이
있나요?”
“많지요. ‘이 호텔에 있는 한 사람 한 사람이 내 그림맞추기에 한
조각씩 제공해 주었답니다. 물론 당신도 그랬지요.”
“나도요?” 가드너 부인의 목소리가 들떴다.
“그렇습니다, 부인. 당신의 말씀은 정말 도움이 되었습니다. 나에
게 광명을 던져주었지요.”
“어머나, 멋지기도 하지! 조금만 더 가르쳐주시지 않겠어요, 포아
로 씨?”
“아니요, 부인! 해설은 맨 끝장까지 덮어두기로 합시다.”
가드너 부인은 중얼거리듯 말했다.
“아아, 어떻게 기다린담!”

5

에르큘 포아로는 마셜 대위의 방문을 조용히 노크했다. 안으로부터
타이프라이터 두드리는 소리가 들려왔다.
“들어오시오” 하는 퉁명스러운 목소리가 들리자 포아로는 안으로
들어갔다.
마셜 대위는 등을 보이고 있었다. 그는 두 개의 창문 중간에 놓인
테이블을 향해 앉아 타이프라이터를 치고 있었다. 돌아다보지는 않았
지만 바로 눈앞 벽에 걸린 거울 속에서 포아로와 눈이 마주쳤다. 그
의 목소리는 초조한 것 같았다.
“당신이었군요, 포아로 씨. 무슨 일이시지요?”

포아로는 얼른 대답했다.

"일을 하는데 방해해서 매우 죄송합니다. 바쁘신가요?"

마셜 대위는 묻는 사람이 무안할 정도로 퉁명스럽게 대답했다.

"네, 무척 바쁩니다!"

"아주 간단한 질문입니다, 꼭 한 가지만. 부인께서 세상을 떠나신 날 아침 당신은 타이프라이터를 다 친 다음 테니스를 하러 나갈 때까지 사이에 욕실에 들어가시지 않았습니까?"

"목욕이요? 물론 하지 않았습니다. 그 1시간 전에 수영을 하고 왔는데, 무슨 목욕을……."

"참으로 고맙습니다. 그것뿐입니다."

"하지만 포아로 씨……" 하고 말하려다 말고 마셜 대위는 조금 주저했다.

포아로는 방을 나와서 조용히 문을 닫았다.

케네스 마셜은 혼잣말을 중얼거렸다.

"저 사람, 정신이 나가버린 모양이군!"

6

바의 문 밖에서 포아로는 가드너를 만났다. 그는 칵테일글라스를 두 개 들고 아내가 차분히 그림맞추기에 정신을 쏟고 있는 테이블로 가는 중이었다.

포아로의 얼굴을 보자 그는 상냥하게 미소지었다.

"함께 하지 않으시겠습니까, 포아로 씨?"

포아로는 고개를 가로저었다.

"검시심문 법정을 어떻게 생각하셨습니까, 가드너 씨?"

가드너는 목소리를 낮추었다.

"어쩐지 좀 흐지부지한 것 같더군요. 경찰이 속셈을 드러내 보이지 않는 모양입니다."

"그럴지도 모르지요."

가드너는 한층 더 목소리를 낮추었다. "아내를 이곳에서 나갈 수 있게 해주면 마음이 놓이겠습니다. 지나치게 소심한 사람이어서 말입니다. 이번 사건으로 아주 맥을 못 추는군요. 당장에라도 신경이 툭 하고 끊어질 것 같은 형편입니다."

"죄송합니다만, 가드너 씨. 한 가지만 질문해도 되겠습니까?"

"네, 좋으실 대로. 얼마든지 사양 마시고 물으십시오. 할 수 있는 데까지 힘이 되어드리고 싶습니다."

"당신은 널리 세상을 아는 분입니다. 상당한 안목도 가지고 계시다고 생각합니다. 그래서 솔직하게 묻겠습니다만, 세상을 떠난 마셜 부인에 대해서 어떻게 생각하시는지 의견을 들려주십시오."

가드너는 깜짝 놀라 눈썹을 치켜올렸다. 그는 주의 깊게 주위를 둘러보고 나서 목소리를 낮추어 대답했다.

"저어, 포아로 씨. 나에게도 여러 가지 소문이 귀에 들어와 있습니다. 이미 알고 계시겠지만, 그중에서도 특히 여자들이 서로 쑤군거리는 그런 이야기 말입니다."

포아로가 알았다는 듯이 고개를 끄덕였다. 가드너는 마음놓고 말을 이었다.

"그렇지만 내 의견을 말하자면…… 툭 털어놓고 말씀드리겠습니다만, 그 여자는 상당히 관능적이었습니다!"

에르퀼 포아로는 생각에 잠기면서 말했다.

"과연 재미있게 보셨군요."

7

"드디어 내 차례인가요?" 로자먼드 단리가 말했다.

"실례가 될까요?"

그녀는 웃음을 터뜨렸다.

"지난번 경찰서장이 심문할 때 당신은 옆에서 가만히 계시기만 했지요. 오늘은 당신 자신이 비공식적으로 심문하시는 것 같군요. 아까부터 보고 있었어요. 맨 처음에는 레드펀 부인, 그리고 나서 로비의 창문으로 보고 있으려니까 촌스러운 그림맞추기를 하는 가드너 부인 곁에 당신이 계시더군요. 이번에는 내 차례지요?"

에르퀼 포아로는 그녀의 옆에 앉았다. 두 사람은 서니 레지에 있었다. 바로 눈 아래의 바다는 검은 녹색으로 빛나며 저 멀리로 눈부신 코발트색이 되어 펼쳐져 있었다.

"단리 양, 당신은 매우 총명한 분입니다. 이곳에 온 뒤로 줄곧 그렇게 생각했었지요. 나와 함께 이 문제를 서로 이야기힐 수 있나년 정말 기쁘겠습니다만……."

로자먼드 단리는 조용히 말했다.

"사건에 대한 내 의견을 알고 싶으신가요?"

"네, 부디 들려주십시오."

"퍽 간단한 일이라고 생각해요. 열쇠는 그 여자의 과거에 있어요."

"과거요? 현재가 아니라 과거란 말이지요?"

"아니, 구태여 그렇게 먼 옛날로 거슬러 올라가지 않아도 좋아요. 난 그렇게 생각한답니다. 아무튼 알레나 마셜은 매력적이었어요, 남자들로서는 견디기 어려울 정도로. 하지만 그녀는 남자에게 싫증을 느끼는 것이 상당히 빠르지 않았을까요? 그러니까 그녀를 둘러싼 사람들——이렇게 말해야 할까요?——가운데는 분개한 사람도 있었으리라고 생각해요. 하지만 오해하지는 마세요. 특별히 눈에 띄는 그런 사람이 아니라 아마도 얌전해 보이는 사람, 거만하면서도 소심한…… 말하자면 한 가지 일을 언제까지나 잊지 못하고 곰곰 생각하며 애태우는 그런 타입의 남자. 아마도 그런 사람이 여기까지 뒤쫓아 와서 기회를 엿보다가 해치웠을 것으로 생각해요."
"그렇다면 외부 사람, 섬 밖에서 온 사람일 거라는 말씀인가요?"
"네, 아마도 동굴에 숨어서 기회를 기다리다가……."
포아로는 고개를 저었다.
"말씀하신 그런 남자를 만나기 위해 그녀가 일부러 픽시 후미까지 갔을까요? 아닙니다. 다만 웃어넘길 뿐, 가지는 않았을 겁니다."
"그 남자가 기다리고 있으리라고는 생각지 못했을지도 몰라요. 다른 사람의 이름으로 불러냈을지도 모르는 일이니까요."
"그럴 수도 있겠지요." 포아로는 중얼거리듯 긍정한 다음 말을 이었다. "그렇다면 단리 양, 한 가지 잊고 계신 게 아닙니까? 살인을 계획한 사나이가 대낮에 당당히 육지에서 섬으로 건너와 호텔 옆을 지나 현장까지 갔으리라고는 생각할 수 없습니다. 누구에게든 들킬 위험성이 있으니까요."
"위험이 있긴 하겠지만 확실하지는 않지요. 아무에게도 눈치채이지 않고 간다는 것이 전혀 불가능하지는 않다고 생각해요."
"'불가능하지는 않다' 그것은 나도 인정합니다. 그러나 그 가능성에 의지할 수는 없지요. 바로 그 점이 핵심인 겁니다."
"한 가지 미처 생각지 못한 일은 없나요? 날씨에 대한 것……."
로자먼드가 말했다.
"날씨?" 포아로가 되물었다.
"네, 사건이 있었던 날은 정말 좋은 날씨였지만, 그 전날은…… 기억하고 계세요? 하루 종일 비가 왔고 안개가 자욱했어요. 그런 날이라면 육지에서 누가 왔다고 해도 눈치채이지 않았을 거예요. 그대로 픽시 후미에 가서 동굴 속에서 밤을 새우기만 하면 되었겠지요. 안개도 크게 도움이 되었을 거예요."

포아로는 한참 동안 곰곰이 생각하면서 그녀의 얼굴을 뚫어지게 보고 있었다.

"지금 말씀하신 것은 확실히 귀 기울일 만한 의견입니다."

로자먼드는 얼굴을 붉혔다.

"맞고 안 맞고는 어찌 되었든 난 그런 의견이에요. 이번에는 당신의 의견을 말씀해 주시겠어요, 포아로 씨?"

"글쎄요……"

포아로는 물끄러미 바다를 내려다보고 있었다.

"좋습니다, 단리 양. 나는 아주 단순한 사람이기 때문에 언제나 가장 그럴 가능성이 있는 인물을 범인이라고 믿는 경향이 있지요. 그래서 이번에도 처음에 나는 그 인물을 똑똑히 포착했다고 생각했었습니다."

로자먼드의 목소리가 얼마쯤 굳어져 나왔다.

"그래서요?"

포아로는 이야기를 계속했다. "그런데 생각지도 않았던 장해가 생겨 그 인물이 범행을 실행하는 것은 불가능하다는 사실을 알게 되었습니다."

로자먼드가 '후유' 하고 한숨을 내뱉는 소리가 들렸다. 그녀는 얼마쯤 숨소리가 가빠지면서 뒷말을 재촉했다.

"그래서요?"

에르큘 포아로는 어깨를 움츠렸다. "그래서 앞으로 어떻게 하면 좋겠는가? 그것이 문제입니다."

그는 한숨을 쉬었다. "한 가지 질문해도 괜찮겠습니까?"

"얼마든지요."

로자먼드는 빈틈없이 경계하는 마음을 보이며 포아로를 쳐다보았다. 그런데 포아로의 질문은 뜻밖의 것이었다.

"그날 아침 테니스를 치기 위해 옷을 갈아입으려고 호텔로 돌아왔을 때, 혹시 욕조를 쓰지 않았습니까?"

"욕조요? 욕조라고요?"

"네, 욕조입니다. 목욕을 하는 통, 사기로 구은 용기, 수도꼭지를 틀어 더운물을 하나 가득 채우고 그 안에 몸을 담갔다가 끝난 다음 물을 뽑아버리는 것. 물은 배수관을 통해 흘러내려갑니다, 콸콸콸!"

"포아로 씨! 지금 정신 상태가 정상인가요?"

"물론이지요, 지극히 정상적입니다."

"아무튼 나는 욕조에 들어가지 않았어요."

"그래요? 그렇다면 아무도 들어가지 않은 셈이군. 이제 얘기가 재미있게 되었는걸."

"그런데 누가, 어째서 욕조에 들어갈 필요가 있었을까요?"

"글쎄요, 어째서일까요?" 포아로가 되물었다.

로자먼드는 얼마쯤 화가 치미는 듯했다.

"포아로 씨, 당신은 지금 셜록 홈즈의 흉내를 내시는 건가요?"

에르퀼 포아로는 빙그레 웃었다. 그리고 나서 주위의 공기를 살짝 냄새 맡아 보았다.

"단리 양, 버릇없는 짓을 허락해 주시겠습니까?"

"당신은 버릇없는 짓을 하실 분이 아니에요."

"아니, 정말 죄송합니다! 그럼, 말씀드리지요. 지금 쓰시는 향수는 아주 냄새가 좋습니다. 정말 미묘합니다. 은은히 감도는 매혹적인 향!" 하고 그는 두 손을 너풀너풀 흔들어대더니 이윽고 실제적인 목소리로 돌아왔다. "가브리엘 8번이군요?"

"잘 알아맞히셨어요. 네, 난 언제나 이것을 쓴답니다."

"마셜 부인도 같은 것을 썼습니다. 이거 놀라운데요! 상당히 비싼 물건이지요?"

로자먼드는 보일 듯 말 듯한 미소를 지으며 어깨를 으쓱했다. 포아로가 말을 계속했다.

"그 범행이 있던 날 오전에 당신은 여기에 앉아 계셨지요. 그때 보트를 저어가던 브루스터 양과 레드펀 씨가 당신을…… 아니, 적어도 당신의 파라솔을 보았습니다. 그런데 단리 양, 혹시 당신은 그날 아침 픽시 후미에 가서 거기 있는 저 유명한 픽시 동굴 속에 들어가지 않으셨습니까?"

로자먼드는 고개를 돌려 포아로를 바라보았다. 그녀는 조용하고 억양 없는 목소리로 말했다.

"내가 알레나 마셜을 살해했느냐는 질문인가요?"

"아니, 동굴 속에 들어가셨는지 어떤지를 여쭈어보고 있을 뿐입니다."

"난 그것이 어디에 있는지조차도 몰라요. 무엇하러 그 속에 들어갈 필요가 있겠어요? 무엇 때문에요?"

"범행이 일어난 그날 말입니다, 단리 양. 누구인지는 모르지만 가브리엘 8번을 쓰고 있는 사람이 동굴 속에 들어갔습니다."

로자먼드는 사납게 말했다.

"지금 막 당신 자신이 말씀하셨잖아요? 알레나 마셜도 가브리엘 8번을 쓰고 있었다고 말이에요. 그 여자가 그날 동굴에서 가까운 바닷가에 있었으니 아마 동굴 속에 들어갔겠지요."

"어째서 들어갈 필요가 있었을까요? 동굴 속은 어둡습니다. 좁고 거북해서 있기가 편치 않았을 텐데 말입니다."

"글쎄요, 나도 모르겠어요. 그 여자가 바로 그 바닷가에 있었으니까 가장 가능성 있는 사람이 아닐까요? 아까도 말씀드렸지만, 난 오전 내내 여기서 꼼짝도 하지 않았어요."

포아로는 로자먼드의 기억을 일깨워주었다.

"아닙니다, 도중에 꼭 한 번 호텔로 돌아가 마셜 대위의 방에 갔었지요!"

"아 참, 그랬었지요. 깜박 잊었었군요."

"그때 마셜 대위는 당신의 얼굴을 보지 못했을 거라고 말씀하셨지만, 그렇지 않더군요."

로자먼드는 도무지 믿어지지 않는 모양이었다.

"케네스가 나를 보았다고 하던가요? 정말, 그렇게 말하던가요?"

포아로는 고개를 끄덕였다.

"테이블 앞 벽에 걸린 거울로 당신을 보았다고 했습니다."

로자먼드는 감정이 격해져서 숨을 삼켰다.

"아아, 그랬었군요!"

포아로는 이미 바다를 보고 있지 않았다. 로자먼드 단리의 무릎 위에 놓여진 두 손을 빤히 바라보고 있었다. 모양 좋은 손, 갸름하고 늘씬한 손가락, 아름다운 손이었다.

로자먼드는 언뜻 포아로의 얼굴을 살펴보고 나서 그의 눈길을 더듬었다. 그녀는 야무진 목소리로 말했다.

"어째서 내 손을 그렇게 보시지요? 설마 당신은…… 설마…….''

"설마…… 뭐지요, 단리 양?" 포아로가 틈을 주지 않고 물었다.

"아니에요, 별로…….''

8

걸 후미로 내려가는 작은 길 위에 에르퀼 포아로가 선 것은 그로부터 1시간쯤 지난 뒤였다. 바닷가에 누가 앉아 있었다. 빨간 셔츠에 진한 갈색 바지를 입은 호리호리한 몸매의 여자였다.

꼭 맞는 멋진 구두를 신은 발을 주의하면서 포아로는 작은 길을 내려갔다.

린다 마셜이 고개를 홱 돌렸다. 조금 몸을 움츠린 것 같다고 포아로는 생각했다.

포아로가 바로 곁의 자갈 위에 조심스럽게 몸을 웅크리고 앉았을 때, 그것을 지켜보는 린다의 눈초리는 마치 함정에 걸린 짐승처럼 경계심과 의혹으로 가득 차 있었다. 그 너무나도 어리고 순진해 보이는 모습, 그 다치기 쉬운 모습을 보자 포아로는 가슴이 아파옴을 느꼈다.

"뭐지요? 무슨 일이신가요?"

에르큘 포아로는 한참 동안 대답을 하지 않았으나 이윽고 입을 열었다.

"지난번에 린다 양은 주경찰시장의 실문을 받았을 때, 새어머니를 좋아했고 그녀 쪽에서도 친절하게 대해 주었다고 말했었지?"

"그런데요?"

"그런데 그건 거짓말이었지, 린다 양?"

"정말이에요."

"특별히 두드러지게 불친절한 태도는 보이지 않았을지도 모르지. 그건 인정해. 하지만 린다 양은 그녀를 좋아하지 않았어. 아니, 오히려 무척 싫어했다고 생각하는데, 그것은 겉으로 보아도 분명했거든."

"아마 그다지 좋아하지는 않았을 거예요. 하지만 죽은 사람에 대해서 그렇게 말할 수는 없잖아요, 실례니까요."

포아로는 한숨을 쉬었다.

"학교에서 그렇게 배웠나?"

"그냥 그렇게 해야 될 것 같아서……."

"사람이 살해된 경우에는 예의보다도 진실을 말하는 편이 중요하지."

"당신이 하고 싶어하실 만한 말이로군요."

"하고 싶기도 하고, 또 지금은 이렇게 말하고 있지. 왜냐하면 알레나 마셜 부인을 살해한 자가 누구인지, 그것을 찾아내는 게 나의 일이니까."

린다가 낮은 목소리로 말했다.

"아아, 모두 잊어버리고 싶어요! 그런 끔찍한 일은……."

포아로는 다정하게 말했다.

"그렇지만 잊혀지지 않겠지?"

"틀림없이 미친 야만인일 거예요, 죽인 사람은!"

에르큘 포아로는 작은 목소리로 말했다.

"아니, 그렇지는 않을 거라고 생각하는데."

린다는 깜짝 놀라며 숨을 삼켰다. "당신은 마치 다 '알고 계시는' 것 같군요?"

"그렇지, 알고 있을지도 모르지."

포아로는 잠깐 사이를 두었다. "린다 양, 그러니까 믿고 나에게 맡겨주어요. 될 수 있는 한 린다 양을 도와서 걱정거리를 해결해 줄 테니까."

린다는 발딱 일어섰다. "나는 걱정거리 같은 거 없어요! 나에게 해주실 일은 아무것도 없어요. 도무지 무슨 이야기인지 알 수가 없군요."

그러한 린다를 찬찬히 살펴보면서 포아로는 말했다.

"이야기는 '양초'에 대한 건데……."

린다의 눈에 공포어린 빛이 언뜻 스치는 것을 포아로는 보았다.

그녀는 소리쳤다. "내버려두세요! 내버려두라니까요!"

린다는 아기사슴처럼 재빨리 바닷가로 뛰어나가더니 지그재그로

나 있는 작은 길을 달려 올라갔다.

　포아로는 고개를 젓고 있었다. 고뇌에 찬 침울한 표정으로.

제11장

1

콜게이트 경감이 주경찰서장에게 보고하고 있었다.

"한 가지 굉장한 사실을 알았습니다. 상당히 충격적인 내용입니다. 바로 알레나 마셜의 재산에 대한 것인데, 그녀의 고문변호사와 함께 조사해 보았습니다. 그들에게도 충격적이었던 것 같습니다. 보기 좋게 협박 이야기가 증명된 셈이지요. 그녀가 애스킨 경이라는 늙은이에게 5만 파운드의 유산을 받았잖습니까? 그런데 지금 남아 있는 것은 겨우 1만 5,000 파운드뿐입니다."

웨스턴 총경이 휘파람 소리를 내며 말했다.

"아니, 다 어떻게 된 거지?"

"그 점이 재미있습니다. 조금씩 주식을 팔아버렸더군요. 그리고 그때마다 현금이나 수표로 바꾸곤 했습니다. 이것은 다시 말해서 꼬리가 밟히지 않는 방법으로 누군가에게 주고 있었다는 말이 됩니다. 협박을 받은 겁니다, 이건."

총경은 고개를 끄덕였다.

“확실히 그런 것 같군. 그 협박자가 이 호텔에 있을 거야. 결국 세 남자 가운데 한 사람일 텐데…… 그들에 대해서는 새로운 자료가 없나?”

“아직 확실한 말씀은 드릴 수 없습니다. 배리 소령은 본인이 말하는 바와 같이 퇴역 장교인데, 작은 아파트에 살면서 연금과 얼마 안 되는 주식 배당금으로 생활하고 있습니다. 그런데 지난 1년 동안 상당한 금액이 은행 구좌에 예입되어 있었습니다.”

“그건 조사해 볼 만하군. 그 자신은 뭐라고 설명하던가?”

“경마를 해서 벌었다고 하더군요. 확실히 그는 큰 경기에는 빠지지 않고 나갔던 모양입니다. 실제로 돈을 걸었고요. 그렇지만 장부는 적어두지 않았습니다.”

총경이 고개를 끄덕이며 말했다.

“반론하기는 어렵지만, 뭔가 있을 것 같네.”

콜게이트 경감은 보고를 계속했다.

“다음은 스티븐 레인 목사. 이 사람도 분명히 진짜 목사입니다. 서리 주 화이트리지에 있는 세인트 헬렌 교회에서 일하고 있었지요. 그런데 1년 조금 전에 질병으로 그만두었습니다. 그 병이라는 게 무언지 아시겠습니까? 정신병원에 수용되었답니다. 1년 남짓하게 말입니다.”

“재미있군.” 웨스턴 총경이 대답했다.

“네, 그래서 주치의를 만나 될 수 있는 데까지 알아내려고 했지만, 아무튼 상대는 의사여서요. 도무지 요령을 얻을 수가 있어야지요. 결국 알아낸 것은, 목사의 병이 악마에 대한 강박 관념, 그것도 여자로 모습을 바꾼 악마랍니다. 성경에 나오는 바빌론의 요부, 주홍색 여자에 대한 강박 관념이라는 것이었습니다.”

“흐음, 그런 상황에서 나온 살인사건도 있을 수 있겠지.”

“그렇습니다. 아무래도 스티븐 레인 목사는 유력한 후보자인 것 같습니다. 확실히 알레나 마셜은 목사가 주홍색 여자라고 부르기에 어울리니까요. 머리카락 색깔로부터 행동 하나하나가 모두 말입니다. 그러므로 자신의 손으로 처리하는 데 사명감을 불태웠다고 해도 이상할 건 없지요. 만일 아직도 미친 상태라면 말입니다.”

“협박에 대해서는 뭔가 나타나지 않나?”

“없습니다. 협박에 관한 한 목사는 제외해도 좋다고 생각합니다. 많은 금액은 아니지만 자신의 재산이 있고, 최근 갑자기 재산이 불어난 사실도 없습니다.”

“범행이 있었던 날의 발자취에 대해 그가 말한 일에 대해서는?”

“그의 말을 증명할 만한 것은 전혀 없었습니다. 시골길에서 목사를 만났던 일을 기억하고 있는 사람은 아무도 없습니다. 교회의 방명록에도 그전에 기입한 것은 사흘 전의 날짜였고, 그 한두 주일 동안은 아무도 열어보지 않았으니까요. 그러므로 예를 들어 전날 아니, 2, 3일 전이라도 좋습니다만, 이름을 쓰고 25일이라고 써놓은 것쯤 문제없는 일이지요.”

웨스턴 총경은 고개를 끄덕였다.

“세 번째 인물은?”

“호러스 블래트 말씀입니까? 내 생각으로는 분명히 수상한 데가 있습니다. 철물상의 수입만으로는 생각할 수 없을 만큼 많은 금액의 소득세를 내고 있거든요. 아시겠습니까? 이 사람은 재주가 한두 가지가 아닙니다. 아마도 번드르르한 변명을 그럴 듯하게 꾸며댈 것입니다. 주식으로 한밑천 벌었다느니 어쩌니 하고 말입니다. 사실 수상한 거래도 두서너 가지 하는 모양입니다. 물론 그럴 듯하게 설명하긴 하겠지만, 최근 몇 년 동안 출처가 분명치 않은 막대한 수입이 있었다는 사실은 부정할 수 없을 겁니다.”

"그렇다면 호러스 블래트는 협박을 전문으로 돈을 벌었다는 말인
가?"

"협박, 아니면 마약입니다. 마약계의 리치웨이 주임경감을 만나고
왔는데, 굉장히 관심을 갖고 있더군요. 듣자니 요즈음 상당한 분량
의 헤로인이 흘러들어왔다고 합니다. 말단의 판매 조직도 잡았고
그것을 움직이는 녀석도 대체로 짐작이 가는데, 그 근원인 밀수 루
트가 잡히지 않아 애를 먹고 있다고 하더군요."

"만일 알레나 마셜의 살해범이 우연이든 고의든 마약 장사와 관계
가 있었고, 그 때문에 생긴 결과가 이번 사건이라고 한다면 이 수
사는 모두 스코틀랜드야드에 넘겨주는 편이 좋겠군. 그쪽에서 할
일이니까. 그렇지 않은가? 어떻게 생각하나, 콜게이트?"

콜게이트 경감은 조금 분한 모양이었다.

"확실히 그 말씀이 옳습니다. 마약이라면 그쪽 영역이지요."

웨스턴은 한참 생각한 다음 말했다.

"가장 납득이 가는 해석인 것 같군."

콜게이트가 우울한 표정으로 고개를 끄덕이며 말했다.

"그렇습니다. 마셜 대위는 놓쳐버렸고 만일 그의 알리바이가 미심
쩍었다면 조금 도움이 될 만한 자료를 모아오긴 했습니다만……
지금 마셜 대위의 회사는 파산 직전에 있습니다. 그러나 그 사람이
나 함께 일하는 동업자의 탓만은 아닙니다. 지난해 경제 위기의 여
세로 산업 금융계 전반이 막혀버린 거지요. 아무튼 마셜 대위로서
는 아내가 죽으면 5만 파운드의 돈이 굴러들어오리라고 생각했겠
지요. 5만이라면 상당한 금액이니까요."

경감은 말을 끊고 한숨을 쉬었다.

"유감입니다. 훌륭한 살해 동기를 가지고 있는 두 사람이 아무 관
련 없이 풀려나간다는 것은 말입니다!"

웨스턴 총경은 미소지었다.

"기운을 내게, 공을 세울 기회는 아직 있으니까. 협박당했던 일도 남아 있고, 미친 목사도 등장해 있네. 그러나 내 개인적인 인상으로는 아무래도 마약과 관련짓는 게 가장 유력할 것 같네."

총경은 잠시 말을 끊었다.

"비록 살인이 마약단 일당의 짓이라 하더라도 우리는 마약 루트를 해결하는 데 스코틀랜드야드를 크게 도운 셈일세. 전체적으로 보아서 이런저런 일로 우리도 잘했다고 할 수 있겠지."

콜게이트 경감의 얼굴에도 아련히 미소가 나타났다.

"그럴까요? 그런데 피해자의 방에서 발견된 편지의 수신자를 알았습니다. J. N이라고 서명한 사나이. 중국에 있습니다. 아무 일 없이. 브루스터 양이 말한 바로 그 사나이였지요. 말하자면 불량배의 똘마니입니다. 그리고 알레나의 친구 관계, 그리고 다른 사람들에 대해서도 조사해 보았지만, 단서가 없습니다. 필요한 자료는 이제 모두 다 나온 셈입니다."

"그 다음은 우리가 하기에 달린 거로군."

웨스턴 총경은 잠시 입을 다물었다.

"그 뒤 얼굴을 보았나? 그 벨기에 탐정님 말일세. 지금 자네가 한 이야기를 모두 알고 있을까?"

콜게이트 경감은 빙그레 웃었다.

"그분은 아주 괴짜더군요. 그저께였던가, 나에게 무엇을 물었는지 아십니까? 지난 3년 동안의 교살 사건에 대한 기록을 보고 싶다는 것이었습니다."

웨스턴 총경이 자세를 바로 했다.

"그게 정말인가? 그렇다면……."

총경은 잠깐 동안 골똘히 생각에 잠겼다.

"레인 목사가 정신병원에 입원한 것이 언제였다고 했지?"

"작년 부활절이었습니다."

웨스턴은 심각하게 생각에 잠겼다.

"교살이라면 이런 사건들이 있었지. 백숏 가까이에서 젊은 여자가 살해되었네. 어디에선가 남편과 몰래 만날 예정으로 집을 나간 뒤 변을 당했지. 그리고 또 신문에서 '숲속의 살인사건'이라고 부른 것…… 양쪽 다 서리 주였어, 내 기억으로는."

총경의 시선이 콜게이트 경감과 마주쳤다. 콜게이트가 말했다.

"서리 주군요. 그럼, 이건 아주 꼭 들어맞지 않습니까? 그렇다면……"

2

에르퀼 포아로는 그다지 높지 않은 섬 언덕 꼭대기의 풀 위에 앉아 있었다.

그 조금 왼쪽에는 픽시 후미로 내려가는 쇠사다리가 있었다. 사다리 위의 끄트머리 가까이에는 대여섯 개의 큼직한 바위가 뒹굴고 있기 때문에 아래의 바닷가로 내려가려는 사람이 몸을 숨기기에는 아주 알맞은 장소였다. 여기서부터는 아래의 바닷가가 거의 보이지 않았다. 절벽이 크게 쑥 튀어나와 있기 때문이었다.

에르퀼 포아로는 엄숙한 얼굴로 고개를 끄덕였다.

그의 그림맞추기 단편은 지금 모두 각기 자기 자리에 끼워지려고 하는 참이었다. 그는 그 하나하나의 의미를 생각하면서 머릿속으로 조각그림을 정리하고 있었다.

알레나 마셜이 살해되기 며칠 전 아침의 해수욕장.

그날 아침 주고받은 대화 가운데 나온 하나 둘 셋 넷 다섯 개의 독립된 말.

브리지 게임을 하던 날 밤. 그와 패트릭 레드펀과 로자먼드 단리, 이렇게 세 사람이 테이블에 있었고, 쉬게 된 크리스틴이 혼자 밖으로 나갔다가 어떤 대화를 엿들은 일. 그때 로비에 있었던 사람은 누구였으며, 있지 않았던 사람은 누구였던가?

사건 전날 밤. 절벽 위에서 크리스틴과 나눈 대화. 그 뒤 호텔로 돌아오며 보았던 광경.

가브리엘 8번.

가위.

부러진 파이프 조각.

창문으로 던져진 병.

녹색 달력.

양초.

벽에 걸린 거울과 타이프라이터.

빨강과 보랏빛 털실뭉치.

린다의 손목시계.

배수관을 흐르는 욕실의 물소리.

이처럼 서로 연관성도 줄거리도 없는 사실을 저마다 정해진 장소에 어김없이 끼워 넣어야만 한다. 한 개라도 비어져 나오거나 튕겨 나와서는 안 되는 것이다.

그리고 이처럼 하나하나의 구체적 사실이 올바른 위치에 들어가 박히면, 그 다음 단계로 할 일이 있다. 포아로 자신이 마음속에 품고 있는 이 섬에 떠도는 악의 존재감.

악……

포아로는 손에 들고 있는 종이쪽지에 찍힌 타이프라이터의 글씨로 눈길을 떨어뜨렸다.

넬리 파슨스――초뱀 근교의 인적 없는 숲길에서 교살당한 시체로 발견됨. 범인의 단서 없음.

넬리 파슨스일까?

앨리스 코리건――

포아로는 앨리스 코리건 사건에 대한 상세한 기록을 주의 깊게 읽어 내려갔다.

3

바다가 내려다보이는 바위에 에르큘 포아로가 앉아 있었다. 그 옆으로 콜게이트 경감이 가까이 다가왔다.

포아로는 콜게이트 경감을 좋아했다. 아무렇게나 생긴 얼굴, 날카로운 눈초리, 여유 있고 서두르는 법이 없는 태도가 좋았던 것이다.

콜게이트 경감은 자리에 앉았다. 포아로의 손에 있는 타이프라이터로 글이 찍혀 있는 종이쪽지를 보면서 말을 걸었다.

"그 사건 기록을 보시며 뭘 하십니까?"

"연구를 했지요."

콜게이트 경감은 일어나더니 옆의 움푹 팬 곳으로 가서 안을 들여다본 다음 다시 되돌아왔다.

"조심은 할수록 좋으니까요. 돌다리도 두드려보고 건너라는 속담이 있지 않습니까. 이러다가 누가 엿듣기라도 하면 곤란하지요."

"신중해서 좋습니다."

"포아로 씨, 분명하게 말씀드려도 좋습니다만, 실은 나 자신도 거기에 씌어 있는 사건에 관심이 있습니다. 물론 당신께서 질문하시지 않았다면 아마도 생각이 나지 않았겠지만 말입니다.”

경감은 잠시 사이를 두었다.

“그 가운데서 특히 한 가지 사건에 크게 관심이 갑니다.”

“앨리스 코리건 ?”

“네, 앨리스 코리건입니다.”

콜게이트는 또 잠시 사이를 두었다.

“서리 주의 경찰서와 연락을 취했습니다. 그 사건의 자초지종을 모조리 알고 싶어서요.”

“좀 가르쳐주시구려. 나도 관심은 마찬가지입니다. 굉장히 관심이 있지요.”

“그러실 거라고 생각했습니다. 엘리스 콜리건이 목 졸려 죽은 시체로 발견된 장소는 블랙리지 히스의 시저 숲, 넬리 파슨스의 시체가 발견된 말리 숲길에서 10마일도 떨어져 있지 않은 곳입니다. 그리고 양쪽 다 스티븐 레인이 교구 목사로 있던 화이트리지에서 12마일 안의 거리이지요.”

“앨리스 코리건에 대해 좀더 알려주실 수 없습니까 ?” 포아로가 말했다.

“서리 주 경찰서도 처음에는 넬리 파슨스 사건과 결부시켜서 생각하지는 않았던 모양입니다. 남편을 수상하다고 생각했으니까요. 잘은 모르지만, 남편이라는 사람은 신문에서 ‘수수께끼의 인물’이라고 부르는 타입의 남자여서, 경력이며 신원이 별로 알려져 있지 않았던 것 같습니다. 부인은 가족들의 반대를 물리치고 결혼했답니다. 돈도 좀 가지고 있었고 남편을 수취인으로 하여 생명보험에도 들어 있었습니다. 이런 까닭으로 우선 남편이 의심을 받게 된 셈인데, 그야 당연한 일이 아닙니까 ?”

포아로는 고개를 끄덕였다. 경감은 이야기를 계속했다.

"그런데 말입니다, 포아로 씨, 드디어 핵심에 다가간 시점에서 남편은 깨끗이 무죄가 되고 말았습니다. 시체를 발견한 사람은 최근에 크게 유행한 부인 등산가 중의 한 명이었지요. 쇼트 팬츠를 입은 늠름한 여자들 있지 않습니까? 듣자니 랭커셔의 어느 학교 체육 교사라고 하는데, 증인으로서의 자격도 충분하고 신용할 수 있는 사람이었습니다. 그 여자가 시체를 발견한 것이 4시 15분, 죽은 지 얼마 되지 않았을 때였습니다. 기껏해야 10분 전쯤 살해되었을 거라는 게 그때의 견해였지요. 그것은 5시 45분에 검시한 경찰의 사의 의견과 꼭 들어맞았습니다. 그녀는 현장을 완전히 그대로 두고 풀밭을 가로질러 백숏 경찰에 신고했습니다.

한편 남편 에드워드 콜리건은 그날 사업일로 런던에 갔었는데, 3시에서 4시 10분 사이 런던에서 돌아오는 기차를 타고 있었습니다. 같은 차칸에 네 사람이 타고 있었는데, 그 가운데 두 사람은 역에서 돌아오는 버스도 같이 탔답니다. 그는 파인 리지 카페 앞에서 버스를 내렸습니다. 거기서 부인과 차를 마시기로 약속했다는 것이었습니다. 그 시간은 4시 25분입니다. 그는 두 사람이 마실 차를 주문하고, 부인이 올 때까지는 갖고 오지 않아도 된다고 말했답니다.

그런 다음 밖을 서성거리며 부인을 기다렸습니다. 그러나 5시가 되어도 나타나지 않기에 슬그머니 걱정이 되기 시작했지요. 혹시 발목이라도 삔 게 아닐까 하고 말입니다. 본디 부인은 두 사람이 살고 있는 마을에서 히스 황야를 가로질러 파인 리지 카페까지 걸어와, 돌아갈 때는 함께 버스를 타고 가기로 약속했었답니다. 시저 숲이라면 카페에서 그리 멀지 않지요. 결국 부인은 시간이 너무 일렀기 때문에 도중에 한참 쉬느라고 앉아서 경치를 바라보고 있는데 지나가던 부랑자나 미친 사람이 갑자기 덮쳤을 거라는 결론을 얻게 되었지요.

그런데 남편에게 죄가 없다는 것이 밝혀지자 경찰은 그제야 이 사건을 넬리 파슨스와 결부시켰지요. 말리 숲길에서 교살당한 마음이 들뜬 하녀입니다. 가까스로 이 두 사건은 동일한 범인이 한 짓이라고 단정했지만, 범인은 잡히지 않았습니다. 뿐만 아니라 단서조차도 전혀 없었지요! 요컨대 완전한 패배였습니다."

콜게이트는 잠깐 입을 다물었다.

"그런데 지금 제3의 교살 시체로 발견된 여자, 그리고 이름은 말하지 않았지만 여기에 나타난 한 사나이……."

경감의 작고 날카로운 눈이 마지막으로 포아로의 얼굴에 멈추었다. 그는 희망을 품고서 포아로의 대답을 기다리고 있었다.

포아로의 입술이 움직였다. 콜게이트 경감은 몸을 앞으로 내밀었다.

포아로는 중얼거리듯 말하고 있었다.

"이거 참, 어렵게 되었군. 어느 것이 융단인지, 어느 것이 고양이의 꼬리인지!"

"뭐라고요?" 경감이 깜짝 놀라며 물었다.

포아로는 빠른 말투로 설명했다. "아아, 실례했소. 그만 나 혼자의 생각만 쫓다가……."

"그렇지만 뭡니까? 융단이니 고양이니 하신 건?"

"아니, 아니오…… 아무것도 아니오." 포아로는 일단 말을 끊었다. 그는 곧 말을 계속했다. "저, 콜게이트 씨, 만일 누군가가 거짓말을 하고 있다면…… 분명 누군가가 거짓말만 늘어놓고 있다고 생각되는데, 증거가 없소. 이럴 때는 어떻게 하시오?"

콜게이트는 곰곰 생각했다.

"어려운 질문이군요. 그러나 나는 이렇게 생각합니다. 만일 그가 여러 가지로 거짓말을 늘어놓는다면 오래 버티지 못하고 반드시 꼬리를 내놓기 마련이라고 말입니다.”

포아로는 고개를 끄덕여 동감이라는 뜻을 나타냈다.

“그 말이 맞소. 왜냐하면 ‘이 말과 이 말이 거짓말일 것이다’라는 건 증명되지 않는 한 나의 상상에 지나지 않으니까요. 나는 거짓말이라고 ‘생각’할 수 있지만 거짓말이라고 ‘입증’할 수는 없는 거지요. 그러나 실험을 해보면 알 수 있지요. 조그만 거짓말, 눈에 띄지 않는 거짓말을 실험해 보는 겁니다. 만일 한 가지가 거짓말이라고 입증되면, 그때는 나머지도 모두 거짓말이라고 할 수 있지요!”

콜게이트 경감은 이상한 듯한 표정으로 포아로를 쏘아보았다.

“매우 색다른 방법이군요. 하지만 마지막에는 결국 다 수습이 되겠지요. 한 가지 여쭈어봐도 괜찮겠습니까? 대체 무엇 때문에 교살 사건들을 조사하라고 하셨습니까?”

포아로는 천천히 대답했다.

“이 나라에서 유행하는 말에 ‘멋지다’라는 단어가 있지요? 이 사건은 나에게 있어서 매우 ‘멋진’ 범죄로 여겨집니다. 이러한 느낌은 어디에서 오는 것인가? 아마도 처음 저지른 범행이 아닐 것이다…… 이렇게 생각한 것이오.”

“과연!”

포아로는 차분하게 설명을 계속해 나갔다.

“그래서 나는 생각했소. 과거에 있었던 똑같은 수법의 범죄를 조사해 보자. 만일 이것과 비슷한 범죄가 있다면, 그렇다면 거기에서 결정적인 해결의 실마리가 발견될 것이라고 말이오.”

“같은 수법의 살인 말씀입니까?”

“아니, 그 이상의 것을 말이오. 이를테면 넬리 파슨스 사건은 아무 것도 가르쳐주지 않았소. 그러나 앨리스 코리건 사건은…… 콜게이트 경감, 이 사건과 놀라울 정도로 닮았다는 사실을 모르겠소?”
콜게이트 경감은 한참 동안 그 문제를 이리저리 생각하더니 겨우 대답했다.
“아니오, 난 잘 모르겠는데요. 다만 두 사건 모두 남편 쪽에 허물어뜨릴 수 없는 철벽 같은 알리바이가 있다는 것 정도입니다.”
포아로가 조용히 말했다.
“아, 당신도 그것을 알아차리셨군요?”

4

“여어, 포아로. 잘 와주었네. 들어오게나. 기다리고 있었네.”
에르큘 포아로는 웨스턴 총경의 말에 따랐다.
웨스턴 총경은 담뱃갑을 밀어주고 자기도 한 대 뽑아 불을 붙이더니 뻐끔뻐끔 빨면서 말하기 시작했다.
“우리가 취할 행동 방침을 대략 정했네. 그러나 실제 행동으로 옮기기 전에 자네의 의견을 물어두려고 생각한 걸세.”
“말해 보게나.”
“스코틀랜드야드에 연락하여 이리로 오도록 부탁해서 사건을 넘겨주기로 결정했네. 내가 보기에 한두 명 의심스러운 사람이 없지는 않지만, 이 사건은 모두 마약 밀수를 중심으로 움직이고 있어. 픽시 동굴이 마약을 주고받는 장소로 사용되었던 것은 아주 분명해.”
포아로는 고개를 끄덕였다.
“나도 그렇게 생각하네.”
“그거 다행이군. 운반을 맡은 자가 누구인가 하는 것도 거의 틀림없네. 호러스 블래트일세.”
포아로는 이 말에도 동의했다.
“그 점도 이미 생각하고 있었지.”

"그렇다면 우리 두 사람의 의견이 일치된 셈이군. 블래트는 자주 자신의 요트로 나가곤 했지. 이따금 누군가와 함께 가자고 할 때도 있었지만, 대개는 혼자였네. 특별히 남의 눈에 잘 띄는 빨간 돛을 달고 있었지만, 조사해 보니 따로 하얀 돛이 마련되어 있더군.

아마도 약속된 날 특정한 장소로 요트를 몰고 나가 거기서 한패의 배──돛단배나 요트겠지──를 만나 물건을 받아오는 모양일세. 그런 다음 픽시 후미로 가는 거지. 적당한 시간을 골라서……"

에르큘 포아로는 빙그레 웃었다.

"그래, 맞았네. 오후 1시쯤. 영국 사람들의 점심시간, 누구나 반드시 식당에 있는 시간이지. 섬은 호텔에서 모조리 쓰고 있는 곳이어서 외부 사람들이 소풍 올 만한 장소가 아닐세. 날씨가 좋은 날이며 가끔 오후의 차를 마시러 호텔에서 픽시 후미로 가는 사람도 있지만, 그러나 소풍 나가고 싶은 사람이라면 그보다 육지로 가서 몇 마일이고 멀리 가는 게 보통이거든."

이번에는 웨스턴 총경이 고개를 끄덕였다.

"자네 말이 맞네. 그러니까 블래트가 그곳에 배를 대고 동굴 속의 쑥 튀어나온 바위 위에 물건을 감추면 조금 뒤 누군가가 그것을 가지러 오게 되어 있었던 걸세."

포아로가 조용히 말했다.

"자네 기억하나, 살인이 있었던 날 점심을 먹으러 섬에 왔었다는 아베크? 마약을 인수하는 방법인지도 모르지. 고원지대나 센트루 부근의 관광호텔에 묵고 있는 손님이 섬을 구경하러 온 것처럼 꾸미는 거지.

그들은 점심식사를 주문해 놓고 우선 섬 안을 산책하네. 바닷가로 내려가는 것쯤 문제없지. 샌드위치 상자를 손에 넣어 십중팔구 여자가 들고 다니는 수영복 가방에 집어넣을 걸세. 그런 다음 호텔로 돌아와서 점심식사를 하는 거야. 아마 2시 10분 전쯤 될까? 모든 손님들이 식당에 있는 사이에 유유히 산책을 즐기고 왔다는 얼굴로 돌아오는 거지.”

“그렇고말고. 조금도 어려울 게 없는 일일세. 아무튼 마약 조직에 가담한 녀석들은 상당히 잔인하거든. 누군가가 자기도 모르게 우연히 현장을 보기라도 해보게. 두말할 것도 없이 그자를 없애버리고 마네. 알레나 마셜이 살해된 것도 우선 이것으로 설명될 수 있겠지.

아마 모르긴 해도 그날 아침 블래트가 물건을 운반했을 게 틀림없네. 그날 안으로 한패가 그걸 인수하러 오기로 되어 있었던 걸세. 그런데 거기에 알레나가 부판을 타고 왔네. 그리고 블래트가 양철 상자를 들고 동굴 속으로 들어가는 것을 보고 말았지. 그게 뭐냐고 묻자, 블래트는 다짜고짜 달려들어 그 자리에서 목을 졸라 죽인 걸세. 그러고 나서 그는 흰 파도와 함께 기슭을 떠나버렸네.”
포아로가 말했다.

“자네는 확실히 블래트가 죽였다고 생각하는 건가?”

“그것이 가장 온당한 해석이 아니겠나? 물론 알레나 마셜이 훨씬 전부터 눈치를 채고 블래트에게 뭔가 말을 했으며, 그래서 일당 가운데 한 녀석이 가짜 이름으로 그녀를 불러내어 죽여 버렸다고 생각할 수도 있겠지. 아무튼 조금 전에도 말했듯이, 이 사건은 스코틀랜드야드에게 넘겨주는 것이 가장 좋겠네. 블래트와 그 일당의 관계를 파헤치는 데는 우리보다 훨씬 가능성이 있으니까 말일세.”
에르큘 포아로는 신중한 태도로 크게 고개를 끄덕였다.

웨스턴 총경이 이야기를 계속했다.

“자네도 그것이 현명한 방법이라고 생각하겠지, 어떤가?”

포아로는 골똘히 생각하더니 가까스로 목소리를 냈다. "아마 그렇겠지."

"포아로, 자네가 쥐고 있는 자료는 그것과 다른 모양이지?"

포아로는 침울한 얼굴로 말했다. "쥐고 있다 해도 과연 입증할 수 있을지 어떨지 모르겠네."

"물론 자네와 콜게이트가 다른 의견을 가지고 있다는 것은 알고 있네. 나에게는 좀 엉뚱하게 생각되기도 하지만, 그렇다고 해서 전혀 쓸데없는 일이라고 할 수도 없다는 것은 인정하네. 그러나 아무리 자네 의견이 옳다고 해도 이 사건은 역시 스코틀랜드야드에 맞는 것일세. 우리는 자료를 제공하고, 그들은 서리 주의 경찰서와 함께 수사하겠지. 요컨대 우리의 손으로는 벅차. 한 지방경찰서가 다룰 문제가 아닐세."

총경은 잠시 말을 끊었다가 다시 이었다.

"포아로, 어떻게 생각하나? 어떻게 해야 한다고 생각하나?"

포아로는 깊이 생각에 잠겨 있는 모양이었다. 잠시 뒤에야 그는 겨우 입을 열었다.

"좋은 생각이 있네. 꼭 해보고 싶어."

"뭔가?"

포아로는 중얼거리듯 말했다. "피크닉을 가볼까 하네."

웨스턴 총경은 눈을 동그랗게 뜨고 포아로의 얼굴을 뚫어지게 쳐다보았다.

제12장

1

“피크닉이요? 진심으로 말씀하시는 건가요, 포아로 씨?”

정신이 돌기라도 한 게 아닐까 하는 것처럼 에밀리 브루스터의 눈이 휘둥그레졌다.

포아로는 선뜻 대답했다.

“아마도 어이없는 일이라고 생각하시겠지요. 그러나 나는 멋진 제안이라고 생각합니다. 우리는 우선 생활을 정상적인 상태로 회복시켜야만 합니다. 그러기 위해서는 여느 때의 일상적인 활동이 필요하지요. 게다가 나 자신도 다트무어를 꼭 한 번 구경하고 싶었습니다. 다행히도 날씨가 기막히게 좋아서 그야말로 모든 사람의 마음을, 뭐랄까…… 부풀어 오르게 하는군요! 그러니 부디 좀 도와주십시오. 여러분을 모두 설득해 주십시오.”

피크닉 제안은 예상 밖의 성공을 거두었다. 처음엔 모두들 반신반의하는 상태였지만, 나중에는 그것도 나쁘지 않을 거라고 생각한 무리가 많아졌기 때문이다. 그래서 선뜻 내키지는 않았지만 그런대로 인정하게 된 것이다.

마셜 대위에게 권유하는 일은 그만두자고 의논이 모아졌다. 대위는 그날 플리머스에 갈 일이 있다고 그전부터 이야기해 왔기 때문이었다. 블래트는 대찬성이었으며, 더구나 무척 적극적이어서 자진하여 모두들의 중심인물이 되려는 듯 굉장한 기세였다. 참가할 사람은 블래트, 에밀리 브루스터, 레드펀 부부, 스티븐 레인 목사, 하루만 더 있다 떠나도록 설득받은 가드너 부부, 그리고 로자먼드 단리와 린다 마셜이었다.

포아로는 로자먼드에게 열변을 토하며, 이 계획은 린다의 기분을 돌리기 위해서도 도움이 된다는 것을 길게 역설했던 것이다. 로자먼드도 그 점에 대해서는 같은 의견이었다.

"그 말씀이 옳아요. 그 나이 또래의 아이들에게는 굉장한 충격이었을 것이고, 지금도 신경이 몹시 흥분되어 있으니까요."

"무리도 아니지요, 단리 양. 그렇지만 그 나이 또래의 아이들은 또 잊는 것도 빠르답니다. 꼭 함께 가자고 설득하십시오. 당신이라면 설득할 수 있을 겁니다."

배리 소령은 딱 잘라 거절했다. 피크닉은 질색이라는 것이었다.

"잔뜩 들고 가지만 제대로 차분히 먹을 수가 없소. 나는 식사만은 식탁에서 먹어야 만족합니다."

그들은 10시에 집합했다. 자동차를 세 대 불러왔다. 블래트는 관광 안내원 흉내를 내며 명랑하게 떠들어대고 있었다.

"자, 여러분. 이쪽입니다. 다트무어 행은 이쪽입니다. 히스 꽃에 산딸기, 명물은 크림과 감옥이지요. 주인어른은 부인과 함께 오십시오. 부인이 아니라도 괜찮습니다! 누가 오시든 대환영입니다! 경치에 대해서는 보증합니다! 자, 오십시오, 어서 오십시오!"

출발 시간이 임박해서 로자먼드 단리가 걱정스러운 얼굴로 내려왔다.

"린다는 갈 수 없어요. 두통이 몹시 심하다는군요."

포아로가 소리쳤다.

"오면 나을 겁니다. 꼭 데리고 오십시오, 단리 양."

그러나 로자먼드는 강력하게 말했다.

"안돼요, 오려고 하지 않아요. 아스피린을 먹인 뒤 침대에 눕히고 저만 왔어요."

그리고 그녀는 머뭇거리는 듯했다. "나도 남겠어요. 그러는 편이 좋을 것 같아요."

"그건 안됩니다, 당치도 않은 말씀입니다!" 블래트가 얼른 그녀의 팔을 움켜쥐었다. "우리 보잘것없는 일행에 새로운 패션의 꽃을 곁들여주십시오! 싫다는 말을 하게 놓아두지 않겠습니다. 이미 체포했습니다, 하하하! 다트무어로 보낼 것을 선고합니다!"

그는 로자먼드를 강제로 첫 번째 자동차 쪽으로 끌고 갔다. 로자먼드는 포아로의 얼굴을 돌아보았다.

"내가 남겠어요. 린다 곁에요." 크리스틴 레드펀이 말을 꺼냈다. "난 안 가도 괜찮아요."

"무슨 소릴 하는 거요?" 패트릭이 펄쩍 뛰었다.

포아로도 말했다. "그건 안 됩니다, 부인. 가십시오. 머리가 아플 때에는 혼자 있는 편이 좋습니다. 자, 떠납시다."

이리하여 세 대의 자동차가 출발했다. 그들은 우선 시프스터에 있는 진짜 픽시 동굴로 갔다. 좀처럼 입구를 알 수 없어 그림엽서에 의지하여 가까스로 찾아낼 때까지 옥신각신하면서 모두들 크게 떠들며 즐겼다.

큼직한 돌들이 뒹굴고 있는 만을 걸어다니는 것은 굉장히 위험했다. 포아로는 동굴 찾는 일에는 끼지 않고 크리스틴 레드펀이 바위에서 바위로 가볍게 훌쩍훌쩍 뛰어다니는 곁에 남편이 끊임없이 붙어 있는 것을 너그러운 눈길로 바라보고 있었다.

로자먼드 단리와 에밀리 브루스터는 입구 찾는 일에 참여했는데 브루스터가 발을 헛디뎌 발목을 조금 삐었다. 스티븐 레인은 지칠 줄 모르는 사나이였다. 여위고 키가 후리후리한 커다란 몸을 옆으로 굽혔다 비틀었다 하면서 바위 사이를 돌아다니고 있었다. 블래트는 조금 앞으로 걸어나간 곳에서 발을 멈추고 다른 사람들에게 소리만 지를 뿐, 그 다음은 여러 사람의 스냅 사진을 찍는 것으로 만족하고 있었다.

가드너 부부와 에르큘 포아로는 길바닥에 털썩 앉아 있었다. 가드너 부인이 높은 쇳소리를 내며 한결같은 말투로 이야기를 계속하는 농안 무던한 남편은 이따금 "그래, 그 말이 맞소" 하고 맞장구를 치고 있었다.

"그러니까 말예요, 포아로 씨. 이것은 우리 주인도 아주 동감입니다만, 스냅 사진이란 정말 괴롭기 짝이 없는 것이라고 생각해요. 물론 친한 친구 사이라면 괜찮아요. 그렇지만 저 블래트 씨라는 분은 상대방의 기분 따위는 아랑곳하지도 않고 누구의 앞이든 성큼성큼 다가가서 입으로 연방 지껄여대면서 찰칵찰칵 누르지 뭐예요! 남편에게도 말씀드렸지만, 저런 무례한 일은 또 없을 거예요. 그렇지요, 여보? 내가 그렇게 말하지 않았나요?"

"아아, 그랬지."

"언제였던가 바닷가에서 우리 모두 함께 찍은 그룹 사진…… 그것은 그런대로 괜찮았지만, 아무튼 미리 양해를 구해야 해요. 브루스터 양 같은 분은 일어나려고 엉거주춤하는 것을 찍어서 정말 우스꽝스러운 모습이 되었더군요."

"당신 말이 맞소" 하고 가드너는 빙긋 웃었다.

"게다가 블래트 씨는 다른 사람에게 물어보지도 않고 모두에게 한 장씩 나누어주고 다닌답니다. 포아로 씨, 당신께도 한 장 드린 것 같던데요 ?"

포아로는 고개를 끄덕이며 대답했다.

"내게는 그 사진이 귀중합니다."

"그런데다 오늘의 저 모습은 또 어때요, 뻔뻔스럽고 소란스럽고 점잖지 못해요 ……정말 진저리가 쳐지는군요. 오늘은 당연히 저 사람을 뒤에 남겨두어 집을 지키도록 했어야 하는 건데요, 포아로 씨."

포아로는 중얼거리듯 말했다.

"유감스럽습니다만, 부인. 그건 매우 어려운 일입니다."

"그건 그렇겠지요. 저 사람은 어디에나 잘난 체하고 나서니까요. 다른 사람들이야 아무래도 상관없는 거예요."

마침 이때 픽시 동굴의 입구가 발견되어 사람들이 지르는 환성이 아래로부터 힘차게 울려왔다.

그들은 에르큘 포아로의 지시에 따라 자동차를 좀더 앞으로 몰고 가서 모두들 차에서 내렸다. 그리고 히스로 덮인 언덕 비탈을 조금 내려간 시냇물 가에서 쾌적한 휴식 장소를 찾아냈다.

시내에는 좁은 판자로 된 다리가 걸려 있었다. 가드너 부인은 포아로와 남편의 권유에 따라 다리를 건너, 가시투성이의 금작화도 없고 온통 히스가 우거져서 도시락을 펴놓기에 알맞은 장소로 인도되었다. 판자 다리를 건널 때의 기분이 어땠는지 계속 지껄여대면서 가드너 부인은 재빨리 앉았다. 갑자기 낮은 외침 소리가 들려왔다.

다른 사람들은 그 다리를 가볍게 뛰어서 건넜는데, 에밀리 브루스터만은 도중에 다리가 얼어붙어 몸을 흔들거리며 눈을 가려버리고 만 것이다.

포아로와 패트릭 레드펀이 도와주러 달려갔다.

에밀리 브루스터는 불쾌한 얼굴로 부끄러운 듯이 말했다.

"정말 죄송해요. 미안합니다. 난 도무지 물이 흐르는 위를 건너지 못하겠어요. 어지러워서요. 이렇게 바보예요, 난."

점심을 풀어놓고 식사가 시작되었다.

그들 한 사람 한 사람이 마음속으로 남몰래 놀란 것은, 이 피크닉이 그들에게 뜻밖에도 즐거운 일이 된 것이다. 아마도 의혹과 공포에 싸인 분위기로부터 해방되는 더없이 좋은 기회가 되었기 때문일 것이다.

귀에 들리는 시냇물 소리, 희미하게 감도는 이탄지(泥炭地) 이끼의 향기, 히스며 잡초에 핀 꽃의 따뜻한 빛깔, 이런 것들에 둘러싸여 있느라니 살인사건이며 경찰의 수사는 마치 실제로 있지도 않은 세계에서 생긴 일처럼 자취도 없이 사라지고 마는 것 같았다. 호러스 블래트까지도 모두들의 중심인물이 되기를 그만두고 식사가 끝나자 그들로부터 조금 떨어진 곳에서 낮잠을 자기 시작하여, 낮고 평화롭게 코고는 소리가 의식을 잃은 그의 행복감을 이야기해 주고 있었다.

각자의 소지품을 챙기면서, 모두들 에르퀼 포아로가 훌륭한 데 생각이 미친 것을 칭찬하며 진심으로 기뻐했다.

해가 뉘엿뉘엿 지기 시작할 무렵, 그들은 구불구불한 작은 길을 더듬어 호텔로 돌아가기 시작했다. 레더콤 만을 내려다보는 언덕 위에서 그들은 잠깐 동안 스머글러즈 섬과 그위의 하얀 호텔을 보았다.

섬은 저녁놀 속에 한가롭고 편안하게 누워 있었다.

가드너 부인도 이때만은 재잘거리지 않고 한숨을 쉬었다.

"포아로 씨, 정말 고마웠어요. 덕분에 기분이 차분해졌어요. 오늘 참 잘하셨어요."

일행이 도착하자 배리 소령이 마중 나왔다.

"여어, 어서들 오시오! 어땠습니까?"

가드너 부인이 대답했다.

"아주 즐거웠답니다. 히스 황야가 얼마나 아름다운지…… 그처럼 아름다운 경치는 다시없을 거예요. 그야말로 영국다운, 구세계다운 것이었지요. 게다가 공기가 어쩌면 그렇게 달콤하고 상쾌한지 모르겠어요. 이런 때에 남아 있다니, 굉장한 게으름뱅이예요. 기운을 내셔야지요."

소령이 의미담긴 미소를 지으며 말했다.

"내 나이쯤 되면 그런 일이 싫어진답니다. 흙탕 위에 앉아서 샌드위치를 물어뜯다니, 하하하!"

객실 하녀가 호텔에서 나왔다. 숨이 차서 조금 헐떡이고 있었다. 순간 하녀는 머뭇머뭇 하더니 빠른 걸음으로 크리스틴 레드펀의 곁으로 다가왔다.

포아로는 그녀가 글래디스임을 알았다. 하녀는 흐트러진 목소리로 재빨리 말했다.

"실례합니다, 부인. 저어, 아가씨 일이 걱정이에요. 린다 마셜 양 말입니다. 지금 막 차를 들고 갔더니 도무지 잠에서 깨어나지 못하는 거예요. 아무래도 좀…… 어쩐지 이상해서……."

크리스틴은 안타까운 듯이 주위를 둘러보았다. 포아로가 얼른 다가가서 크리스틴의 팔꿈치에 손을 얹으며 조용히 말했다.

"함께 가시지요."

두 사람은 서두르는 걸음으로 계단을 올라가 복도를 걸어서 린다의 방으로 들어갔다.

한눈에 예사롭지 않은 상태라는 것을 알 수 있었다. 얼굴빛도 이상하고 호흡도 고르지 못했다.

포아로는 손을 뻗어 맥을 짚었다. 그때 그의 눈에 침대 옆 탁자 위에 놓인 전기스탠드에 편지 봉투 한 통이 세워져 있는 것이 보였다. 포아로에게 쓴 것이었다.

마셜 대위가 급히 달려왔다.

"린다가 어떻게, 대체 어떻게 되었습니까?"

낮고 겁먹은 듯한 울음소리가 크리스틴 레드펀에게서 새어나왔다.

에르큘 포아로가 침대에서 돌아서며 마셜에게 말했다.

"의사를 부르십시오, 아주 급합니다. 그러나 어쩌면…… 이미 늦었을지도……."

포아로는 자기 앞으로 쓴 봉투를 집어 들어 겉봉을 뜯었다. 안에 든 종이에 린다의 소녀다운 꼼꼼한 필적으로 짤막한 문장이 씌어져 있었다.

이것이 가장 좋은 해결 방법이라고 믿습니다. 나를 용서해 주시도록 아빠께 부탁드려보세요. 알레나를 죽인 것은 나예요. 그렇게 하고 나면 모든 것이 후련해질 줄 알았는데…… 그렇지 않았어요. 모든 일을 깊이 사과합니다.

3

사람들이 로비에 모였다. 마셜과 레드펀 부부, 그리고 로자먼드 단리, 에르큘 포아로였다.

다섯 사람은 입을 굳게 다물고 가만히 기다리고 있었다…….

문이 열리고 니즈든 의사가 들어왔다. 그는 짤막하게 말했다.

"할 수 있는 데까지는 했습니다. 어쩌면 잘 빠져나올 수 있을지도 모르지만, 솔직히 말해서 가망이 매우 적습니다."

그러고 나서 의사는 입을 다물어버렸다. 마셜이 굳은 얼굴로, 푸른 빛 눈을 얼음처럼 빛내면서 물었다.

"어떻게 손에 넣었을까요?"

니즈든은 다시 한 번 문을 열고 손짓해서 사람을 불렀다.

하녀가 방으로 들어왔다. 울고 있었던 모양이다.

"처음부터 다시 한 번 말해 보시오." 니즈든이 말했다.

하녀는 훌쩍거리면서 이야기하기 시작했다.

"설마…… 설마 나는 일이 이렇게 되리라고는 꿈에도 생각지 못했어요. 하지만 그러고 보니 역시 좀 이상했어요."

의사가 다급하게 몸을 움직였으므로 그녀는 다음 말을 계속했다.

"린다 양은 이웃 방으로 들어가더군요. 레드펀 부인의 방이지요. 그리고 세면대에서 작은 병을 집어 들더군요. 내가 들어가자 좀 놀라는 것 같았어요. 나는 부인 방에 있는 물건을 집어 들다니 좀 이상하다고 생각했지만, 어쩌면 린다 양이 빌려주었던 물건일지도 모른다고 고쳐 생각했지요. 그러자 '아아, 이제 찾았군' 하시면서 방을 나갔어요."

크리스틴이 속삭이는 듯한 작은 목소리로 말했다.

"내 수면제예요."

의사가 퉁명스럽게 물었다.

"어떻게 알았을까요?"

"내가 한 알 준 일이 있어요. 사건이 일어난 날 밤이었어요. 도무지 잠을 잘 수 없다고 하기에 주었지요. 그때 린다가 이렇게 말하더군요. '겨우 한 알로 효과가 있을까요?' 그래서 난 '염려하지 마, 센 약이니까. 두 알 이상은 절대로 먹지 말라고 의사가 말씀하셨어'라고 말했지요."

니즈든이 고개를 끄덕였다.

“그런데 확실히 해두려고 여섯 알이나 먹었군.”

크리스틴이 또 울기 시작했다.

“아아, 내가 나빴어요! 문을 잠가버렸더라면 좋았을걸…….”

의사가 어깨를 으쓱했다.

“그렇게 하는 편이 현명했겠지요.”

크리스틴은 절망적으로 말을 계속했다.

“아아, 죽고 말 거예요. 모두 내 탓이에요…….”

케네스 마셜이 의자 위에서 몸을 움직였다.

“아니오, 당신이 나쁜 게 아닙니다. 린다는 다 알고 한 짓입니다. 일부러 먹은 겁니다. 아마…… 달리 방법이 없다고 생각했을 겁니다.”

대위는 손에 있는 구겨진 종이쪽지로 눈길을 떨어뜨렸다. 포아로가 말없이 건네준 린다의 편지였다.

로자먼드 단리가 큰소리를 질렀다.

“도무지 믿을 수가 없어요! 린다가 범인이라니, 도저히…… 첫째 그건 불가능해요. 증거가 없잖아요!”

크리스틴도 힘주어 말했다.

“정말이에요, 그녀는 도저히 ‘할 수 없었어요’! 틀림없이 신경이 흥분되어 공상한 걸 거예요.”

그때 문이 열리더니 웨스턴 총경이 들어왔다.

“어찌된 거요, 대체?”

니즈든 의사가 마셜의 손에서 편지를 받아 총경에게 건네주었다. 그는 그것을 한 번 훑어보고 나서 믿을 수 없다는 표정으로 소리쳤다.

“뭐라고? 이런 어이없는…… 기막히군! 이건 불가능해.” 그는 확신을 가지고 되풀이 했다. “불가능해! 그렇지 않나, 포아로?”

에르큘 포아로는 이때 처음으로 몸을 움직여 낮고 서글픈 목소리로 말했다.

"유감스럽지만 불가능하지는 않습니다."

크리스틴 레드펀이 말했다.

"하지만 포아로 씨, 난 린다와 함께 있었어요. 12시 15분 전까지 함께 있었어요. 경찰에도 그렇게 말씀드렸어요."

"당신의 증언으로 린다의 알리바이가 성립되었던 겁니다. 그 말씀이 맞습니다. 그러나 그 증언은 무엇에 바탕을 두고 있습니까? '린다 마셜의 손목시계'입니다. 당신은 린다와 헤어진 시각이 12시 15분 전이었다는 것을 자신이 '알고 있었던' 것은 아닙니다. 그녀의 입을 통해 '들었을 뿐'입니다. 당신도 시간이 퍽 빨리 지나갔던 것 같았다고 말씀했지요?"

크리스틴은 깜짝 놀라 포아로를 다시 바라보았다.

포아로는 태연하게 말을 계속했다.

"생각해 보십시오, 부인. 걸 후미를 떠나 호텔로 돌아왔을 때까지 당신은 빠르게 걸었습니까, 아니면 천천히 걸었습니까?"

"글쎄요, 꽤 천천히 걸었다고 생각합니다만……."

"그 도중에 있었던 일을 잘 기억하십니까?"

"아니오, 그다지 잘 기억하고 있지 않아요. 난, 무언가 생각하고 있었으니까요."

"이런 질문을 해서 죄송합니다만, 걸으면서 무슨 생각을 했었는지 이야기해 주실 수 있겠습니까?"

크리스틴은 얼굴을 붉혔다.

"글쎄요…… 필요한 일이라면…… 나는 이곳을 떠나는 일에 대해서 생각하고 있었어요. 패트릭에게도 말하지 않고 혼자 떠날까 하고. 왜냐하면 그때 나는 아주 비참했었거든요."

패트릭 레드펀이 소리쳤다.

"아아, 크리스틴! 알고 있어…… 다 알고 있어!"

포아로의 또렷한 목소리가 그의 말을 가로막았다.

"실제로 그랬었지요. 당신은 중대한 행동을 하려고 그것을 생각하고 있었습니다. 그러니까 아마 주위의 일에 대해서는 염두에 없었지요. 천천히 느릿느릿 걸으며 때로는 도중에 걸음을 멈춘 채 깊은 생각에 잠기기도 하고……."

크리스틴은 고개를 끄덕였다.

"잘 알아차리셨어요. 네, 그랬었어요. 호텔 바로 옆에 와서야 겨우 꿈에서 깨어난 것처럼 정신이 들어 늦지 않았을까 하고 허둥지둥 뛰어가곤 했었답니다. 하지만 로비의 시계를 보면 언제나 아직 시간이 넉넉했어요."

에르퀼 포아로는 다시 되풀이해서 말했다.

"실로 그렇습니다."

이윽고 포아로가 마셜 대위에게로 돌아섰다.

"여기서 당신에게 설명해 두어야 할 일이 있습니다. 사건이 일어난 뒤 따님의 방에서 발견된 것이 있습니다. 난로 재받이 속에 큼직한 양초 녹은 덩어리와 불에 탄 머리카락과 보드지와 보통 종이가 타다 남은 찌꺼기와 가정용으로 흔히 쓰는 보통 핀 등이 있었습니다. 종이며 두꺼운 보드지는 아무 관계가 없을지도 모르지만, 나머지 세 가지는 중대한 문제를 안고 있습니다. 그 가운데서도 특히 책상 뒤쪽에 한 권의 책이 감추어져 있는 게 발견되었지요. 마을의 가게에서 빌려온 것인데, 마법과 요술에 관한 책입니다. 탁 펴니까 어렵지 않게 어떤 페이지가 나오더군요. 거기에는 사람을 저주하여 죽이는 여러 가지 방법이 씌어 있었습니다.

　양초를 녹여서 희생될 사람을 본떠 만든 인형을 불에 구워 녹여 없애는 방법, 또 그 양초 인형의 심장에 핀을 찌르는 방법 등……
그렇게 함으로써 희생자가 죽는다고 씌어 있었던 것입니다. 나중에
레드펀 씨 부인으로부터 들었습니다만, 린다 마셜은 그날 아침 일
찍 외출했다가 양초 꾸러미를 사들고 돌아왔답니다. 꾸러미 속의
물건들이 와르르 떨어졌을 때 그녀가 무척 당황했다고 합니다. 그
뒤 린다 마셜이 어떻게 했는가 하는 것은 이제 의심할 여지가 없습
니다. 린다는 양초를 녹여 인형을 만든 것입니다. 아마도 마법의
힘을 더욱 강하게 만들려고 알레나 마셜 부인의 붉은 머리카락을
가위로 잘라 인형에게 붙였으리라고 생각합니다. 그러고 나서 인형
의 심장에 핀을 꽂고, 마지막으로 보드지를 태워 그 불로 인형을
녹였을 것으로 생각됩니다.

확실히 어린아이다운 미숙한 미신이라고 하겠습니다. 그러나 이
것으로 꼭 한 가지 분명해진 것이 있습니다. 살의입니다. 그럼, 다
음에 그 살의를 실행에 옮길 가능성이 있었을까요? 린다 마셜은
실제로 계모를 살해한 것일까요? 얼른 보기에 린다의 알리바이는
완벽하여 나무랄 데가 없는 것 같았습니다. 그러나 실제로는 이미
지적했던 바와 같이, 시간에 대한 증언은 '린다 자신'의 말에 의한
것입니다. 실제보다 15분이나 앞선 시간을 가르쳐주는 것은 매우
간단한 일이지요.

이렇게 되면 레드펀 부인이 바닷가를 떠난 다음 린다가 바로 뒤
를 쫓아가다가 도중에 옆길로 들어가서 섬의 가장 움푹 들어간 곳
으로 뛰어나가 픽시 후미의 사다리를 뛰어 내려 바닷가에서 계모를
만나 목을 졸라 죽이고, 브루스터 양과 패트릭 레드펀 씨가 탄 보
트가 아직 보이기 전에 급히 사다리를 올라간다는 것은 결코 불가
능한 일이 아닙니다. 그러고 나서 걸 후미로 다시 돌아가 간단히
수영을 한 다음 적당한 때를 보아 호텔로 돌아오면 되었을 것입니

다.

　그러나 이 추측이 성립되려면 두 가지 조건이 필요합니다. 첫째로 그 시각에 알레나 마셜 부인이 픽시 후미에 있다는 것을 확실히 알고 있어야만 했을 것이고, 둘째로 체력적으로 범행이 가능해야만 했을 것입니다.

　우선 첫째 조건은 가능했습니다. 그것은 즉 린다 마셜이 가짜 이름을 써서 알레나 마셜 부인에게 편지를 쓰면 되었을 테니까요. 이제 둘째 조건에 대해서 말하겠는데, 린다의 손은 크고 억셉니다. 크기는 남자의 손과 별 차이가 없고, 그 나이 때는 흔히 정신이 안정되어 있지 않으므로, 정신착란 상태에서는 터무니없는 힘이 나오게 마련이지요. 또 한 가지 작은 일이지만, 린다 마셜의 친어머니는 살인 혐의로 기소되어서 재판을 받았었던 사실이 있습니다.”

케네스 마셜이 얼굴을 번쩍 들더니 격렬한 어조로 말했다.

“무죄가 되었소!”

“네, 무죄였습니다.” 포아로는 순순히 동의했다.

“이것만은 말해 두고 싶소, 포아로 씨. 루스, 아내는 죄가 없었습니다. 그것만은 절대로 확실합니다. 나는 믿어 의심치 않습니다. 우리 부부의 생활 가운데 속이는 일은 결코 없었습니다. 루스는 환경이 빚어낸 죄 없는 희생자였습니다.”

마셜은 숨을 한 번 크게 쉬었다.

“그리고 린다가 알레나를 살해했다는 것도 믿을 수 없습니다. 어이없는 일입니다. 우스꽝스러운 일입니다!”

“그렇다면 그 편지도 가짜라는 말씀이십니까?” 포아로가 물었다.

마셜이 손을 내밀었으므로 웨스턴 총경은 편지를 내주었다. 마셜은 찬찬히 편지를 살펴보더니 느릿느릿 고개를 저었다.

“아니오.”

그는 내키지 않는 태도로 하는 수 없이 인정했다.

"린다가 쓴 것임을 믿습니다."

"린다가 쓴 것이라면 설명은 두 가지밖에 없습니다. 자기가 살해자임을 의식하고 쓴 것이든지, 또는…… 이를테면 말입니다, '누군가를 옹호하기 위하여 일부러 썼든지' 둘 중 하나입니다. 의심받고 있는 사람을 지켜주기 위해서."

"나를 말하는 겁니까?" 케네스 마셜이 말했다.

"생각할 수 있는 일이 아닐까요?" 포아로가 대답했다.

마셜은 잠깐 생각하고 나서 차분한 어조로 말했다.

"아니, 그렇게 생각하는 것은 어리석습니다. 처음에 나에게 혐의가 걸렸던 것은 린다도 알고 있었습니다. 하지만 이제 그것은 끝난 일로서, 린다도 역시 알고 있었을 터인데…… 경찰은 내 알리바이를 인정하고 칼끝을 다른 데로 돌렸으니까요."

"그러나 당신에게 혐의가 걸려 있다고 생각했기 때문이 아니라 당신이 저지른 범행이라고 '알고 있었다면'?"

마셜은 포아로를 노려보며 웃었다.

"우습군!"

"그럴까요? 아시는 바와 같이 부인의 죽음에 대해서는 몇 가지 가능성을 생각할 수 있습니다. 첫째는 협박입니다. 전부터 줄곧 협박을 받아왔으며, 그날 아침에도 협박자를 만나기 위해서 갔다가 살해되었다는 해석입니다. 둘째는 픽시 후미이며 동굴이 마약밀수업자의 세력권에 들어 있었는데, 그녀가 우연히 뭔가를 알아버렸기 때문에 살해되었으리라는 해석이지요. 셋째 가능성은 종교에 미친 사람에게 살해되었다는 것. 넷째는 부인이 죽으면 당신에게 막대한 유산이 굴러들어온다는 해석인데…… 어떻습니까, 마셜 대위?"

"지금도 말한 바와 같이……."

“아 참, 그렇지요. 당신이 부인을 죽인다는 것은 불가능했지요, ‘단 혼자서는’. 그러나 누구든 공범자가 있었다면 어떻게 될까요?”

“이 자식, 대체 무슨 수작을 하는 거야?”

냉정한 마셜 대위도 마침내 화가 치밀어 올라와 의자에서 벌떡 일어섰다. 목소리는 비수를 머금고 눈은 번들번들 노여움으로 불타고 있었다.

포아로가 말했다.

“내가 말하려는 건 이 범행은 혼자서 할 수 없었다는 것입니다. 여기에는 두 사람이 참가하고 있습니다. 당신이 그 편지를 타이핑하고 동시에 픽시 후미로 갈 수는 없지요. 그러나 편지를 손으로 써 놓고 ‘누구에게’ 방에서 타이핑하도록 한 뒤 그 사이에 살인을 하러 갔다면 그만한 시간은 있었을 겁니다.”

에르큘 포아로는 로자먼드 단리 쪽으로 눈길을 보내왔다.

“단리 양은 11시 10분이 지나 서니 레지를 나와서 당신이 방에서 라이프라이터를 치고 있는 것을 보았다고 증언했습니다. 그런데 그 때쯤 가드너 씨가 부인을 위해 털실뭉치를 가지러 호텔로 돌아갔었지요. 그러나 단리 양을 만난 일도 없고 모습을 본 일도 없었습니다. 이건 좀 이상하지 않습니까? 아무래도 단리 양은 한 번도 서니 레지에서 움직이지 않았거나, 또는 좀더 일찍 호텔로 돌아와 당신 방에서 부지런히 타이핑을 하고 있었거나 둘 중의 하나일 것입니다.

또 한 가지, 당신은 11시 15분에 단리 양이 방 안을 들여다보았을 때 ‘거울에 비친 얼굴을 보았다’고 하셨지요? 그런데 말입니다, 범행이 있었던 날에는 타이프라이터며 서류가 모두 방구석의 책상에 놓여 있었고, 거울은 두 개의 창문 중간에 걸려 있었습니다. 따라서 그 진술은 일부러 꾸며낸 거짓말이었다는 것이 됩니다. 나중에 당신은 타이프라이터를 거울 앞 테이블로 옮겨놓고서 진술이 옳았다는 것을 실증하려고 했습니다. 그러나 이미 때는 늦었던 것입니다. 나는 당신과 단리 양 두 사람이 다 거짓말했다는 사실을 알고 있었습니다.”

로자먼드 단리가 입을 열었다. 낮고 맑은 목소리였다.

“어머나, 어쩌면 그렇게 치밀할까요? 정말 당신은 두뇌적인 사람이군요!”

에르퀼 포아로는 한층 더 목소리를 높였다.

“그러나 더 치밀하고 더 두뇌적인 것은 알레나 마셜 부인을 살해한 범인입니다! 그때의 일을 조금만 생각해 보십시오. 그날 아침 알레나 마셜이 만나러 간 상대가 여러분들은 대체 누구라고 생각하십니까? 우리는 한 사람도 남김없이 모두 똑같은 억측을 하고 있었습니다. 그녀가 만나려고 한 상대는 패트릭 레드펀 씨였다고 말입니다. 협박꾼을 만나러 간 것이 아니었지요. 그것은 그녀의 얼굴을 보아도 알 수 있었습니다. 아무리 보아도 그것은 연인을 만나러 가는 얼굴이었지요. 아니, 만날 줄 알고 있는 얼굴이었습니다.

그렇습니다, 나는 확신을 갖고 있었습니다. 알레나 마셜은 패트릭 레드펀 씨를 만나러 간 것이라고 말입니다. 그런데 바로 그 뒤 장본인인 패트릭 레드펀 씨가 바닷가에 나타나 알레나를 찾고 있지 않겠습니까? 이것은 대체 어떻게 된 일일까요?”

패트릭 레드펀이 노여움을 누르며 말했다.

“악당! 남의 이름을 함부로 들먹이다니!”

“당신은 그녀가 안 보이자 것을 알자 확실히 놀라고 불안해했습니다. 정도가 좀 지나치다 싶을 정도로. 그러므로 나의 설을 말하면, 레드펀 씨. 알레나 마셜 부인은 픽시 후미로 ‘당신’을 만나러 갔고, ‘실제로’ 당신을 만났으며, 그 결과 ‘당신에 의해 계획대로 살해된 것'입니다."

패트릭 레드펀이 눈을 부릅뜨고 아일랜드 사람다운 높고 소탈한 목소리로 말했다.

"머리가 어떻게 된 게 아니오? 나는 당신과 함께 내내 바닷가에 있지 않았습니까? 나중에 브루스터 양과 보트를 타고 갔다가 거기서 처음으로 시체를 발견한 거요!"

에르큘 포아로는 설명을 계속했다.

"당신은 브루스터 양이 경찰을 부르러 보트를 타고 돌아간 다음에 알레나를 죽인 것이오. 보트가 기슭에 닿았을 때 알레나는 아직 죽지 않았었소. 동굴 속에 숨어서 방해자가 없어질 때까지 기다리고 있었습니다."

"그렇지만 시체는 어떻게 된 거요? 브루스터 양과 나는 시체를 보았단 말이오!"

"시체? '살아 있는 시체' 말이군요. 그것은 당신과 한통속이 된 여자였소. 팔다리를 온통 햇볕에 탄 색깔로 칠하고, 보드지로 된 큼직한 녹색 모자로 얼굴을 가린 여자, 당신의 아내 크리스틴이었지요. 아니, 어쩌면 아내가 아닐지도 모르지만 한패임에 틀림없소. 두 공모자는 이 범행만 저지른 게 아니오. 과거에도 크리스틴은 적어도 앨리스 코리건이 죽기 20분 전에 그 '시체를 발견'했었지요. 그 위에 앨리스 코리건을 살해한 건 남편인 에드워드 코리건, 다시 말해서 레드펀 당신이오!"

크리스틴이 입을 열었다. 엄격하고 냉랭한 목소리로.

"조심해요, 패트릭. 성급하게 굴어선 안 돼요!"

포아로는 말을 계속했다.

"참고로 말해 두겠는데, 이 섬의 바닷가에서 찍은 그룹 사진에서 서리 주의 경찰은 당신들 두 사람을 쉽게 찾아내었소. 그 자리에서

당장 에드워드 코리건과 시체를 발견한 크리스틴 데브릴이라는 것
을 확인해 주었던 거요.”

패트릭 레드펀은 이미 일어서 있었다. 잘생긴 얼굴이 어느 틈에 바
뀌어 핏기어린 분노의 표정이 되어 있었다. 살인귀의 얼굴, 야수의
얼굴이었다. 그는 큰소리로 외쳤다.

“제기랄, 망할 자식! 용케 다 알아냈으면서도 뻔뻔스럽고 건방지
게 굴고 있었군! 잘난 체 휘저어놓다니! 뒈지기나 해!”

그는 다짜고짜 포아로에게 덤벼들었다.

손가락을 쫙 펴서 손끝을 구부리더니 입에 담지 못할 욕지거리를
퍼부으며 두 손에 힘을 주어 단단히 에르큘 포아로의 목덜미에 깊이
박아 넣었다……

제13장

1

포아로는 사건에 대한 이야기를 하고 있었다.

"어느 날 아침이었습니다. 모두들 함께 여기에 앉아 바닷가를 내려다보며, 모래밭에서 일광욕을 하는 사람들의 몸이 푸줏간 진열대 위에 있는 고깃덩어리 같다는 이야기를 했었지요? 그때 나는 사람의 몸이란 한 사람 한 사람 거의 구별할 수가 없는 거로구나 하고 생각했었습니다. 그야 찬찬히 관찰하면 이야기가 다르겠지요. 하지만 얼른 보기에는 보통 체격의 젊은 여자라면 모두 비슷비슷하거든요. 다갈색 다리가 둘, 다갈색 팔이 둘, 그 사이에 극히 적은 부분만을 가린 수영복…… 햇볕에 뒹굴고 있는 시체와 다름없지요. 물론 서서 걷거나 말을 하거나 웃거나 뒤를 돌아보거나 손을 흔들거나 하면 당연히 인간다움이 나옵니다. 개성이 말이지요. 그러나 일광욕을 한창 하는 동안에는 다릅니다.

역시 그날이었지요, 악에 대한 이야기가 나온 것은. 레인 목사의 말을 빌리면 햇빛이 닿는 데는 어느 곳에나 나쁜 일이 있어서 대낮에도 악마가 있다는 것이었습니다. 레인 씨는 감수성이 강한 분이니까, 악마가 미치는 영향력에 민감하여 악의 존재를 깨닫고 있었던 거지요. 그러나 감도가 좋은 카메라였을지는 모르지만, 실제로 어디에 악이 존재하고 있는가 하는 점은 깨닫지 못했습니다. 그분은 알레나 마셜 부인이야말로 악의 상징이라고 믿고 있었고, 대개의 사람들도 거기에 동감하고 있었던 것 같습니다.

그러나 내가 본 바에 의하면, 악은 존재하지만 결코 알레나 마셜 부인이 그 초점은 아니었습니다. 물론 관련은 있지요. 하지만 전혀 다른 형태로입니다. 처음부터 끝까지 나는 알레나 마셜 부인을 숙명적인 영원한 '희생자'로 보았습니다.

과연 그녀는 이 세상에 다시없는 미녀지요. 매력이 있습니다. 남자들의 주목을 끄는 표적입니다. 따라서 여러분들은 그녀가 사람들의 마음을 썩게 하고 파멸로 이끈다고 생각했겠지요. 그러나 내가 보기에는 전혀 반대였습니다. 그녀는 남자들의 마음을 억지로 끌려고 한 게 아니라 남자에게 끌려갔던 겁니다, 어쩔 수 없이. 남자가 정신없이 반했다가 깨끗이 싫증이 나서 버리고 마는 그런 타입의 여자거든요. 그 뒤 내가 듣고 본 일들이 모두 그 확신을 더욱 굳게 해주었습니다. 이를테면 맨 처음에 들은 이야기, 마셜 부인이 문제가 되어서 이혼 소동을 일으킨 사나이도 결국 그녀와 결혼하기를 거부했습니다. 그때에 나타난 것이 마셜 대위였습니다. 이 사나이의 기사도 정신은 이미 구제하기 힘들 정도여서, 그 자리에서 당장 결혼을 신청했습니다. 마셜 대위같이 내성적이고 소극적인 사람에게 있어서 세상의 차가운 눈이 더없이 큰 고문으로 생각되었을 것입니다. 그렇기 때문에 그전에도 무고하게 혐의를 받아서 살인죄로 몰려 세상의 비난을 받은 여자에게 애정과 동정을 느껴 결혼했던 것입니다. 그의 처음 부인은 예상했던 바와 같이 인품이 훌륭하여,

대위는 자신의 결단이 옳았다는 데에 자신을 가졌습니다. 그런데 아내가 죽은 뒤 또다시 아름다운 여자가 세상의 비난을 받으며 내던져져 있었습니다. 아마도 첫부인과 타입이 비슷하지 않았을까 생각됩니다. 린다의 적갈색 머리는 아마 어머니에게서 물려받은 것일 겁니다. 그래서 대위는 재빨리 구원의 손길을 뻗친 겁니다. 그러나 이번만은 그의 연애 감정이 오래 계속되지 않았습니다. 그녀는 경박하고, 도저히 동정이나 옹호할 가치가 없는 어리석은 여자였던 것입니다. 대위는 상당히 올바르게 상대를 꿰뚫어보고 있었다고 생각합니다. 그러나 사랑하기를 그만둔 뒤에도, 얼굴을 보는 것조차 싫어진 뒤에도 대위는 불쌍하게 여기는 마음을 잃지 않았습니다. 인생이라는 책 속에서 어떤 페이지부터는 더 이상 나갈 수 없는 어린아이를 보는 듯한 기분이 아니었을까요?

남자에게 반하기 쉬운 알레나 마셜은 어떤 종류의 파렴치한 남자를 위해서는 숙명적인 먹이였던 것입니다. 패트릭 레드펀이야말로 잘생기고, 자신만만하며, 여자에게 인기 있는 매력 있는 남자……나는 한눈에 바로 그런 종류의 남자라고 생각했습니다. 이것저것 여자를 먹이로 삼아 먹고 살아가는 사기꾼이지요. 바닷가의 내 위치에서 바라보고 있노라면 알레나 마셜 부인이 그의 먹이라는 것, 결코 그 반대의 입장이 아니라는 것이 확실했습니다. 그래서 나는 악의 초점을 알레나 마셜 부인이 아니라 패트릭 레드펀에게로 돌렸던 것입니다.

마셜 부인은 최근 상당한 돈을 손에 쥐었습니다. 그녀의 팬 중에 한 사람인 나이 지긋한 사나이가 싫증을 느끼기 전에 죽었는데, 그가 유산을 남겨준 것입니다. 그런데 그런 타입의 여자는 대개 질 나쁜 남자에게 걸려 돈을 빼앗깁니다. 브루스터 양이 이야기해 주더군요. 어떤 젊은 남자가 알레나 때문에 '파멸'했다고요.

그런데 알레나 마셜 부인의 방에서 발견된 그 남자의 편지에 의하면 확실히 그녀를 값비싼 보석으로 아름답게 꾸며주고 싶다는 말은 씌어 있었지만——소망만이라면 돈이 들지 않지요——‘실제’로는 그녀에게서 수표를 받고 쓴 답장이었으며, 덕분에 기소를 면할 수 있게 되었다고 기뻐하고 있었습니다. 분명히 하찮은 불량배에게 걸려든 한 예입니다. 패트릭 레드펀만 해도 그녀를 꾀어 이따금 거액의 돈을 ‘출자’하게 하는 일쯤 어렵지 않았을 것입니다. 대부분 듣기 좋은 이야기를 하며 한밑천 만들 기회라는 식으로 설득했겠지요. 외톨이로 외로운 여자라면 그런 남자에게 있어서는 봉 중의 봉, 돈만 움켜쥐면 남자는 대개 깨끗이 떠나버리는 법입니다. 그러나 만일 남편이 있으면 어떻게 될까요? 형제든 아버지든 아무라도 괜찮습니다만, 그 경우에는 사기꾼 쪽에서도 상당히 힘들게 됩니다. 만일 마셜 대위가 부인의 재산이 어떻게 되었는가를 알게 된다면 패트릭 레드펀도 그 뒤의 보복이 두려운 거지요.

그러나 그런 걱정은 하지 않았으리라고 생각합니다. 그는 여차하면 여자를 없앨 방법을 냉정히 계획하고 있었기 때문입니다. 이미 한 번 살인을 무사히 해치우고 보기좋게 도망쳐서 우쭐대던 참이었으니까요. 코리건이라는 이름으로 어느 젊은 여자와 결혼하여 거액의 생명보험에 들게 한 뒤 살해한 사건이었지요.

마셜 부인을 살해하는 계획에는 조수가 필요했습니다. 이 섬에 와서는 새신부라고 말을 퍼뜨린 여자, 진심으로 사랑하고 있는 여자, 당연히 상상할 수 있는 일이지만 먹이로 삼는 여자와는 대조적인 여자, 냉정하고 이지적이고 절대로 충실하며 더욱이 연기력이 뛰어난 여자…… 크리스틴 레드펀은 여기에 도착한 처음부터 연기를 하고 있었습니다. ‘불쌍하고 가엾은 젊은 신부’의 역할을 말입니다. 가냘프고 화사하고 불안한 얼굴의 지적인 여자. 생각해 보십시

오, 그 여자가 차례차례 인상지어 놓으려 했던 일들을. 일광욕을
하면 데어서 부르터 물집이 생긴다느니, 그래서 피부가 언제나 창
백하다느니, 높은 곳에는 어지러워 못 올라간다느니! 밀라노의 대
성당에서 현기증이 나 꼼짝도 못하고 주저앉았다는 이야기 등……
모두 가냘프고 섬세한 인상들뿐입니다. 그렇기 때문에 대부분의 사
람들이 '가엾은 아이'라고 불렀던 거지요. 아이가 뭡니까, 천만에
요. 키도 알레나 마셜 부인과 비슷했지요. 손발만은 아주 작았지
만, 전에 학교 교사로 있었다면서 운동은 아주 서투르고 독서를 즐
기는 독서가 타입의 인상을 주려고 했지만, 천만에요, 어림없는 소
리입니다! 학교에 근무한 것은 사실이지만, 담당했던 과목은 체육
이었습니다. 따라서 매우 활동적이고 민첩한 여자로, 나무에도 고
양이처럼 살 기어오르고 달리기도 운동선수 못지않습니다.

범행은 치밀한 계획과 면밀한 시간 계산 위에 성립된 것입니다.
앞에서도 말했습니다만 매우 모양 좋은 범죄, 훌륭한 솜씨였습니
다. 특히 타이밍을 맞추는 데에는 천재적이었습니다.

우선 첫째로 몇 가지 예비 장면이 있었습니다. 이를테면 절벽의
움푹 파인 휴게소에서 내가 옆 휴게소에 있다는 것을 알고 둘이서
이야기를 나눈 장면! 질투하는 아내와 남편이 나누는 흔해빠진 대
화. 그 다음에 그녀는 나와 둘이서 같은 역할을 해내고 있습니다.
그때 나는 어쩐지 이런 광경을 소설에서 읽은 것같이 생각되었었지
요. 다시 말해서 '리얼'하게 느껴지지 않았던 겁니다. 물론 '리얼할
리가 없었지요'.

다음은 드디어 범행 그날. 날씨가 좋아야 할 것이 필수 조건이었
습니다. 레드펀의 맨 처음 행동은 아침 일찍 호텔을 빠져나가는 것
으로, 발코니의 문을 안에서 열쇠로 열고 우선 밖으로 나갔습니다.
나중에 문이 열려 있다는 것을 알게 되더라도 누군가가 아침 일찍

수영하러 나갔겠지 하고 의문을 사지 않을 것입니다. 그는 수영 가운 아래 녹색 모자를 숨겨두었습니다. 마셜 부인이 언제나 쓰고 있는 종이 모자의 모조품이었지요. 그러고 나서 섬을 뛰어서 사다리를 내려가 바위 뒤나 어디 미리 의논했던 장소에 종이 모자를 감추었습니다. 이상이 제1부입니다.

그 전날 밤에 레드펀은 마셜 부인과 밀회하기로 미리 약속해 두었습니다. 그녀가 남편을 좀 무서워하고 있었으므로 두 사람은 만나는 데 상당히 신경을 썼을 것입니다. 그래서 좀 일찌감치 픽시 후미로 가는 데 그녀는 동의했습니다. 오전 중이라면 아무도 가는 사람이 없었기 때문이지요. 레드펀은 기회를 노려 눈에 띄지 않도록 빠져나갈 테니 그곳에서 만나자고 했습니다. 만일 사다리를 내려오는 소리가 들리거나 보트가 눈에 띄거든 동굴 속에 숨어서 방해자가 없어질 때까지 기다리고 있으라고 말한 뒤 입구의 비밀을 일러주었습니다. 이것이 제2부입니다.

한편 크리스틴은 린다가 아침의 간단한 수영을 하러 나간 때를 엿보아, 린다의 방으로 가서 손목시계의 바늘을 20분 앞당겨놓았습니다. 물론 린다가 손목시계가 틀리는 것을 알아차릴지도 모른다는 위험성은 있었지만, 그것은 대단한 문제가 아닙니다. 크리스틴의 진짜 알리바이는 손의 크기입니다. 하수인이 될 수 없다는 것은 육체적으로 보아 명확한 일이니까요. 그럼에도 불구하고 만일을 위해 알리바이를 준비해 두는 것이 바람직했던 것이지요. 우연히 린다의 방에서 크리스틴은 마법과 요술에 대한 책을 보았습니다. 펼쳐져 있던 페이지를 읽고, 또 그때 돌아온 린다가 양초 꾸러미를 떨어뜨렸을 때 그녀의 비밀 계획을 알았지요. 이때 새로운 생각이 머릿속에 번개같이 스쳤던 것입니다. 본디 두 범인의 계획은 케네스 마셜에게 적당한 혐의를 씌우기로 되어 있었습니다. 파이프를 훔쳐다가 그 부러진 조각을 픽시 후미의 사다리 밑에 놓아둔 것도 그 한 예입니다.

린다가 돌아왔으므로 크리스틴은 걸 후미로 가자는 이야기를 꺼내 쉽게 약속했습니다. 그런 다음 자기 방으로 돌아와 열쇠로 잠긴 여행 가방에서 선탠 화장용 착색제 병을 꺼내어 정성껏 몸에 바른 뒤 빈 병을 창문으로 바다에 던졌습니다. 아래에서 수영하던 브루스터 양이 하마터면 맞을 뻔했던 것은 바로 그 병이었습니다. 이리하여 제3부도 성공했습니다.

그런 다음 크리스틴은 흰 수영복을 입고 그 위에 해변용 바지를 입고 팔이 길고 넓은 코트를 걸쳐서, 햇볕에 탄 색깔로 칠한 팔다리를 교묘하게 감추었던 것입니다.

10시 15분에 마셜 부인은 약속한 장소를 향해 떠났고 그 1, 2분 뒤에 패트릭 레드펀이 바닷가로 나와 놀란 것처럼, 조바심하는 것처럼 꾸며보였습니다. 한편 크리스틴 쪽의 일은 어렵지 않았습니다. 자기 시계는 감추어놓고 11시 25분이 되자 린다에게 시간을 물었지요. 린다는 손목시계를 들여다보고서 12시 15분 전이라고 대답했습니다. 그 뒤 린다는 바다로 수영하러 가고, 크리스틴은 스케치 도구를 챙겼습니다. 린다가 바다를 향해 등을 돌린 순간 크리스틴은 린다가 바다에 들어가기 위해 벗어놓은 시계를 집어서 정확한 시각으로 바늘을 다시 돌려놓았습니다. 그러고 나서 벼랑길을 뛰어올라가 섬의 움푹 파인 곳에 있는 사다리 위까지 뛰어갔습니다. 바지를 벗어서 스케치 도구 상자와 함께 바위 그늘에 감춘 뒤, 운동으로 단련된 요령으로 단숨에 사다리를 뛰어내렸습니다.

아래 바닷가에서는 알레나가 패트릭이 어째서 이렇게 늦을까 하고 마음을 죄고 있었습니다. 그때에 누군가가 사다리를 내려오는 것이 보였습니다. 바위 뒤에서 살그머니 내다보니까 난처하게도 가장 눈에 띄고 싶지 않은 사람, 상대자의 아내였던 것입니다! 그리하여 당황한 그녀는 픽시 동굴 속으로 달아난 것이지요.

크리스틴은 감추어둔 장소에서 종이 모자를 꺼냈습니다. 종이 모자 뒤의 가장자리에는 곱슬곱슬한 적갈색 머리카락 가발이 핀으로 붙여져 있었습니다. 그 다음에는 길게 엎드려서 종이 모자와 적갈색 머리 가발로 얼굴과 목덜미를 가렸지요. 정말 기막힌 타이밍입니다. 1, 2분 뒤 패트릭과 브루스터 양이 탄 보트가 곶의 코끝을 돌아왔습니다. 아시겠습니까? 웅크리고 앉아서 '시체'를 살펴본 것은 '패트릭'이었습니다. 애인의 죽음에 깜짝 놀라 넋을 잃고 그 자리에 허물어지듯 주저앉은 것도 '패트릭'이었습니다. 증인을 고르는 데 있어서도 참으로 잘 생각했습니다.

브루스터 양은 높은 데 올라가는 일을 아주 못합니다. 그러므로 사다리를 올라가려고 하지 않을 것입니다. 보트를 타고 되돌아갈 게 틀림없지요. 그렇게 되면 현장인 시체 곁에 남게 되는 것은 당연히 패트릭일 것입니다——'범인이 아직 이 주변에 남아 있을지도 모른다'라는 한 마디로 모든 일은 처리되었습니다. 거기까지 계산이 되어 있었던 것입니다. 아니나다를까, 브루스터 양은 경찰을 부르기 위해서 보트를 저어 기슭을 떠났습니다. 보트가 보이지 않게 된 순간 크리스틴은 벌떡 일어나서 패트릭이 가지고 있던 가위로 보드지의 종이 모자를 잘게 잘랐습니다. 그것을 수영복 속에 집어넣은 뒤 있는 힘껏 사다리를 뛰어올라가 해변용 바지를 입고 호텔을 향해 전속력으로 달렸습니다. 그런 다음 재빨리 욕조에 들어가 햇볕에 탄 색깔을 씻어버리고 테니스 옷으로 갈아입은 것입니다.

그런데 한 가지 더 할 일이 있었습니다. 종이 모자로 쓴 녹색 보드지와 가발을 린다의 방 난로에서 태워버리는 것. 태울 때 달력을 한 장 뜯어서 함께 태웠습니다. 보드지를 감추기 위해서지요. 결국 탄 것은 '종이 모자'가 아니라, 달력으로 보이게 하기 위해서였던 겁니다.

예상했던 대로 린다가 마법을 실험했다는 것을 그녀는 확신했습니다. 양초 녹은 덩어리와 핀으로 그것을 알았지요.

그런 다음 그녀는 테니스 코트로 갔습니다. 허둥대지 않고 서두르지도 않고 유유히 맨 나중에 도착했습니다.

그동안 패트릭은 동굴 입구로 향했습니다. 알레나 마셜 부인은 보트도 보이지 않고 사람의 목소리도 전혀 들리지 않으므로 조심스럽게 안에 숨어 있었습니다. 그런데 이번에는 패트릭의 목소리가 들리는 것이었습니다…… '이젠 나와도 되오.' 그녀는 아무 거리낌 없이 나왔습니다. 그러자 패트릭의 손이 기다렸다는 듯이 그녀의 목을 휘감았습니다. 이것이 불쌍하게도 아름답고 어리석은 알레나 마셜 부인의 최후였습니다……."

포아로의 목소리가 낮아졌다.

한참 동안 아무도 입을 열지 못했는데, 얼마쯤 지나자 로자먼드 단리가 조금 떨리는 목소리로 말을 꺼냈다.

"덕분에 모든 것을 자세히 잘 알았습니다만, 지금 하신 이야기는 그들 편에 서서 본 일이지 '당신 자신이' 어떻게 진상을 알아냈는지는 아직 설명해 주시지 않았어요."

"언젠가 한 번 말한 것으로 생각합니다만, 나는 매우 단순하게 생각하는 사람입니다. 처음부터 줄곧 마셜 부인을 살해한 것은 '가장 그럴 만한 사람'임에 틀림없다고 생각했었습니다. 그리고 패트릭 레드펀이야말로 가장 그럴 만한 사람이었습니다. 특히 그럴 만한 타입의 남자…… 그러한 여자를 착취하는 타입, 살인자 타입, 여자가 모아놓은 것을 빼앗고, 더욱이 그 목을 조를 만한 타입의 사나이. 대체 그날 아침 마셜 부인은 누구를 만나러 갔을까요? 얼굴 표정, 미소, 태도, 나에게 한 말, 그런 것으로 볼 때 당연히……
패트릭 레드편입니다. 그러므로 논리적으로 범인은 당연히 패트릭 레드편이어야 합니다.

그러나 지금도 말했듯이 나는 곧 불가능하다는 벽에 부딪쳤습니다. 시체를 발견하기까지 패트릭 레드편은 내내 바닷가에 여러분과 있었고 그 뒤에도 브루스터 양과 함께 있었으니까요. 그러므로 그가 죽인다는 것은 불가능한 일이라고 생각했었지요. 그리하여 나는 다른 해석을 찾았습니다. 몇 가지로 생각해 볼 수 있었습니다. 우선 남편에게 살해되었을지도 모른다는 가능성, 여기에는 단리 양의 공모가 필요하지요. 더욱이 둘 다 한 가지씩 거짓말을 했으므로 수상합니다. 다음에는 우연히 마약 밀수의 비밀을 알아버렸기 때문에 살해되었다는 가능성. 또 아까도 말했습니다만, 종교에 미친 사람에 의해 살해되었다는 가능성. 그리고 의붓자식인 딸에 의해 살해되었을 가능성. 아니, 한때 나는 이 맨 끝의 해석이 진실이 아닌가 생각한 일도 있습니다. 맨 처음 경찰의 심문을 받았을 때의 린다의 태도에 문제가 있었기 때문입니다. 그 뒤 나와 이야기 했을 때 확신이 생겼지요. 린다는 자신이 범인이라고 믿고 있었던 것입니다."
"자신이 정말로 알레나를 죽였다고 공상하고 있었나요?" 로자먼드가 믿을 수 없다는 듯이 물었다.
에르퀼 포아로는 고개를 끄덕이며 말했다.
"그렇지요. 왜냐하면 린다는 아직 절반은 어린아이나 마찬가지입니다. 그래서 마법의 책을 읽고 반쯤은 믿어버렸습니다. 새어머니를 미워한 나머지 일부러 양초를 녹여 인형을 만들고 주문을 외며 심장을 찔러 불에 녹였습니다. 그런데 '그날 안에 마셜 부인이 죽은' 것입니다. 좀더 나이가 들고 좀더 머리가 좋은 사람들도 마법에 열

을 올리고 있지 않습니까? 당연히 린다는 믿어버렸지요, 마법으로
자기가 새어머니를 죽였다고 말입니다."

로자먼드가 소리쳤다.

"아아, 불쌍한 린다! 나는 또 틀림없이 다른 일인 줄만…… 그 아
이가 뭔가를 알고 있는 줄로만……."

로자먼드는 중간에서 입을 다물었다.

"그 생각은 압니다. 사실은 당신의 그런 태도로 인해 린다는 더욱
겁을 먹었습니다. 그 아이는 자기의 행위가 새어머니의 죽음을 가
져왔다고 믿고 있었고, 그것을 당신이 알아차렸다고 생각했습니다.
크리스틴 레드펀도 린다에게 은근히 영향을 미쳤지요, 수면제에 대
한 지식을 불어넣어주어, 빠르고 편안하게 죄를 청산하는 방법을
가르쳐수었던 것입니다. 왜냐하면 마셜 대위에게 알리바이가 있다
는 것을 안 이상, 서둘러 새로운 용의자를 만들어야만 했으니까요,
두 사람은 아직 마약 밀수 건은 알지 못했거든요, 그래서 린다를
희생물로 선택한 것입니다."

"어머나, 어쩌면 그렇게도 악랄할까!"

"그렇습니다. 냉혹하고 잔인한 여자입니다. 나는 굉장히 고생을 했
습니다. 과연 린다의 죄는 마법이라는 어린아이다운 계획만으로 끝
났는지, 미움이 지나친 나머지 현실적인 범행으로까지 끌고 갔는
지? 린다의 입을 통해 진상을 알아내려고 애썼지만 헛일이었습니
다. 그 시점에서는 나도 무던히 갈피를 잡기 어려웠습니다.

  웨스턴 총경은 마약 밀수단의 수사로 나갈 생각이었지만, 나로선
그렇게 할 수 없었습니다. 다시 한 번 처음부터 사실을 조사하기
시작했습니다. 말하자면 그림 맞추기에 끼워 넣을 한 조각 한 조각
을 모은 거지요, 하나하나 따로 떨어진 사건…… 단순한 사실만을.
만약 옳게 끼워 넣으면 완전히 조화를 이루는 그림이 될 겁니다.

이를테면 바닷가에 떨어져 있던 가위, 창문으로 던진 빈 병, 아무도 들어가지 않았다는 데 흘러내린 욕실의 물. 이런 일 그 자체로서는 아무 의미도 없지만, 아무도 인정하지 않게 되면 특별한 뜻을 가지게 됩니다. '반드시' 의미가 있을 겁니다. 어떻게 보든 이러한 일들에는 범인이 마셜 대위라는 설에나, 린다라는 설에나, 마약 밀수단의 짓이라는 설에나 조금도 결부되는 것이 없습니다. 그럼에도 '반드시' 무슨 의미가 있을 거라고 생각했지요. 그래서 나는 다시 패트릭 레드펀의 범행이라는 맨 처음 해석으로 되돌아갔던 겁니다.

이 해석을 증명할 사실이 있을까요? 있습니다. 마셜 부인의 구좌에서 거액의 돈이 인출되었다는 것이지요. 그럼, 그것은 누구의 손으로 넘어갔는가? 물론 패트릭 레드펀입니다. 마셜 부인은 미남자에게 쉽게 걸려드는 타입의 여자입니다. 그러나 협박을 받을 타입은 전혀 아닙니다. 너무 노골적이고 숨김없는 여자여서 비밀을 지키지 못하지요. 그렇기 때문에 나로서는 아무래도 정말 협박을 받았다고는 생각되지 않았습니다. 그런데 실제로 협박자와의 대화를 엿들은 사람이 있습니다. 그것을 들은 사람이 누구인가? '패트릭 레드펀의 아내'입니다. 모든 것은 크리스틴이 말한 것이지 그것을 입증할 증거는 하나도 없었습니다. 그럼, 어째서 거짓말을 했는가? 대답은 간단명료합니다. 마셜 부인의 돈의 행방에 대해 앞뒤를 맞추기 위한 것입니다.

레드펀 부부, 패트릭과 크리스틴…… 이 두 사람은 한패였습니다. 크리스틴은 사람의 목을 졸라 죽일 만큼의 체력도 없거니와 정신 구조도 다릅니다. 그렇다면 실행한 것은 패트릭이 틀림없습니다. 그러나 그것은 불가능합니다! 시체를 발견하기까지 그의 시간은 완전히 알리바이로 매워져 있기 때문입니다.

시체…… 이 말에서 뭔가 걸리는 것이 있었습니다. 바닷가에 엎드려 있는 사람의 몸, 그것은 시체와 똑같습니다! 패트릭 레드펀과 브루스터 양은 픽시 후미에서 엎드려 죽어 있는 시체를 발견했습니다. 사람의 몸…… 만일 그것이 마셜 부인이 아니라고 한다면 누구의 몸일까? 얼굴은 커다란 중국식 모자로 덮여 있지 않았는가?

그러나 시체는 하나밖에 없었습니다. 마셜 부인의 시체입니다. 그렇다면 그것은 어쩌면 '살아 있는' 시체가 아니었을까? 누군가가 죽은 체하고 있었던 건 아니었을까? 그녀 자신이 패트릭이 하라는 대로 장난삼아 그러고 있었을까? 레드펀을 도울 만한 여자는 누구일까? 물론 그의 아내지요. 그러나 크리스틴은 창백하고 나약한 여자입니다. 아니, 잠깐만! 햇볕에 그을린 색깔이라면 선탠 화장병이 있습니다. 병…… 빈 병…… 나의 그림 맞추기의 한 조각이지요! 그것입니다. 그리고 나중에 당연히 목욕을 했겠지요. 테니스를 하러 가기 전에 씻어버려야만 했을 테니까요. 그럼, 가위는? 그렇지, 보드지로 만든 종이 모자를 잘게 썰기 위해서…… 커다란 물건을 재빨리 처리하기 위해서 사용된 것입니다. 그런데 허둥대다가 가위를 놓고 와버렸습니다. 두 살인범이 잊어버리고 온 유일한 물건입니다.

그럼, 그동안 내내 마셜 부인은 어디에 있었을까? 그것도 아주 간단히 알 수 있는 일이었습니다. 로자먼드 단리나 알레나 마셜 부인 둘 중 하나가 픽시 동굴에 들어갔다는 것은 그들이 쓰는 향수 냄새로 알 수 있었습니다. 그러나 단리 양일 리가 없습니다. 그렇다면 마셜 부인입니다. 방해자가 생겼기 때문에 숨어 있었던 거지요.

브루스터 양이 보트를 타고 되돌아간 뒤 바닷가에는 패트릭 혼자뿐이었습니다. 범행을 저지를 기회는 지나치게 충분할 정도로 많았지요. 알레나 마셜 부인이 살해된 것은 11시 45분 이후지만, 검시 의사의 관심은 오로지 범행이 일어날 수 있었던 가장 빠른 시각에 있었습니다. 11시 45분에 그녀가 죽어 있었다는 것은 의사에게 전해진 것이지, 의사가 경찰에 전한 것은 아니었습니다.

나머지 아직도 해결해야 할 점이 두 가지 있었습니다. 린다 마셜의 증언으로 크리스틴 레드펀의 알리바이가 성립되었습니다. 그렇습니다. 그러나 그 증언은 린다의 손목시계에 의한 것이었습니다. 따라서 알리바이를 허물어뜨리기 위해서는 크리스틴에게 린다의 시계를 만질 기회가 두 번 있었다는 점을 증명할 필요가 있는데, 그것은 쉬운 일이었습니다. 그날 아침 크리스틴은 혼자서 린다의 방에 있었습니다. 게다가 상황 증거가 있습니다. 린다가 약속한 시간에 '늦은 줄 알고 허둥지둥' 아래로 내려갔더니 로비의 시계는 아직 11시 25분이었다고 말하고 있습니다. 두 번째 기회는 아주 간단하지요. 린다가 수영하러 가기 위해 등을 돌렸을 때 손목시계를 다시 맞게 돌려놓으면 되었으니까요.

또 한 가지는 사다리의 문제입니다. 크리스틴은 언제나 다른 사람 앞에서 높은 곳에서는 공포증을 느낀다고 말해 왔습니다만, 그것도 모두 계산된 거짓말이었습니다.

이것으로 조각그림이 완성되었습니다. 한 조각 한 조각 단편이 아름답고 깨끗하게 끼워진 셈인데, 분하게도 아무 데도 명확한 증거가 없었습니다. 모든 것은 내 머릿속의 그림에 지나지 않았던 거지요.

그때 한 가지 생각이 번개처럼 떠올랐습니다. 이 범죄가 보여준 산뜻한 모습, 범인의 만만한 자신. 패트릭 레드펀은 아마 앞으로 틀림없이 범죄를 되풀이할 것이다. 그렇다면 과거는 어떠했을까? 이번이 처음 저지른 살인이라고 단언할 수는 없을 테니까요. 교살이라는 수법은 범인의 성격과도 일치하고 있습니다. 이익 외에 쾌락까지도 구하고 있는 살해 수법이지요. 만약 과거에도 살인을 저질렀다면 틀림없이 같은 수법이었을 거라고 생각하고 콜게이트 경감에게 여자 교살 사건의 일람표를 만들어 달라고 부탁했었던 것입니다. 결과는 참으로 감격적이었습니다. 쓸쓸한 숲 속 길에서 살해된 넬리 파슨스 사건이 패트릭 레드펀의 범행인지 어떤지는 모릅니다. 어떤 장소가 좋을까 하는 힌트가 되었을 뿐인지도 모릅니다. 그러나 앨리스 코리건 사건이야말로 실로 내가 찾고 있던 것으로, 이번 사건과 완전히 그 본질이 똑같았습니다. 시간의 트릭입니다. 보통 사건과 달리 실제로 살인이 행해진 것은 범행 추정 시간 '전'이 아니라 '후'인 것입니다. 다시 말해서 시체가 발견된 것이 4시 15분인데, 남편은 4시 25분까지 알리바이가 있습니다.

그럼, 진상은 어떤 것일까요? 기록에 의하면 에드워드 코리건은 파인 리지 카페에 와서 아내를 기다리는 동안 '가게 밖에 나와 서성거렸다'고 되어 있습니다. 물론 실제로 기다리기로 약속한 장소인 시저 숲까지는 그곳에서 비교적 가깝습니다. 전속력으로 달려가 살인을 끝내고 카페로 돌아온 것입니다. 사건을 보고한 젊은 여자 등산가는 어느 여학교의 체육 교사로, 매우 믿을 만한 증인이었습니다. 얼른 보기에 에드워드 코리건과는 아무 관계도 없는 것 같으니까요. 상당히 먼 길을 걸어와서 시체를 발견했다고 신고했기 때문에 경찰의사가 시체를 검시한 것은 6시 15분 전이나 되어서였습니다. 그래서 이때도 사망 시각이 아무 이의 없이 받아들여진 셈이지요.

나는 마지막으로 한 가지 실험을 시도해 보았습니다. 크리스틴 레드펀이 거짓말쟁이인지 어떤지 확인할 필요가 있었기 때문입니다. 그래서 다트무어로 피크닉 갈 계획을 세운 것입니다. 만일 정말 높은 곳에 약한 사람이라면 흐르는 물 위에 걸린 좁은 다리도 가볍게 건널 수는 없을 것입니다. 브루스터 양은 정말로 현기증을 일으켜 어쩔 줄 몰라하며 눈을 감은 채 주저앉고 말았습니다. 그런 데 어떻습니까? 우리의 크리스틴 레드펀은 그런 것쯤이야 태연히 아무렇지도 않게 뛰어서 건넜습니다. 하찮은 일일지도 모르지만, 그래도 실험은 어디까지나 실험입니다. 필요하지도 않은데 거짓말을 했다면, 모든 것이 다 거짓말이 되는 것입니다. 그동안 콜게이트 경감은 서리 주 경찰서에서 사진을 확인했습니다. 나는 나대로 가능하다고 생각한 유일한 방법을 시도해 보았습니다. 패트릭 레드펀으로 하여금 될 수 있는 한 안심하게 해놓은 다음 갑자기 공격의 방향을 바꾸어 그에게 자제력을 잃도록 전력을 다한 것입니다. 에드워드 코리건과 동일인물이라는 것이 확인되었음을 알자 그는 완전히 미쳐버렸지요."

에르큘 포아로는 그때를 생각하면서 자신의 목을 쓰다듬어보았다.

"내 방법은" 하고 그는 거드름을 피우며 말을 이었다. "매우 위험했습니다. 하지만 후회하지 않습니다. 대성공이었으니까요! 고생한 것도 헛되지 않았지요."

한참 동안 침묵이 계속되었다. 이윽고 가드너 부인이 깊이 한숨을 쉬었다.

"포아로 씨, 정말 너무나 훌륭했어요. 수수께끼 풀이를 처음부터 끝까지 모두 들려 주셔서 말이에요. 정말 재미있는 이야기였어요, 마치 범죄학 강의같이…… 어머나, 사실 범죄학이로군요! 게다가 내 털실뭉치며 일광욕에 대해 그때 주고받은 이야기들이 모두 관계 있었다니! 너무나 가슴이 두근거려 말도 나오지 않는군요. 우리 주인도 동감이라고 생각해요. 그렇지요, 여보? 그렇지 않아요?"

"아아, 그 말이 맞소" 하고 가드너가 대답했다.

포아로가 말했다.

"가드너 씨도 크게 도와주셨습니다. 마셜 부인에 대해서 누구든 분별 있는 분의 의견을 듣고 싶었기 때문에 주인양반께 어떻게 생각하느냐고 물었었지요."

"어머나, 그러셨나요?" 가드너 부인이 말했다. "그래서 당신은 어떻게 대답하셨어요?"

가드너가 헛기침을 한 다음 대답했다.

"하지만 어찌 되었든 나는 본디 그 여자를 좋아하지 않았으니까……"

"남자 분들은 모두 아내에게 언제나 이런 식으로 말하지요. 실례지만 포아로 씨도 조금은 점수가 후한 편이 아닐까요? 숙명적인 희생지니 뭐니 하시면서 말이에요. 물론 그 여자에게는 교양도 아무 것도 없었어요. 여기에 마셜 대위가 안 계시니까 말씀이지만, 나는 처음부터 조금 머리가 나쁘지 않을까 생각했었답니다. 주인께도 확실히 그렇게 말씀드렸을 거예요. 여보, 내가 그렇게 말하지 않았나요?"

"아아, 그랬었지." 가드너는 대답했다.

2

린다 마셜이 에르큘 포아로와 걸 후미에 나란히 앉아 있었다.

"물론 난 죽지 않기를 잘했다고 생각해요. 하지만 포아로 씨, 아무래도 내가 살해한 것만 같지 않아요? 난 진심이었으니까요."

포아로는 열심히 설명했다.

"그것은 전혀 잘못된 생각이었어. 죽이는 행위는 전혀 달라요. 만일 린다의 방에 양초인형 같은 게 아니라 실제로 손발이 묶여서 꼼짝도 못하는 어머니가 계셨다고 해봐. 그리고 린다의 손에는 핀 같은 게 아니라 단도가 쥐어져 있었다고 해봐. 그때 린다는 심장을 찌를 수 있겠어? 마음속에서 '잠깐만!' 하고 부르는 것이 있을 거야. 나도 마찬가지로 누구든 바보 같은 녀석이 있어 아주 화가 났을 때는 '발길로 한 대 차주었으면' 좋겠다고 생각하지. 그렇지만 실제로 나는 테이블을 힘껏 걷어차고 말거든. 그러면 발끝이 너무 아프지 않는 한 마음이 후련해지지. 테이블도 크게 부서지지 않은 채로 끝나고. 그러나 정말 그 바보가 눈앞에 있을 때는 걷어차지 않아요. 양초인형을 만들어 핀을 찌르는 것은 확실히 어리석은 짓이야, 어린아이 같은 행동이고. 그러나 그 나름대로 도움이 되는 것도 있지. 마음속으로부터 증오하는 감정을 꺼내어 인형에게 쏟아넣거든. 그리고 핀과 함께 불 속에 집어넣어 없애버리지. 그 행위는 어머니를 죽이는 것이 아니라, 린다의 마음속에 있는 증오심을 죽이는 거야. 따라서 어머니가 죽었다는 이야기를 듣기 전에 이미 린다의 마음은 후련해졌을 거야. 그렇지 않았어? 후련하고 상쾌한 기분이 되지 않았어?"

린다는 고개를 끄덕였다.

"어떻게 아셨어요? 정말 그랬어요."

"그렇다면 그런 어리석은 짓은 이제 다시 하지 말아요. 단단히 결심을 하고, 앞으로 모셔올 어머니를 미워하지 않도록 해야 돼."

린다는 깜짝 놀랐다.

"새어머니가 오시나요? 아아, 로자먼드 단리 말이군요? 그분이라면 걱정 없어요."

린다는 조금 머뭇거리고 있었다.

"왜냐하면 그분은 '뛰어난' 분이거든요."

로자먼드 단리에 대해서라면 포아로 자신은 다른 표현을 골랐겠지만, 그것이 린다의 최고급 찬사라는 것을 알 수 있었다.

3

케네스 마셜이 말했다.

"로자먼드, 당신은 내가 알레나를 죽였을 거라고 터무니없는 생각을 하고 있었군그래?"

로자먼드는 부끄러운 모양이었다.

"난 정말 바보예요."

"그렇지. 바보요, 당신은."

"그래요. 하지만 켄, 당신은 정말 너무나 말이 없어요. 알레나에 대해 진정으로 어떻게 생각하고 있는지 전혀 알 수가 없었어요. 그녀를 있는 그대로 인정하고 그래도 다정하게 위로해 주시는 건지, 이니면…… 그냥 무턱대고 믿고 있는 것인지? 그래서 만일 알레나에게 배신당했다는 사실을 갑자기 알게 된다면, 당신은 불끈 화가 치밀어오를 거라고 생각했지요. 왜냐하면 여러 가지 이야기를 들었거든요. 당신은 여느 때에 무척 점잖지만 때로는 퍽 무서울 때도 있다고 말이에요."

"그래서 내가 그녀의 목을 잡고 바짝 죄었다고 생각했단 말이오?"

"뭐…… 그렇지요. 확실히 그렇게 생각했어요. 게다가 당신의 알리바이는 조금 약해 보였어요. 그래서 나도 모르게 도와주어야겠다는 생각이 들어 방에서 타이핑하는 것을 보았다고 바보 같은 이야기를 만들어냈던 거예요. 그랬더니 당신은 내가 들여다보는 것을 거울로 보았다고 말씀하셨잖아요! 그래서 나는 더욱 당신의 한 짓이라는 확신을 갖게 되었지요. 그리고 린다의 묘한 태도가……."

케네스 마셜은 한숨을 섞어 말했다.

"거울에 비친 당신을 보았다고 말한 의도를 모르겠소? 당신의 말을 확인해 주어야 한다고 생각했기 때문이었지. 오히려 난 로자먼드 당신에게 알리바이가 필요한 것 같아서 말이오."

로자먼드는 그의 얼굴을 빤히 지켜보았다.

"설마 당신은 내가 죽였다고 ?"

케네스 마셜은 불안정하게 몸을 움직이고 나서 들릴 듯 말 듯 조그
맣게 중얼거렸다.

"왜냐하면…… 알겠소, 로자먼드 ? 아직도 잊지 않았겠지만, 옛날
에 당신은 개 때문에 어떤 소년을 죽이려고 했었거든. 목을 누르고
도무지 놓지 않았었지."

"그것은 아득한 옛날 일이에요."

"그건 그렇지만……."

로자먼드는 엄격한 말투로 말했다. "대체 나에게 어떤 동기가 있다
는 거지요 ? 알레나를 죽여야만 할 동기 말예요 !"

케네스 마셜의 눈길이 흔들리며 입 속으로 뭐라고 우물우물했다.

로자먼드가 큰소리로 말했다. "켄, 이 지독하게 자만심 강한 사
람 ! 당신은 내가 친절하게도 당신을 위해 죽여주었다고 생각한 모양
이지요 ? 아니면…… 아니면 당신을 빼앗기 위해서 죽인 거라고 생
각한 모양이지요 ?"

"아니, 그렇지 않소." 케네스 마셜이 분개하여 소리쳤다. "하지만
당신은 그날 나에게 말했잖소. 린다의 일인지 뭔가로 말이오. 그래서
…… 나에 대해 퍽 마음을 쓰고 있는 것 같았기 때문에……."

"언제나 마음을 썼어요."

"알고 있소, 로자먼드. 나는…… 도무지 잘 말할 수가 없군, 워낙
말주변이 없어서. 그러나 이것만은 알아주었으면 좋겠소. 나는 알
레나를 사랑하지 않았소. 처음에는 물론 조금…… 하지만 매일매
일 함께 살아가면서 나는 이미 지칠 대로 지쳐 있었소. 정말이오,
마치 지옥과도 같았지. 그러나 불쌍한 여자라고 생각했소. 그녀는

정말 바보였소. 남자에 미친 바보…… 그녀 자신으로서도 어떻게 할 수 없었던 거지. 그런 끝에는 언제나 배신당하고, 속고, 아주 호된 꼴을 당하곤 했소. 그렇기 때문에 나만은 그녀를 더 이상 어쩔 수 없는 막바지에 발로 차서 떨어뜨리는 짓을 하지 말아야겠다고 생각했었소. 결혼한 이상 끝까지 보살펴주는 것이 의무라고 생각했던 거요. 그녀도 그것을 알고 있었기 때문에 진심으로 감사하게 생각해 주었소. 알레나는…… 그녀는 정말 가엾은 여자였소."

로자먼드는 다정하게 말했다. "염려하지 마세요, 켄. 잘 알았어요."

케네스 마셜은 로자먼드의 얼굴을 보지 않도록 하면서 조심조심 파이프에 담배를 담았다. 그는 겨우 작은 목소리로 말했다.

"로자먼드, 당신은…… 아주 이해심이 많은 사람이구려."

로자먼드의 입매에 짓궂은 미소가 살짝 떠올랐다. "당신 지금 나에게 프로포즈할 생각이신가요? 아니면 6개월 기다렸다가 하시겠어요?"

케네스 마셜의 입에서 파이프가 미끄러져 떨어지더니 아래 바위에 부딪쳐 부서졌다.

"제기랄, 여기서 벌써 두 개째 부서지는군. 이젠 더 이상 대신할 파이프도 없네. 로자먼드, 6개월이 나에게 적당한 기간이라는 것을 어떻게 알았소?"

"누구에게나 적당한 기간이기 때문이지요. 하지만 난 지금 당장 분명한 말씀을 들어야겠어요. 그렇지 않으면 6개월 사이에 또 누구든 박해받는 여자가 나타나면 당신은 다시 기사도 정신을 발휘하여 구원한답시고 달려갈지도 모르니까요."

마셜 대위는 웃음지었다.

"로자먼드, 박해받는 여자가 되는 것은 이제 당신 차례요. 당신은

양장점 따위는 깨끗이 닫아버리고 나와 함께 시골에서 살게 될 테
니까 말이오.”

“그 가게에서 상당한 수입이 있다는 것을 모르세요? 아무것도 모
르시는군요. 그건 제 일이에요. 내가 만들고 내가 이룩해 놓은 자
랑스러운 가게예요! 그런데 어떻게 하라고요? 관계 없는 사람이
옆에서 말참견을 하고, 그것도 모자라 하필이면 문을 닫아버리라
니!”

“그렇소, 하필이면 말이오.”

“내가 아무 말도 하지 않고 그렇게 하도록 내버려두리라고 생각하
시나요?”

“그렇게 하지 않으면 당신은 나에게 아무 가치가 없소.”

로자먼드는 조용히 말했다. “참, 어쩔 수 없는 분이시군요. 당신과
시골에서 생활하는 것은 나의 오랜 꿈이었어요. 아아, 이제야 겨우
그 꿈이 이루어질 것 같은 느낌이에요……”

WASPS' NEST
말벌집

말벌집

　방을 나온 존 해리슨은 잠시 테라스에서 발길을 멈추고 뜰을 둘러보았다. 덩치가 크지만 마르고 찌든 모습을 하고 있어서 평소엔 무시못할 위압감을 풍기는 그였지만, 지금처럼 그 엄격한 얼굴에 미소라도 번질라치면 더없이 다정해보였다.

　존 해리슨은 자기의 이 뜰을 사랑했다. 게다가 뜰은 지금이 가장 아름다운 시기여서 8월 저녁 무렵의 이 나른하고 평온한 느낌은 다른 무엇과도 견줄 수 없는 행복이었다. 줄장미는 늦은 철이건만 여전히 아름다운 자태를 뽐내고 있고, 사향연리초는 달콤한 꽃향기를 사방에 퍼뜨리고 있었다.

　귀에 익은 끼이익 하는 문소리가 들려와서 해리슨은 반사적으로 고개를 돌렸다. 지금 이 시간에 뜰로 통하는 나무문을 열고 들어오는 사람은 과연 누구란 말인가? 다음 순간 그의 얼굴에는 경악의 빛이 번졌다. 너무도 뜻밖의 사람이 점잔을 빼는 듯한 걸음으로 오솔길을 걸어서 자기에게 다가오고 있었기 때문이다.

　"이게 누군가? 포아로, 자네 아닌가!" 해리슨은 소리쳤다.

그 유명한 에르큘 포아로가 거기 서 있었다. 이 시대 최고의 명탐정으로 그의 이름은 이미 전 세계에 널리 알려져 있었다.

"그래, 나야." 포아로는 그렇게 대답했다. "언제였던가, 근처에 올 일이 있으면 한번 들러 달라고 하잖았나? 그 말만 믿고 무작정 찾아왔다네."

"이런 고마울 데가! 정말 잘 왔네." 해리슨은 진심으로 반가워했다. "자, 우선 자리에 앉게나. 마실 것부터 한 잔 준비할 테니."

해리슨은 상냥한 눈빛으로 베란다에 놓인 테이블을 가리켰다. 각종 술병이 즐비했다.

"고맙네." 포아로는 폭신폭신한 등의자에 앉았다. "그런데 혹시 시럽도 있나? 아, 아닐세, 없어도 돼. 플레인 소다를 조금 주게나. 위스키는 됐고."

그는 상대가 글라스를 자기 옆에 놓는 것을 지켜보면서 동정하듯 말을 이었다.

"이를 어째? 수염이 그냥 모두 축 늘어졌군. 하긴 이 더위에 무언들 안 늘어지겠는가."

"그런데 여긴 무슨 볼일이지?" 맞은편 의자에 앉으면서 해리슨이 물었다. "뭔가 재미있는 일이라도 있는 겐가?"

"에이, 무슨. 그냥 일 때문에 왔지."

"일이라고? 이런 시골 촌구석까지?"

포아로는 묵묵히 고개를 끄덕였다.

"당연하지. 범죄가 반드시 사람이 북적대는 곳에서만 일어나란 법은 없으니까."

해리슨도 웃었다.

"하긴 그 말도 맞네. 내가 물었지만 정말 바보 같은 질문을 했구먼. 하지만 이런 곳까지 일부러 온 걸 보면 뭔가 대단한 사건임이 분명할 텐데, 그렇지 않은가? 혹시 내가 물어보면 좀 곤란한 일이라도 있나?"

"아니, 전혀 그렇지 않네. 도리어 물어봐 주었으면 하는 기대로 찾아왔는걸." 탐정이 대답했다.

해리슨은 조금 의외라는 듯 포아로를 물끄러미 바라보았다. 그의 태도가 어쩐지 예전 같지 않다는 것을 느끼고는 잠시 말문을 잃고 있다가, 조심스럽게 사건에 대해서 다시 물어보았다.

"범죄수사로 왔다고 했는데, 중대한 사건인가?"

"음, 중대하지. 이 세상에서 가장 중대한 범죄."

"그게 무슨 말인가?"

"살인이니까."

그렇게 말하는 에르퀼 포아로의 말투가 너무도 힘들어 보여서 해리슨은 갑자기 섬뜩한 기분이 들었다. 탐정은 그를 똑바로 응시하고 있었는데, 그 눈길에도 어쩐지 심상찮은 기색이 떠올라 있었다. 해리슨은 다음 말을 어떻게 이어가야 할지 곤혹스러워 잠시 머뭇거리다가 간신히 입을 떼었다.

"그런데 이 지방에서 살인사건이 일어났다는 소문은 난 전혀 들은 적이 없는데?"

"아마 그럴 거야. 또 그게 당연하고."

"누가 살해되었나?"

"아직까지는…… 아무도 살해되지 않았네."

포아로가 태연히 대답했다.

"뭐, 뭐라고?"

"그러니까 소문을 못 들은 것도 당연하다 이 말일세. 난 아직 일어나지 않은 사건을 조사하러 왔으니까."

"그, 그렇지만 그건…… 그건 너무 난센스라고 생각지 않나?"

"그런데 또 그게 그렇지가 않단 말이야. 만약 살인이 일어나기 전에 미리 조사만 할 수 있다면 나중에 하는 것보다는 훨씬 유리할 거야. 그리고 또 모르는 일인데…… 어쩌면 나 혼자만의 착각인지도 모르지만, 잘하면 범죄를 막을 수 있을지도 모르고 말이지."

해리슨은 진지한 얼굴로 그를 뚫어져라 들여다보았다.

"농담이겠지, 포아로?"

"아니, 사실이야, 진심으로 하는 말일세."

"그럼 정말로 살인사건이 일어나고 있는 중이라 그런 말인가? 정말 놀랍군!"

마지막에 이어지는 감탄사 부분을 그냥 흘려 넘기면서 포아로는 상대의 말꼬리를 잘랐다.

"그렇다네. 우리 손으로 그 사건을 막지 못한다면 말이야. 하지만 사건은 분명히 일어날 거야. 그래서 지금 내가 이런 말을 하고 있는 것이고."

"우리?"

"그래, 우리. 난 자네 도움이 필요하네."

"아, 그래서 날 찾아온 게로군!"

하지만 다시 포아로의 얼굴을 들여다보던 해리슨은 막연한 불안감에 휩싸였다.

"하지만 여기 온 것은 자네가……으음, 그러니까 난…… 자네를 좋아하기 때문이야."

여기까지만 말하고는 갑자기 태도를 바꾸면서 포아로가 말을 이었다.

"해리슨, 얼핏 보아하니 뜰에 말벌집이 있는 모양이던데, 없애야 하지 않겠나?"

갑자기 화제가 바뀌는 통에 해리슨은 어쩐지 석연치 않아서 미간을 찌푸렸다. 그리고는 포아로가 보고 있는 곳으로 시선을 옮기면서 조금 허둥대는 목소리로 대답했다.

"실은 나도 그럴 생각이야. 아니, 내가 직접 하겠다는 것이 아니라 랭튼이 대신해 줄 거야. 클로드 랭튼이라고 자네도 잘 기억할 걸세. 내가 자네를 처음 만난 그 만찬회에 그도 함께 참석했었으니까. 마침 그가 오늘밤 말벌집을 없애주러 온다고 했네. 무슨 굉장히 재미난 일거리라도 되는 양 아주 신이 나 있더라구."

"흐음, 그럴 거야!" 포아로는 고개를 끄덕였다. "그런데 어떤 방법으로 말벌집을 없앨 생각이라던가?"

"원예용 주입기로 가솔린을 집어넣을 거라더군. 그래서 주입기도 자기 집에서 가져오기로 했다네. 우리 집에 있는 것보다는 훨씬 쓰기가 편하다고 하면서."

"다른 방법도 있을 법한데 말이야……. 이를테면 청산가리라든가 뭐 그런……." 포아로가 담담하게 말했다.

해리슨은 잠시 놀란 표정으로 그를 보았다.

"그래, 하지만 그런 약품은 너무 위험해. 집 안에 그런 극약을 놔두는 것도 조마조마하고."

"그래, 정말 위험한 독약이지."

포아로는 잔뜩 우거지상이 되어 고개를 끄덕이면서 대답했다. 그리고는 한동안 침묵을 지키더니 다시 한 번 고개를 끄덕이면서 착 가라앉은 무거운 목소리로 같은 말을 되풀이했다. "아무렴, 위험하고말고, 치명적인 독약이지."

"성가시고 잔소리 많은 시어머니를 처치하기에는 아주 귀중한 약품이기도 할 거야." 해리슨이 웃으면서 말했다. 하지만 찌푸린 포아로의 얼굴은 좀처럼 펴질 줄 몰랐다.

"그런데 해리슨, 랭튼이 말벌집을 퇴치하는 데 사용하는 것이 가솔린이라는 것은 확실한가?"

"분명할 거야. 그런데 그건 왜?"

"아니, 좀 이상해서. 실은 내가 오늘 오후에 볼일이 있어서 버체스터 약국에 갔었네. 사야 할 물건 중에는 독물구입부에 서명하지 않으면 안 될 물품도 끼어 있어서 장부에 서명하려고 했지. 그런데 공교롭게도 제일 밑줄에 적혀 있는 것이 바로 클로드 랭튼이 구입한 청산가리였거든."

해리슨의 눈이 휘둥그레졌다.

"그것 참 이상하군! 일전에 랭튼은 자기 입으로도 말했다네. 그런 약품을 사용하고 싶은 생각은 추호도 없다고. 게다가 고작 말벌집 제거에 그토록 위험한 약품을 약국에서 파는 것부터가 잘못이라고까지 했는데……?"

포아로는 장미에게 눈길을 주었다.

다음 질문은 굉장히 부드러운 목소리에 실려 흘러나왔다.

"자네는 랭튼에게 호의를 갖고 있는가?"

상대는 가슴이 철렁했다. 그 질문은 여하튼 의표에 적중한 듯했다.

"글쎄…… 뭐랄까…… 그러니까…… 물론이지. 내가 그를 싫어할 까닭이 어디 있겠나?"

"마음에 걸리는 모양이군. 그를 진짜로 좋아하는지 어떤지……."
포아로가 중얼거렸다. 그러나 상대가 좀처럼 대답을 못하고 있는 것을 보더니 계속 말을 이었다. "게다가 나는 또 그가 자네를 좋아하는지 어떤지도 마음에 걸린다네."

"도대체 무슨 소릴 하는 거야, 포아로? 뭔가 생각하는 게 있는 모양인데, 나는 영 짐작조차 할 수 없군."

"그럼 정말 솔직하게 이야기하겠네. 해리슨, 자네는 결혼하지 않았나? 상대는 몰리 딘 양이고, 나도 알고 있네. 하지만 부인은 자네와 약혼하기 전에 이미 클로드 랭튼과 약혼을 했었네. 그러니까 자네 때문에 랭튼의 약혼이 파기된 셈이야."

해리슨은 신음했다.

"물론 그 이유는 묻지 않겠네. 아마 그럴 만한 이유가 있었을 테니까. 그러나 랭튼으로서는 결코 잊을 수 없는 일일뿐더러 용서할 수도 없는 일이었다고 해도 크게 지나치지는 않을 거야."

"그건 자네가 잘못 생각하는 거야, 포아로. 절대 오해라고 내 단언하네. 랭튼은 담백한 성품이라 사나이답게 모든 걸 툭툭 털어버리고 무슨 일이건 사실 그대로 받아들이는 남자라네. 그가 나를 대하는 태도를 보면 정말 감탄이 절로 나오리만치 훌륭하게 처신한다네. 그래서 나도 그의 호의를 짓밟지 않으려 늘 노력하고 있는 편이지."

"그런데 그런 점이 오히려 이상하다고는 생각지 않나? 자네는 지금 '감탄'할 정도라고 했는데, 내가 보기에는 그리 감탄하고 있는 것 같지 않아 보여서 하는 말일세."

"무, 무슨 뜻인가, 포아로 ?"

"무슨 의미냐 하면, " 포아로의 목소리에 새로운 울림이 더해졌다. "인간이라는 것은 본래 적절한 시기가 올 때까지는 절대 증오를 보이지 않게 감춰두는 법이다, 그런 얘기지."

"증오라고 ?" 해리슨은 고개를 저었다. 그리고 갑자기 웃음을 터뜨렸다.

포아로가 소리쳤다.

"자네를 포함한 영국인들은 참으로 놀랄 만큼 둔감하구먼 ! 자기는 충분히 남을 속일 수 있지만 절대 남에게 속지는 않는다고 아예 확신하고 있구먼그래 ? 담백한 성품이라는 등 선량하다는 등 하면서, 그런 남자는 절대 나쁜 짓을 못할 거라고 굳게 믿고 있다 이거지 ?

참으로 용감할지는 모르지만 너무 멍청한 생각 아닌가? 그 때문에 안 죽어도 될 사람이 쓸데없이 죽게 되는 거야.”

“나에 대한 경고로군.” 해리슨은 낮은 목소리로 말했다. “이제야 겨우 알겠네. 좀 전부터 계속 이상하다고 생각하면서도 뭔지 잘 몰랐는데, 이제야 무슨 사태인지 알 것 같네. 자네는 지금 클로드 랭튼을 조심하라고 경고하고 있는 거지? 그리고 그 경고를 하러 일부러 여기까지 날 찾아온 것이고?”

포아로는 고개를 끄덕였다. 그러자 해리슨은 벌떡 자리에서 일어났다.

“그렇지만 그 얘기는 모두 엉터리야, 포아로. 여기는 문명국 영국이라네. 어떻게 그런 일이 이런 나라에서 일어날 거라고 생각하나? 여자에게 차인 남자기 연적의 등에 비수를 꽂거나 독약을 넣는 일은 절대 없을 거라는 말이야. 게다가 자네는 랭튼을 너무 오해하고 있어. 그는 파리 한 마리도 못 죽이는 남자일세.”

“파리의 생사 따위에는 난 관심 없네.” 포아로는 눈썹 하나 까딱하지 않고 그렇게 대꾸했다. “하지만 가령 자네가 말한 대로 랭튼이 파리도 죽일 수 없는 사내라고 쳐도, 그가 지금은 수천 마리나 되는 말벌의 생명을 거둘 준비를 하고 있다는 사실은 부디 잊지 말게나.”

해리슨도 당장은 아무 대꾸를 못했다. 그러자 이번에는 키 작은 탐정이 자리에서 일어나 친구 곁으로 다가와 그 어깨에 손을 얹었다. 완전히 흥분에 휩싸인 해리슨은 커다란 몸뚱이를 덜덜 떨면서 단지 멍하니 서 있을 뿐이었다. 포아로는 그의 귓가에 대고 힘주어 속삭였다.

“정신을 바짝 차리지 않으면 안돼. 눈을 크게 뜨고 똑바로 앞을 보게나. 저기, 내 손가락이 가리키는 곳을. 비탈진 사면 위 커다란 나무뿌리 근처일세. 보이지? 말벌이 오늘 하루 일과를 마치고 그

지없이 만족한 얼굴로 이제 자기 집으로 돌아가려고 하는군. 이제 앞으로 얼마 후면 대학살이 시작되려고 하는데도 그런 일은 꿈에도 상상하지 못하고 있지 않은가? 아무도 그 사실을 일러주지 않았기 때문이야. 그들 가운데에는 아무래도 에르퀼 포아로 같은 말벌은 없는 것 같군. 난 말이야, 해리슨. 일 때문에 여길 찾아왔네. 그리고 내가 하는 일이란 살인사건이고, 비록 그것이 일어나기 전이든 일어난 뒤든, 내게는 매한가질세. 그런데 랭튼이 몇 시에 말벌집을 없애러 온다고 했나?"

"랭튼은 절대 그런 사람이……."

"몇 시인가?"

"9시. 그러나 몇 번이나 얘기하지만 자네가 잘못 생각하고 있는 거야. 랭튼은 절대……."

"이래서 영국인은 정말 꼴 보기 싫다니깐!" 포아로는 벌컥 화를 냈다. 그리고 모자와 지팡이를 집어올리더니 나무문으로 걸음을 옮겼으나, 곧 멈춰 서서 어깨 너머로 이야기했다. "더 이상 자네와 말다툼할 생각은 없네. 성질만 날 것 같아서그래. 그러나 분명히 말하지만 난 9시에 다시 돌아올 거야."

해리슨이 무엇인가 더 말하려고 입을 벌렸으나 포아로는 다시금 그 입을 가로막았다.

"무슨 말이 하고 싶은지는 이미 충분히 알고 있어. 랭튼은 절대 그런 사람이 아니라는 말이겠지? 왜 랭튼은 아니라는 건가! 그러나 하여간 9시에 다시 찾아오겠네. 분명 재미있는 일이 벌어질 거라고 난 생각하니까. 아니, 이렇게 말할까? 말벌집을 퇴치하는 일은 정말 흥미진진하다고 말이야. 보아하니 당신 같은 영국인들에겐 큰 즐거움 가운데 하나인 듯하니까 말이야!"

상대방이 대답할 틈도 주지 않고 포아로는 잰걸음으로 오솔길을 걸어 끼이익 문소리를 내면서 나가 버렸다. 도로에 나가자 그의 발걸음은 점차 느려졌다. 생생한 표정도 흐려지면서 엄숙하고 고뇌에 찬 모습으로 바뀌었다. 호주머니에서 시계를 꺼내 시간을 한 번 확인하였는데, 바늘은 8시 10분을 좀 넘어 있었다.

"아직 45분쯤 남았군." 그는 혼잣말을 했다. "그냥 기다리고 있는 편이 더 좋았을지도 모르는데……."

발걸음이 점점 더 느려졌다. 지금이라도 뒤돌아서려는 망설임이 엿보였다. 어떤 막연한 예감이 그를 사로잡고 있는 듯했지만, 결국에는 울렁거리는 가슴을 억지로 가라앉히고 그냥 시내로 걸음을 옮겼다. 얼굴에는 여전히 고뇌의 그림자가 어른거렸고, 한두 번 정도 석연치 않은 의문을 떨치려 고개를 크게 흔들기도 했다.

그가 다시 나무문이 보이는 곳까지 온 것은 9시 조금 전이었다. 맑고 고요한 밤이었다. 부는 듯 마는 듯한 산들바람이 나뭇잎을 가만히 건드리고 있었다. 이 고요에는 어떤 불길함이 내포되어 있는지도 몰랐다. 태풍 전야의 정적이 그러하듯이.

포아로의 발걸음이 아주 조금 빨라졌다. 갑자기 어떤 불안이 그를 엄습하여 자신감이 흔들렸던 것이다. 알지 못할 두려움이 그를 휘어잡았다.

바로 그때, 안에서 나무문이 열리면서 클로드 랭튼이 잰걸음으로 튀어나왔다. 그러다 문득 포아로를 발견하고는 깜짝 놀라서 장승처럼 그 자리에 우뚝 멈춰 섰다.

"누구? 아아, 당신이었군요! 안녕하세요?"

"안녕하시오, 랭튼 씨. 벌써 끝냈습니까?"

랭튼은 딱딱한 얼굴로 그를 노려보았다.

"무슨 말씀이시죠?"

"말벌집을 다 없애버렸냐고요?"

“아! 아니오, 실은 그만두었습니다.”

“그래요!” 포아로는 슬쩍 얼버무렸다. “그럼 말벌집은 그냥 있겠군요. 그럼 이곳엔 무슨 일로?”

“뭐 그냥, 해리슨 씨와 앉아서 이야기를 나누다 가는 것뿐입니다. 그런데 실은 제가 좀 급한 일이 있어서…… 당신이 이곳에 나타나리라고는 꿈에도 생각 못했습니다.”

“네, 마침 볼일이 좀 있어서요.”

“그랬군요! 해리슨 씨는 테라스에 있습니다. 그런데 전 시간이 별로 없어서 이만 실례해야겠군요, 그럼.”

그는 서둘러 사라졌다. 그 뒷모습이 사라질 때까지 포아로는 지켜보았다. 신경질적인 청년이다. 잘생긴 얼굴이지만 내성적인 입매를 하고 있다.

“그렇다면 해리슨은 테라스에 있겠군.” 포아로는 중얼거렸다. “과연 어찌 되려나!”

그는 나무문을 지나 오솔길로 걸어갔다. 해리슨은 테이블 근처 의자에 앉아 있었다. 포아로가 다가가는데도 돌아보지도 않고 그대로 꼼짝도 하지 않았다.

“어이, 이보게. 괜찮은 거야?” 포아로가 말을 걸었다.

한동안 대답이 없더니 해리슨이 기이한, 넋이 빠진 듯한 목소리로 되물었다.

“방금 뭐라고 했나?”

“별일 없느냐고 물었네.”

“별일 없느냐고? 물론 아무 일도 없네. 그런데 왜 그런 소릴 하지?”

“몸도 아무 이상 없고? 그렇다면 정말 다행이네.”

“이상? 왜 몸이 이상할 거라고 생각하나?”

"소다(탄산수소나트륨) 때문에 그러지."

퍼뜩 정신을 차린 듯 해리슨은 몸을 일으켰다.

"소다라고? 이번엔 또 무슨 말인가?"

포아로는 변명하듯 손을 내저었다.

"어쩔 수 없었네. 정말 미안하게 됐어. 실은 내가 자네 호주머니에 슬쩍 집어넣고 갔었다네."

"내 호주머니에 소다를? 도대체 왜, 무엇 때문에?"

해리슨은 포아로를 뚫어져라 노려보았다. 포아로는 어린이에게 설명이라도 하듯이 온화하고 다정한 목소리로 이야기했다.

"자네도 알지 어떨지 모르겠는데 탐정으로 있으면 이익을 볼 때도 있고 불리한 경우도 있다네. 불리한 경우는 싫건 좋건 내 의사와는 상관없이 범죄자와 접촉을 해야 할 때야. 그렇지만 범죄자늘과 접촉을 해 보면 여러 가지 면에서 굉장히 흥미로운 일이 많다네. 어떨 땐 아주 기이한 일도 가르쳐주곤 하지. 내가 아는 범죄자 가운데 소매치기 상습범이 한 명 있었다네. 내가 그에게 흥미를 느낀 것은, 다들 그가 한 짓이라고 믿고 있는 어떤 범죄가 실은 그가 한 짓이 아님을 알게 되면서 석방될 수 있도록 내가 전력을 다했기 때문이야. 그래서 그는 내게 은혜를 입었다고 생각하고는 정말이지 그다운 방법으로 내게 은혜를 보답하고자 했네. 그것이 뭔고 하니, 자신의 생계수단인 영업상의 중대비밀을 내게 전수시켜 주었던 거라네.

그렇게 해서 나는 그 뒤로 필요하면 감쪽같이 상대방 호주머니에서 물건을 빼낼 수 있게 되었네. 상대의 어깨에 손을 올리고 흥분한 듯 위장하면서 여러 가지 필요한 동작을 취하는 거지. 상대는 거기에만 정신이 팔려서 아무것도 알아차리지 못한다네. 그러면 그동안 나는 상대의 호주머니 속에 든 물건을 내 호주머니로 옮겨놓고, 대신 세탁용 소다를 집어넣는 일조차 가능하다 이 말일세."
포아로는 자기 말에 도취된 듯 점점 열기를 더해갔다.

"이해하겠나? 어떤 독극물을 감쪽같이 글라스에 집어넣으려고 생각하는 사람은 대개 윗옷 오른쪽 호주머니에 그 물건을 넣어두겠지. 다른 곳은 좀처럼 생각하기 어려운 일이니까. 그래서 나는 그것이 어디 있는지를 처음부터 알고 있다네."

그는 호주머니에 손을 집어넣어서 하얀 가루로 된 결정을 끄집어냈다.

"너무 위험한 일 아닌가? 이런 것을 그냥 호주머니에 집어넣고 다닌대서야."

그는 중얼거리듯 이렇게 말하더니 전혀 서두르는 기색도 없이 태연한 얼굴로 다른 호주머니에서 아가리가 넓은 병을 하나 꺼냈다. 손에 들고 있던 하얀 결정체를 그 병 속에 집어넣더니 테이블로 걸어와서 물을 따른 뒤 코르크 마개로 단단히 막은 다음, 결정체가 전부 녹을 때까지 병을 흔들었다. 해리슨은 홀린 듯이 그가 하는 동작을 유심히 지켜보고 있었다.

결정이 녹아서 용액이 만들어지자 포아로는 그것을 들고 말벌집으로 다가갔다. 그리고 마개를 열고 얼굴을 돌리면서 말벌집에 그 용액을 쏟아 부은 뒤 한두 걸음 물러나서 지켜보고 있었다.

몇 마리의 말벌이 되돌아와서 벌집에 앉더니 곧 몸을 파르르 떨면서 순식간에 움직임을 멈추었다. 다른 말벌들도 구멍에서 기어 나왔으나 역시 곧 죽어버렸다. 포아로는 1, 2분 정도 더 지켜보더니 마침내 가볍게 고개를 끄덕이면서 베란다로 되돌아왔다.

"거의 즉사에 가깝군! 굉장한 약효야." 그는 이렇게 말했다.

해리슨이 쥐어짜는 듯한 기이한 소리를 냈다.

"자넨 도대체 얼마만큼 알고 있는 건가?"

포아로는 똑바로 앞을 응시했다.

"조금 전에도 말했듯이 난 약국 장부에서 클로드 랭튼의 이름을 보았네. 그리고 아까는 말하지 않았지만 실은 그 뒤에 곧 그를 또 만나게 되었지. 그래서 물어보았더니 자네 부탁으로 청산가리를 샀다고 하더군. 말벌집을 없애겠다고 말이야. 그 소리를 듣고 난 좀 이상하게 생각했다네. 전에 만찬회에서 만났을 때는 가솔린이 훨씬 사용하기 좋다는 말을 들었다면서 청산가리를 사는 것은 위험할뿐더러 절대 불필요하다고 주장하던 자네를 떠올렸기 때문이지."

"그래서 ?"

"또 있네. 나는 사실 전에 클로드 랭튼과 자네 부인이 함께 있는 것을 목격한 적이 있다네. 물론 두 사람은 내가 보는 것을 전혀 눈치채지 못했지. 그 두 사람의 사이를 틀어지게 해서 어떻게 그녀를 자기 사람으로 만들었는지는 난 알지 못하지만, 아무튼 보아하니 두 사람은 예전의 다정한 모습으로 돌아간 것 같더구면."

"계속하게."

"또 다른 것도 알고 있네. 일전에 나는 파리 시내를 걷다가 자네가 어느 병원에서 나오는 것을 본 적이 있네. 그 의사와는 나도 친분이 있어서 그의 전문이 무언지도 잘 알고 있지. 게다가 그때 자네 표정도 보았네. 지금까지 겨우 한두 번 본 적이 있을 뿐이지만, 그런 표정은 그리 쉽게 볼 수 있는 표정은 절대 아니었지. 죽음을 선고받은 남자의 얼굴 ! 어떤가 ? 내 눈이 잘못 본 것은 아니겠지 ?"

"자네 말대로야. 그 의사로부터 이제 목숨이 2개월밖에 남지 않았다는 선고를 받았네."

"자네는 다른 일에 마음을 빼앗겨 내겐 전혀 주의를 기울이지 않더군. 또 하나, 자네 얼굴에서 내가 읽은 것이 있다네. 오늘 오후 내가 했던 말…… 사람이 감추려고 하는 것. 그래, 난 자네 표정에서 증오를 발견했네. 그때 자네는 굳이 감추려고 하지도 않았다네. 누군가가 그것을 지켜보고 있다는 것을 전혀 깨닫지 못하고 있었기 때문이지.”

“계속해 !”

해리슨이 재촉했다.

“이제는 별로 이야기할 것이 남아 있지 않네. 나는 여기에 와서 전혀 우연한 일로 독물구입 장부에 적힌 랭튼의 이름을 보았고, 그를 만났으며, 자네를 만나러 왔지. 작은 함정을 걸어두었더니 자네는 랭튼에게 청산가리 구입을 의뢰한 사실을 부정하더군. 어디 그뿐인가? 그가 청산가리를 샀다는 사실에 아예 놀라움까지 드러냈지. 내가 처음 여기에 왔을 때 자네는 틀림없이 깜짝 놀란 표정을 지었네. 하지만, 곧 나를 교묘히 이용할 생각을 해야겠다고 마음을 고쳐먹고, 내 의혹을 더 부추겨놓더군. 나는 랭튼에게서 직접 여기에 8시 반에 올 거라는 얘기를 이미 들었다네. 그런데 자네는 달리 말하더군. 내가 돌아올 즈음에는 이미 모든 것이 끝나게끔 계획한 것이겠지. 그래서 나는 모든 사실을 훨씬 더 명백히 알았다네.”

“여긴 도대체 왜 왔나?” 해리슨은 소리쳤다. “자네만 오지 않았어도…… !”

포아로는 가슴을 폈다.

“내가 말해 줄까? 살인사건은 내 담당이거든.”

“뭐, 살인이라고? 자살이 아니라?”

“아닐세.” 포아로의 목소리가 높아지더니 쩌렁쩌렁한 울림이 날카롭게 주위로 퍼졌다. “살인이네. 자네야 괴로움 없이 단숨에 죽을 수 있겠지만, 자네가 랭튼을 위해 꾸며놓은 계략으로 그의 앞길은 가장 끔찍한 것이 될 테니까. 그는 독약을 샀네. 그리고 자네를 만나러 와서 단 둘이서만 있게 됐네. 그런데 자네가 급사한 뒤 자네 글라스에서 청산가리가 발견되면, 클로드 랭튼은 교수형을 면할 길이 없었을 거야. 그것이 자네 계획 아닌가?"

해리슨은 다시금 신음하듯 말했다.

"자네는 왜 여기 왔나? 왜 왔냐구?"

"그 대답은 이미 했어. 그런데 내겐 다른 이유가 하나 더 있었네. 난 자네를 좋아한다네. 그러니 잘 듣게나, 자네는 이제 얼마 안 있으면 죽겠지. 그리고 사랑하던 여인도 잃어버렸고. 하지만 단 한 가지, 자네가 잃어버리지 않은 것이 있다네. 살인자가 되지 않아도 되는 거야. 어떤가? 이래도 자네는 아직도 내가 여기 온 것을 원망하겠는가? 아니면, 기뻐해줄 텐가?"

잠시 침묵이 흘렀다.

이윽고 해리슨은 천천히 몸을 일으켰다. 그 얼굴에는 새로운 위엄이 빛나고 있었다. 그것은 비열한 자아를 극복한 사나이의 얼굴이었다. 그는 테이블 너머로 손을 내밀었다.

"고맙네." 그는 힘주어 말했다. "정말 고마워! 자네가 여기 온 것을 난 정말 축복으로 생각하네."

햇빛 아래의 어떤 악에든 약은 있다

1976년 1월 12일 영국의 미스터리작가 애거서 크리스티는 런던 교외 워링포드에 있는 자택 윈터브룩 하우스에서 서거했다. 향년 85세.

1920년 《스타일즈 저택 괴사건》으로 등장한 이래 56년 동안 미스터리소설만 65편(사후에 간행된 미스 마플 최후의 사건에 해당하는 《잠자는 살인》까지 넣으면 총 66편), 단편집 20권을 발표한 미스터리소설사상 가장 성공을 거둔 뛰어난 작가였다.

1920년대는 제1차 세계대전 후의 미스터리소설이 로맨티시즘의 껍질을 깨면서 밀실살인과 같은 장소 중심의 수사법을 버리고 추리 자체를 중시하게 된 시대이다. 가스통 르루의 《노랑방의 수수께끼(1907)》나 E.C. 벤틀리의 《트렌트 마지막 사건(1913)》에서 보여주던 로맨스에서 프리먼 윌스 크로프츠의 《통(1920)》으로 옮겨가던 그런 시대였다.

줄리앙 시몬스는 크리스티의 처녀작에 대해 이렇게 쓰고 있다.

크리스티의 첫 작품은, 점점 순수하고 복잡한 퍼즐처럼 바뀌는 미스터리소설에서 등장인물의 운명에 대한 흥미는 점차 불필요할 뿐 아니라 그다지 요구되지도 않는 시대로 나아가는 전조(前兆)와도 같다. 미스터리소설의 황금시대로 향하던 시대의 출구였다.

1958년에 범죄소설론《거울 속의 얼굴》을 써서, 제1급 클라임 노벨이란 낡은 도덕극의 현대적 해석을 지향하고 있으며 인간의 추한 욕망을 비추는 거울이 되었다고 주장한《살인의 색채》를 쓴 시몬스였으니까, 수수께끼만이 중시되던 퍼즐 스토리로의 시선에는 다소 냉정함도 엿보인다.

분명 1920~30년대는 해미트, 챈들러와 같은 하드보일드 작품을 제외하면 퍼즐 스토리의 '황금시대'였다.

미국에서도 S.S. 반 다인의《벤슨살인사건(1926)》,《카나리아살인사건(1927)》,《비숍살인사건(1929)》 등이 박식한 멋쟁이 탐정 파이로 번스 때문에 인기를 누렸고, 프레드릭 다네, 맨프레드 리가 엘러리 퀸의 이름으로《로마 모자의 비밀(1929)》,《차이나 오렌지의 비밀(1934)》을 썼으며, 또한 버나비 로스의 이름으로는《Y의 비극(1932)》과 같은 윤리적인 수수께끼를 구축하면서 독자들의 도전을 부추겼다.

영국에서는 필립 맥도널드가《줄칼(1924)》, 이든 필포츠가《빨강머리 레드메인즈(1922)》, 당시 영국에 살고 있던 딕스 카는《밤을 걷다(1930)》, 도로시 세이어스는《윔지 경의 등장(1939)》, 머제리 알링검은《유령의 죽음(1934)》 등으로 활약할 무렵이었다. 물론 G. K. 체스터튼도《브라운 신부의 동심》으로 활약 중이었다.

그러나 그들의 전성기는 1920~30년대로 그쳤다. 그리고 애거서 크리스티만이 60년대까지 놀랄 만한 창작욕을 발휘하여 미스터리소설사에 남을 퍼즐 스토리를 여러 편 발표했다.

1970년대, 80세 기념출판이 된 《프랑크푸르트의 승객》에서는 이전보다 더 크리스티의 시류편승적인 대중성은 높아졌으나, 평균수준 이하였던 《코끼리는 잊지 않는다(1972)》에서 《운명의 나무 뒷문(1973)》으로 점점 쇠잔해 가더니 마침내 크리스티의 필력이 왕성하던 1940년대에 쓰여졌을 유작 《커튼(1975)》마저도 팬을 즐겁게 하는 정도에 머물게 되었다.

그러나 75세의 나이에도 불구하고 《버틀럼 호텔에서(1965)》《엄지손가락(1966)》 같은 수작을 발표한 크리스티의 풍부한 상상력과 필력에는 그야말로 경탄할 따름이다. 그즈음에는 카나 퀸도(굳이 스타우트까지는 언급할 필요도 없지만) 이미 과거의 필력을 잃고 있었다.

왜 크리스티만이 독자의 마른 가슴을 촉촉하게 적셔줄 수 있는 간헐천을 반세기 넘게 뽑아올릴 수 있었을까?

그 첫 번째 대답은 이미 나와 있다. 《독초콜릿사건(1929)》의 작가(앤소니 버클리)이자 《살의(1932)》의 작가(프랜시스 아일즈)이기도 한 앤소니 버클리 콕스는, 1930년의 작품 서문에서 다음과 같이 말했다.

전적으로 줄거리에만 매달리면서 인물이나 문체, 또는 유머 따위도 없는 낡은 범죄퍼즐뿐인 세계는 지금이라도 인식을 달리 해야 한다. 미스터리소설은 물론 탐정이나 범죄에도 흥미를 느끼지만, 수학적인 흥미 이상으로 심리적인 면에서도 독자를 끌어들일 수 있는 소설로 점차 발전해 가고 있다. 그렇지만 퍼즐이라고 하는 요소는 틀림없이 남을 것이다. 그러나 때와 장소, 동기, 기회에서 비롯되는 비밀이라기보다는, 인물의 성격적 미스터리로 바뀔 것이다. (H. 헤이크래프트 〈미스터리소설——그 성장과 시대〉)

크리스티의 작품은 '가장 범인답지 않은 인물이 언제나 범인이니까 너무 시시하다'고 평하는 의견도 있다. 그러나 '범인이 수상쩍은 사람'인 경우보다야 낫고, 또 안심할 수 있지 않은가?

사실 우리가 크리스티에게 매력을 느끼는 것도 어쩌면 이 '안심감'일지도 모른다(그리고 크리스티의 보수적인 정신도). 그녀가 조합에 고민을 거듭하고, 마침내 퍼즐 스토리에 사용하는 수수께끼의 본질은 과연 무엇일까? 이러한 의문을 심리적으로 철저하게 분석하여 도저히 기성품으로는 보이지 않는 신제품으로 둔갑시키는 고생을 하고 있는 동안, 우리는 배를 쪼르륵거리면서 그녀의 이야기가 나오기를 마냥 기다리게 된다. 그리하여 영국의 상류계층이 저지른 나쁜 짓이 하나둘 밝혀지는 것을 기분 좋게 바라보면서, 그들이 돈과 시간을 들여서 만들어놓은 고운 잔디밭과 절따라 예쁜 꽃이 피는 아름다운 뜰, 그리고 고가구며 실내장식품, 식기 따위를 탄식과 더불어 황홀한 눈길로 둘러보는 것이다. 그곳에는 적어도 수백 년 동안 이어져온 변화를 받아들이지 않는 고정된 세계가 있다. 크리스티는 시대풍속의 변천에서 작은 부분을 들쑤시면서 결코 중심 무대까지는 바꾸려들지 않는다. 서민적인 감각에서 보면 '행복하던 과거의 영화와 그 유산'과 더불어 자신이 받아들이기 쉬운 세계에서만 인생의 멜로드라마를 펼쳐온 것이다.

《백주의 악마(Evil Under the Sun)》는 1941년에 출판되었다. 애거서 크리스티가 작가 생활을 시작한 지 22년째, 명탐정 에르큘 포아로가 등장한 작품으로서는 22번째 작품이다. 이 작품을 전후하여 《나일 강에 죽다》《그리고 아무도 없었다》《애국 살인》《N이냐 M이냐》《0시간으로》 등의 명작이 속속 간행되었다. 바꾸어 말하면 이 시기는 애거서 크리스티의 가장 원숙한 창작기였다. 이 《백주의 악마》도 그

원숙기의 대표작답게 배경 설정이며 인물 묘사며 트릭의 교묘함이 훌륭하게 갖추어져 있어 본격 미스터리의 묘미를 맛보기에 실로 안성맞춤인 작품이다.

무대는 섬에 있는 한여름 날의 졸리 로저 호텔, 해수욕장의 모래톱, 동굴이 있는 해변, 파도와 장난치는 수영복 차림의 미남미녀…… 이 작품은 무엇보다도 시각적으로 이처럼 다채롭다. 영국 남서부 데본 주의 리아스 식 해안선이며 들풀들이 얼크러져 핀 히드·들판의 자연미……

작품 제목을 《백주의 악마》라고 한 것은 편의상 붙인 이름이며, 본디 제목은 《햇빛 아래의 악(惡)》, 다시 말해서 '이 세상의 악'이라는 뜻이다.

애거서 크리스티가 작품 제목과 모티브에 〈머더구스의 노래〉의 한 구절을 자주 인용한다는 것은 잘 알려져 있다. 이 《백주의 악마》도 실은 머더구스 속에 들어 있다.

For every evil under th sun
There is a remedy or there is none.
If there is one, seek till you find it;
If there be none, never mind it.
(햇빛 아래의 어떤 악에든
약이 있거나 없거나 둘 중 하나
있다면 반드시 찾아내어라
없다면 할 수 없지, 내버려둘 수밖에)

이 구절은 본디 성경에서 따온 말이다. 이 작품 속에서도 악에 대해 언급되고 있지만 《구약성서》 전도서의 여러 곳에서 이 구절을 볼

수 있으며, '햇빛 아래 행해지는 악'이니, '햇빛 아래 한 가지의 근심
이 있다' 등으로 번역되어 있다는 것을 덧붙여둔다.
  우리의 명탐정 에르퀼 포아로의 죽음을 전하는 《커튼》이 발표된 뒤
얼마 되지 않아서(1976년) 작가 애거서 크리스티는 세상을 떠났다.

  뒤의 〈말벌집〉은 심리적인 묘사가 탁월한 애거서 크리스티의 단편
중의 하나임을 밝혀 둔다.